外国文学名著丛书

〔德〕歌德 等 / 著

德国诗选

钱春绮 / 译

"外国文学名著丛书"编委会

人民文学出版社

J. W. Goethe u. a.
AUSWAHL DEUTSCHER GEDICHTE
据 Das große deutsche Gedichtbuch, Atenäum-Verlag, 1985 年版等书译出。

图书在版编目(CIP)数据

德国诗选/(德)歌德等著；钱春绮译. — 北京：人民文学出版社，2020(2024.5 重印)
(外国文学名著丛书)
ISBN 978-7-02-015679-5

Ⅰ.①德… Ⅱ.①歌…②钱… Ⅲ.①诗集—德国—近代 Ⅳ.①I516.24

中国版本图书馆 CIP 数据核字(2019)第 195760 号

责任编辑　欧阳韬
装帧设计　刘　静
责任印制　王重艺

出版发行　人民文学出版社
社　　址　北京市朝内大街 166 号
邮政编码　100705

印　　刷　河北新华第一印刷有限责任公司
经　　销　全国新华书店等

字　　数　235 千字
开　　本　850 毫米×1168 毫米　1/32
印　　张　14.5　插页 3
印　　数　8001—10000
版　　次　2020 年 6 月北京第 1 版
印　　次　2024 年 5 月第 3 次印刷

书　　号　978-7-02-015679-5
定　　价　59.00 元

如有印装质量问题，请与本社图书销售中心调换。电话：010-65233595

歌德

出版说明

人民文学出版社自一九五一年成立起，就承担起向中国读者介绍优秀外国文学作品的重任。一九五八年，中宣部指示中国科学院文学研究所筹组编委会，组织朱光潜、冯至、戈宝权、叶水夫等三十余位外国文学权威专家，编选三套丛书——"马克思主义文艺理论丛书""外国古典文艺理论丛书""外国古典文学名著丛书"。

人民文学出版社与中国科学院文学研究所，根据"一流的原著、一流的译本、一流的译者"的原则进行翻译和出版工作。一九六四年，中国社会科学院外国文学研究所成立，是中国外国文学的最高研究机构。一九七八年，"外国古典文学名著丛书"更名为"外国文学名著丛书"，至二〇〇〇年完成。这是新中国第一套系统介绍外国文学作品的大型丛书，是外国文学名著翻译的奠基性工程，其作品之多、质量之精、跨度之大，至今仍是中国外国文学出版史上之最，体现了中国外国文学研究界、翻译界和出版界的最高水平。

历经半个多世纪，"外国文学名著丛书"在中国读者中依然以系统性、权威性与普及性著称，但由于时代久远，许多图书在市场上已难见踪影，甚至成为收藏对象，稀缺品种更是一书难求。在中国读者阅读力持续增强的二十一世纪，在世界文明交流互鉴空前频繁的新时代，为满足人民日益增长的美好生活的需要,人民文学出版社决定再度与中国社会科学院外国文学研究所合作,以"网罗经典,格高意远,本色传承"为出发点,优中选优,推陈出新,出版新版"外国文学名著丛书"。

值此新版"外国文学名著丛书"面世之际,人民文学出版社与中国社会科学院外国文学研究所谨向为本丛书做出卓越贡献的翻译家们和热爱外国文学名著的广大读者致以崇高敬意!

"外国文学名著丛书"编委会
二〇一九年三月

编委会名单
（以姓氏笔画为序）

1958—1966

卞之琳	戈宝权	叶水夫	包文棣	冯　至	田德望
朱光潜	孙家晋	孙绳武	陈占元	杨季康	杨周翰
杨宪益	李健吾	罗大冈	金克木	郑效洵	季羡林
闻家驷	钱学熙	钱锺书	楼适夷	蒯斯曛	蔡　仪

1978—2001

卞之琳	巴　金	戈宝权	叶水夫	包文棣	卢永福
冯　至	田德望	叶麟鎏	朱光潜	朱　虹	孙家晋
孙绳武	陈占元	张　羽	陈冰夷	杨季康	杨周翰
杨宪益	李健吾	陈　燊	罗大冈	金克木	郑效洵
季羡林	姚　见	骆兆添	闻家驷	赵家璧	秦顺新
钱锺书	绿　原	蒋　路	董衡巽	楼适夷	蒯斯曛
蔡　仪					

2019—

王焕生	刘文飞	任吉生	刘　建	许金龙	李永平
陈众议	肖丽媛	吴岳添	陆建德	赵白生	高　兴
秦顺新	聂震宁	臧永清			

目　次

译本序 ··· 1

瓦尔特 ··· 1
　菩提树下 ··· 2
　赞歌 ··· 4
　冬季 ··· 7
　我坐在一块石头上 ····································· 7
　真正的爱 ··· 9

萨克斯 ··· 11
　圣彼得和雇佣兵 ······································· 12
　玛格达勒娜歌 ··· 16

格吕菲乌斯 ··· 19
　哀祖国之泪，一六三六年 ······························· 20
　悼阿特拉图姆 ··· 21

金特 ··· 22
　蔷薇 ··· 23
　安慰咏叹调 ··· 24

克洛卜施托克 ··· 27
　蔷薇花带 ··· 28

祖国之歌 ……………………………………	29
天平 ………………………………………………	30
舒巴特 ……………………………………………	32
乞讨的兵士 ……………………………………	33
自由颂 ……………………………………………	35
好望角之歌 ……………………………………	37
克劳狄乌斯 ………………………………………	41
克里斯蒂安娜 …………………………………	42
死神和少女 ……………………………………	43
晚歌 ………………………………………………	44
赫尔德 ……………………………………………	47
魔王的女儿 ……………………………………	48
爱德华 ……………………………………………	51
毕尔格 ……………………………………………	54
莱诺蕾 ……………………………………………	55
农民致书暴君陛下 ……………………………	66
赫尔蒂 ……………………………………………	68
乡村生活 ………………………………………	69
五月之夜 ………………………………………	71
春之歌 ……………………………………………	72
歌德 ………………………………………………	73
欢会和别离 ……………………………………	74
野蔷薇 ……………………………………………	76
普罗米修斯 ……………………………………	77
湖上 ………………………………………………	80
浪游者的夜歌 …………………………………	81

浪游者的夜歌 …………………… 82
　　对月 …………………………… 83
　　渔夫 …………………………… 85
　　魔王 …………………………… 87
　　迷娘 …………………………… 89
　　发现 …………………………… 90
　　天福的向往 …………………… 91
　　尽管你隐身藏形 ……………… 93
　　湖畔月夜 ……………………… 94

福斯 ……………………………… 96
　　土豆的收获 …………………… 97
　　乡下人 ………………………… 99

席勒 ……………………………… 103
　　欢乐颂 ………………………… 104
　　人质 …………………………… 110
　　新世纪的开始 ………………… 117
　　向往 …………………………… 119

阿恩特 …………………………… 122
　　祖国之歌 ……………………… 123
　　德国流亡军人 ………………… 125

荷尔德林 ………………………… 128
　　橡树林 ………………………… 129
　　海德堡 ………………………… 130
　　献给命运女神 ………………… 132
　　许珀里翁的命运之歌 ………… 133
　　德国人之歌 …………………… 135

3

怀念 ·············· *138*
　　故乡 ·············· *142*
诺瓦利斯 ·············· *144*
　　赤杨 ·············· *145*
　　赠尤莉艾 ·············· *146*
　　夜之颂歌 ·············· *148*
　　圣歌 ·············· *151*
布伦坦诺 ·············· *154*
　　罗雷莱 ·············· *155*
　　春天 ·············· *160*
　　去塞维利亚 ·············· *161*
　　纺纱姑娘的夜歌 ·············· *162*
　　催眠歌 ·············· *163*
沙米索 ·············· *165*
　　邦库尔城堡 ·············· *166*
　　温斯培的妇女 ·············· *168*
　　巨人的玩具 ·············· *170*
　　年老的洗衣妇 ·············· *172*
乌兰德 ·············· *175*
　　歌手的诅咒 ·············· *176*
　　女店主的女儿 ·············· *180*
　　好战友 ·············· *181*
　　西格弗里的剑 ·············· *182*
　　春天的信念 ·············· *184*
　　旅舍 ·············· *184*

艾兴多尔夫 ·················· *186*
    快活的旅人 ·················· *187*
    漫游之歌 ·················· *188*
    在异乡 ·················· *189*
    憧憬 ·················· *190*
    告别 ·················· *191*
    月夜 ·················· *193*
    破指环 ·················· *194*
    罗雷莱 ·················· *195*

吕克特 ·················· *197*
    童年时代 ·················· *198*
    巴巴罗萨 ·················· *200*
    布吕歇尔和威灵顿 ·················· *202*
    哦，但愿我 ·················· *203*
    骑士们 ·················· *204*
    三对和一张 ·················· *204*

克尔纳 ·················· *206*
    战斗中的祈祷 ·················· *207*
    橡树 ·················· *208*

缪勒 ·················· *211*
    菩提树 ·················· *212*
    邮车 ·················· *213*
    磷火 ·················· *214*
    旅舍 ·················· *215*
    勇气 ·················· *215*
    手摇风琴师 ·················· *216*

何处去？	217
打听者	219
威内塔	220

普拉滕 … 222
特里斯丹	223
在阿尔卑斯山	224
威尼斯	224
我愿在我临终时	226
布森托河底之墓	227
波兰人之歌	228
圣·胡斯特的朝圣者	230

德罗斯特-许尔斯霍夫 … 231
月出	232
池塘	234
沼泽中的男孩	234
送别	237
献给我的母亲	238
遗言	239
一年的最后一天（除夕）	240

海涅 … 243
近卫兵	244
有一棵松树孤单单	246
一个青年有所爱	247
罗雷莱	248
你好比一朵鲜花	250
夜思	250

西里西亚纺织工人	253
何处	254

霍夫曼·封·法勒斯莱本 … 256

摇篮歌	257
大雁	258
德国人之歌	259
出国之歌	260
晚歌	262
勿忘我	263

默里克 … 264

是他	265
九月的早晨	265
猎人之歌	266
弃婢	266
美人罗特劳特	267
想想吧,哦,心灵!	269
午夜	270
佩蕾格里娜	271
祈祷	274

弗赖利格拉特 … 275

由下而上	276
出国者	279

黑贝尔 … 282

傍晚的感怀	283
夜歌	284
夜思	284

夏景 ··· 285
  观看入睡的孩子 ································· 286
黑尔韦格 ··· 287
  轻松的包袱 ··· 288
  全德工人联合会会歌 ···························· 290
施托姆 ·· 293
  十月之歌 ··· 294
  城市 ·· 296
  海滨 ·· 297
  海滨的坟墓 ··· 298
  安慰 ·· 300
  你还记得 ··· 301
  圣诞节前夕 ··· 302
  一首跋诗 ··· 303
冯塔纳 ·· 305
  阿奇博尔德·道格拉斯 ························· 306
  埃格尔的官邸 ······································ 311
  阿富汗的悲剧 ······································ 315
  两只乌鸦 ··· 317
维尔特 ·· 319
  饥饿之歌 ··· 320
  一百个矿工 ··· 321
  莱茵河畔种葡萄的农民 ······················· 322
  有个可怜的裁缝 ·································· 323
  兰开夏郡的酒店老头 ··························· 324
  铸炮者 ·· 326

他们坐在凳子上	328
德国人和爱尔兰人	329
在樱桃花开的时节	330

李利恩克龙 … 332
谁知在何处	333
死在麦穗中	335
军乐队来了	335
你可让我等得太久了	337
太幸福了	338

尼采 … 340
孤独	341
太阳沉落了	343
流浪人	346
威尼斯	347
秋天	348
看这个人	350

霍尔茨 … 351
即景	352
外面是沙丘	354
三月的清晨	355
三条小小的街道	356

戴默尔 … 357
工人	358
收获之歌	359
静静的城市	360
好几个夜晚	361

格奥尔格 ·················· 362
　心灵的一年(选译七首) ·········· 364
　田野之友 ·················· 368
　我的孩子回家了 ·············· 369
　从前我跟你同在那里 ·········· 370

拉斯克-许勒 ················ 372
　人世的痛苦 ················ 373
　世界末日 ·················· 373
　古老的西藏地毯 ············ 374
　亚伯 ······················ 375
　书拉密女 ·················· 376

黑塞 ························ 377
　肖邦 ······················ 378
　梦 ························ 381
　他爱在黑暗中步行 ·········· 381
　献给我的母亲 ·············· 382
　信 ························ 383
　白云 ······················ 383
　雾中 ······················ 384
　赠一位中国的歌女 ·········· 385
　命运 ······················ 386

贝恩 ························ 387
　停尸房 ···················· 388
　男女走过癌病房 ············ 392
　夜咖啡馆 ·················· 393
　特快列车 ·················· 395

海姆 ·············· *397*
    战争 ·············· *398*
    城市之神 ·············· *400*
    城市的群魔 ·············· *402*

德国民歌 ·············· *405*
    贫穷的康拉德 ·············· *406*
    汤豪泽 ·············· *408*
    两个王家的孩子 ·············· *414*
    如果我是一只小鸟 ·············· *418*
    啊,斯特拉斯堡 ·············· *419*
    在斯特拉斯堡堡垒上 ·············· *421*
    等着吧,波拿巴! ·············· *422*
    全国的召唤 ·············· *424*
    血腥的法庭 ·············· *425*
    捷希之歌 ·············· *430*

译 本 序

　　德国抒情诗的发达远较我国为迟，直到公元十三世纪（我国南宋时代）才出现了中古最大的抒情诗人瓦尔特。当时盛行的是封建时期的宫廷文学或骑士文学。这种文学形式有宫廷叙事诗（这里不谈）和宫廷抒情诗。宫廷抒情诗或称骑士爱情歌（Minnesang），它不是写给人阅读，而是供吟唱的，一般都是歌颂骑士对一位贵妇人或是他的女郡主的爱慕，形式呆板，感情矫揉造作，并没有真挚的爱情，但瓦尔特却从对女郡主的爱（所谓"高级爱情"hohe Minne）一反而歌颂对平民女子的爱情（所谓"低级爱情"niedere Minne），这就给宫廷抒情诗或骑士爱情歌注入了新鲜的血液，使它大大地向前发展了一步。特别是他还写了许多政治格言诗，把当时的政治形势反映在诗歌之中，具有重要的意义。所以他被尊为德国中世纪最大的抒情诗人，也可以说，他是歌德以前的德国诗坛上的歌德。他的生存年代（1170？—1230？）约与我国南宋大诗人陆游（1125—1210）同时，他在政治格言诗中渴望德国实现统一，反对分裂，这种爱国思想，令人想到陆游"但悲不见九州同"的诗句，实在是有点巧合的。

　　十三世纪下半叶，骑士阶级日趋没落，骑士文学也日趋衰微。由于市民阶级（Bürgertum）的兴起，宫廷抒情诗从骑士手里转到城市手工业者手里,演变为工匠诗歌(Meistergesang)。这种诗歌继承骑士爱情歌的传统而加以发展,根据严格复杂的法则作词、作曲并歌唱,在许多城市设有培养人才的专门训练所(Meistersingschule),因此产生了很多工匠歌手,特别是在纽伦堡最为发达。汉斯·萨克斯(1494—1576)就是代表十六世纪市民文化的最大的工匠歌手。他写过四千多首工匠诗歌,还写过不少狂欢节杂剧、寓言诗、笑话等,约跟我国明代文学家吴承恩(约1500—约1582)和徐文长(1521—1593)为同时代人。

十七世纪,德国经历了三十年战争的浩劫,生产力遭到破坏,政治上四分五裂,经济上闭塞落后,因此在文化上也就没有什么大发展。当时盛行的是巴洛克风格的文学,作品内容贫乏,一味模仿外国,玩弄华丽的辞藻、离奇的比喻。但也产生了一些卓有成就的诗人,如奥皮茨、弗莱明、洛高,尤其是格吕菲乌斯(1616—1664),他的十四行诗《哀祖国之泪》,叙述了战争的罪恶和恐怖,是德国十七世纪诗歌中一首有代表性的名篇,它令人想到约与他同时的我国清初诗人吴梅村(1609—1672)在明亡后所写的一些诗篇中的激荡苍凉之音。

十八世纪,进入了启蒙主义的时代,强调理性,反对封建,反对教会是这个运动的内容。市民文学取代了封建宫廷文学的统治地位。维兰德是启蒙运动的著名小说家,莱辛是启蒙运动的著名戏剧家、文艺理论家和美学家。在诗歌方面,金特是短命的天才诗人,克洛卜施托克是这个时期的最杰出的诗人。

十八世纪七十年代,德国掀起了一个声势浩大的全国性的文学运动,即狂飙突进运动,它是德国启蒙运动的继续和发展。这一派的作家企图摆脱封建束缚,崇尚感情,要求自由和个性解放,拥护卢梭"回到自然"的口号。他们大都是年轻人,富有狂热的幻想、奔放的激情,作品中充满浪漫主义气息,但也带有感伤主义成分。代表作家有赫尔德、歌德、克林格、瓦格纳、伦茨等人。在德国南方的符腾堡公国有席勒和舒巴特。在哥廷根有林苑诗社的一批诗人,如福斯、赫尔蒂、施托尔贝格兄弟、博伊、米勒等,他们崇拜克洛卜施托克,也写出了反封建、爱自由、具有民主主义倾向的诗歌。以叙事歌闻名的毕尔格和以抒情诗闻名的克劳狄乌斯虽不隶属于这一派,却跟林苑诗人们很接近,发生思想上的共鸣。

赫尔德是狂飙突进运动的理论指导者,他在诗歌创作方面并没有什么大成就,但他编译的各国民歌集《诗歌中各族人民的声音》却对歌德和后来的浪漫派诗人具有重大的影响。

歌德和席勒,在他们的青年时代,二人都是狂飙突进运动的健将。歌德的戏剧《葛茨》、小说《少年维特的烦恼》、颂歌体抒情诗《普罗米修斯》等,席勒的戏剧《强盗》《斐爱斯柯》《阴谋与爱情》和他的抒情诗《昏君》,都充满了强烈的反抗精神。

但是,狂飙突进运动只不过是一场文学运动,由于十八世纪的德国并不具备进行政治革命的客观社会条件,所以这场运动只经过了十年(1770—1780)就过去了。随之,德国文学进入了古典文学时期。这一个时期也只有十年,即一七九四年歌德与席勒合作至一八〇五年席勒逝世。在诗歌上特别引人注目的是在一七九七年,他们二人竞作叙事歌,给德国诗坛上留下了许多不朽的诗篇,德国文学史上称此年为叙事歌年

(Balla-denjahr)。

席勒的叙事歌是举世闻名的。他写的《人质》《潜水者》《手套》《伊俾科斯的鹤》等,歌颂高贵、善良、勇敢的人物,同时也充满了反抗专制和强暴的伟大精神,使读者非常感动。至于他的抒情诗,则跟歌德风格各异。席勒的性格爱好沉思,他的思想多从抽象的概念出发,想象力妨碍他的抽象思维,枯燥的悟性妨碍他的诗作,因此他的抒情诗比较缺少抒情味,但却具有深邃的思想性和格调高超的表现手法,在思想诗(或称哲理诗)方面占有极其重要的地位。

歌德则是一个天生的抒情诗人,他不大喜欢作抽象的系统的哲学思考,他的思想始终是从感性的具体的东西出发,他说他的诗全是"机会诗"(Gelegenheitsgedichte 或译即兴诗、应景即兴诗),来自现实生活,从现实生活中获得坚实的基础,也就是说:现实的内心的体验由机会吐露出来,他又自称他的诗作不过是他自己"大告白的断片"。

歌德一生写过数千首诗,从青年时期热情的迸发到晚年对于事物深刻的观察与体验都反映在他的诗中。他的诗歌形式也是多种多样的,各种体裁的诗,无不具备。这一切,使他成为德国最伟大的诗人,也是世界上最伟大的诗人之一。

德国的魏玛古典文学,不是一个规模宏大的文学运动,也称不上是个流派,人数方面只有歌德和席勒两人。与古典文学同时,兴起了一大批别树一帜的浪漫主义诗人,就是浪漫主义文学运动。

介于古典主义和浪漫主义之间,有一位不属于任何流派的大诗人,就是荷尔德林,勃兰兑斯在《德国的浪漫派》一书中称他为"德国浪漫主义者的先驱",有的书中也把他归入浪漫主义作家之列。他的诗歌唱对自由、祖国和大自然的热爱，对古希腊的向往，对人类理想社会的憧憬以及失恋的痛苦，格调高雅，语言清新纯朴，使德国语言达到了高峰。

德国浪漫派文学运动延续了三十六年（1795—1830），出现了大批诗人，开出了灿烂的浪漫派之花。在早期或耶拿浪漫派中有诺瓦利斯、蒂克，在中期或海德堡浪漫派中有布伦坦诺、阿尔尼姆，在后期的柏林浪漫派中有沙米索、艾兴多尔夫、缪勒，在后期的施本瓦浪漫派中有乌兰德、默里克等。他们偏重主观的幻想，重视抒发个人的感情，歌颂大自然。由于部分浪漫派诗人歌颂黑夜、死亡，皈依天主教，怀念中世纪，所以有人称他们为消极的、反动的诗人，实则有时不免过甚其辞。这些固然是消极因素，但不是可以说是出于对现实生活的不满才转而另求寄托的么？况且在浪漫派诗人中，像乌兰德和沙米索，确实是民主主义者。

浪漫派诗人在整理德国古代文学、译介外国文学方面有很大功绩，特别是在搜集民歌方面，如阿尔尼姆和布伦坦诺合编的《男孩的神奇号角》，对德国诗歌产生了极其重要的影响。

在反拿破仑的解放战争时期（1813—1815），很多浪漫派诗人投笔从戎，出现了一些著名的解放战争时期爱国诗人，如阿恩特、克尔纳、申肯多尔夫、吕克特等。

从浪漫主义迈向革命民主主义的是十九世纪德国最杰出的大诗人海涅。他早年的爱情诗已经使他获得大诗人的地位，到了四十年代，他的诗歌起了突破，密切结合当时德国革命斗争的实际。他写了许多政治诗，含有辛辣的讽刺和强烈的战斗性，使他成为革命诗人、政治诗人和讽刺诗人。

也就是在一八四八年革命高潮时期,涌现了一些反对封建专制、要求民主自由、为革命大声呐喊的诗人,人们称他们为"四八年派诗人"(Die Achtundvierziger)或"三月革命前期"(Vormärz,即从1830年巴黎七月革命至1848年三月革命)诗人。其中包括弗赖利格拉特、黑尔韦格、霍夫曼·封·法勒斯莱本。特别应当指出的是维尔特,恩格斯称他是"德国无产阶级第一个和最重要的诗人"。

来不及看到一八四八年革命,可是却参加过解放战争、具有反封建爱自由思想的进步诗人是普拉滕,他以吕克特为学习榜样,但他不属于浪漫主义,却是追求形式完美、旨在向古典主义复归的诗人,也可以说,他的同情波兰革命的诗歌,是弗赖利格拉特等人的政治诗的先声。

活到一八四八年,但回避政治,脱离现实斗争,过着孤寂生活的女诗人德罗斯特-许尔斯霍夫,被称为十九世纪德国最大的现实主义女诗人,她描写自然景色很细致,因此也被认为是威斯特法伦的乡土文学作家。

对一八四八年革命不闻不问的诗人还有默里克和施托姆。他们都是优秀的抒情诗人,都不属于浪漫派圈内人物,但又常被划为后期浪漫派诗人。施托姆也写过一些政治诗和爱国诗,不过都带有地方主义色彩。

一八四八年革命失败后,诗人们大多思想动摇。被称为现实主义重要作家的冯塔纳也是如此。他以小说见长,在诗歌创作方面,则以叙事歌知名。

十九世纪八十年代,德国文坛上掀起自然主义运动,豪普特曼是戏剧作家的代表,诗人则以霍尔茨为代表。

对德国现代文学起到深远影响的是哲学家和诗人尼采。

他的哲学思想给德国精神界带来巨大的冲击,但是,他不仅通过他的哲学思想,也通过他的诗作本身影响当时和后来的诗人。他的抒情诗常带有思想诗的要素,具有自我深省的激情、自我嘲讽、象征和反论(paradox)的表现特色,而且又富于音乐的谐和,可以说,他不仅是大哲学家,也是海涅以后的大诗人(尼采自己把他的诗的成就归功于海涅)。戴默尔、格奥尔格、里尔克、黑塞、卡罗萨,这些诗人都受到尼采的影响。

戴默尔的诗,初期具有社会革命的倾向,以后逐渐转向印象主义。而被称为印象主义之祖的则是李利恩克龙。

格奥尔格是受法国象征主义的影响、企图恢复诗的神圣性、建立纯粹的语言艺术的诗人。他跟霍夫曼斯塔尔、里尔克并称为德语国家近代抒情诗开端的三大巨星。

在十九世纪末的德国文坛上出现形形色色的"主义",除印象主义外,还有新浪漫主义、新古典主义、象征主义、唯美主义、表现主义等等,特别是表现主义,在二十世纪初,曾盛极一时,产生了好多重要的诗人,如贝希尔、海姆、贝恩以及奥地利的特拉克尔和韦尔弗等,因此,也选了几位表现主义诗人的诗,作为这部诗集的殿军。本书所选的诗只限于第一次世界大战结束以前的作品,因此,二十世纪的其他德国诗人就不收了。

这部《德国诗选》最初是一九六〇年二月出版的。至今已有三十多年了。在一九八二年和一九八三年又重印过两次。现在又实行改版,趁此机会,我把旧稿全部改译,并且根据出版社意见:德国诗选只收德国诗人,因此,把奥地利和瑞士两个德语国家的诗人的诗都删去了(但中世纪诗人瓦尔特的诗仍予保留)。对旧版中的选诗也作了调整,有些旧译,现在因为找不到原文,无法据以修改,只得割爱,另外补译了一些,还增收了一些过去未收入的诗人。

钱春绮
一九九三年

瓦 尔 特

(Walther von der Vogelweide, 约 1170—1230)

瓦尔特·封·德尔·福格威德,一一七〇年左右生于南蒂罗尔(低地奥地利)一个低级骑士的家庭。一一九〇年左右,在维也纳莱奥波尔德五世的宫廷当侍童,奉赖因玛尔·封·哈格瑙为师,学习诗艺,但不久便对老师那种传统的、远离生活的恋歌感到不满,趋向于亨利希·封·莫伦根的歌唱人生欢乐的诗歌。一一九四年,莱奥波尔德逝世,弗里德里希一世即位,他对瓦尔特颇有好感,在他在位的四年中,瓦尔特的生活和诗作处于最幸福的时期。一一九八年,他离开维也纳去各处漫游,过行吟诗人的生活;曾在沃尔姆斯的菲力浦·封·施瓦本宫廷攻击教皇派;同年在图林根方伯赫尔曼的瓦特堡寄居,跟沃尔夫拉姆·封·埃申巴赫相遇(产生传说中的瓦特堡歌唱比赛,瓦格纳在《汤豪泽》中曾利用这个传说)。后又去迈森边疆伯爵迪特里希的宫廷。一二〇八年菲力浦死后,他曾支持过菲力浦的敌对者奥托四世。一二二〇年,弗里德里希二世在维尔茨堡赐给他一块封地,使他结束了二十多年的流浪生活。根据他诗歌中的内容,有人认为他曾在一二二七年至一二二九年参加过弗里德里希二世领导的十字军。一二三〇年左右,他在维尔茨堡逝世。

他是中世纪德国骑士文学中最杰出的诗人。他写的骑士爱情诗,突破旧框框,不像其他歌人专门表达骑士对女郡主的"爱情"(所谓高级爱情 hohe Minne),而是抒写对平民女子的真实的爱(所谓低级爱情 niedere Minne 或对等之爱 Ebene Minne),这使他的诗歌充满素朴的人民的气息和生活的欢乐。他还创造了政治格言诗(Spruch)的体裁,表现爱国思想,维护中央集权,揭露教皇削弱王权的阴谋,主张德国统一,在历史上具有一定的进步意义。

瓦尔特的贡献,在德国长期被人遗忘,直至十八世纪人们才开始注意到他(博德默尔编过《骑士爱情歌集》),至十九世纪乌兰德发表了专著《瓦尔特,一位古代德国诗人》(1822年),拉赫曼编订刊行了他的诗集。

瓦尔特留下了约七十首诗歌(Lieder)、一百首政治格言诗(Sprüche),还有一首赞美马利亚的宗教诗歌(Marienleich)。

海涅很仰慕这位中世纪的大诗人,因此他的诗歌用语也受到瓦尔特的恋歌的影响。

菩 提 树 下[*]

在草原里面,
菩提树下,
那里是我俩的卧床,

---

[*] 原诗均无题。诗题为译者所加。原诗具有朴实之美,为德国中世纪爱情诗中最脍炙人口的诗歌。在素材方面,瓦尔特借用了另一位骑士爱情诗人迪特玛尔·封·艾斯特的一首诗歌中的用语。菩提树今译椴树。

你可以看见
采的草和花,
在那里铺得多漂亮。
森林外的幽谷里,
汤达拉达①,
夜莺唱得多甜蜜②。

我走到了
草地上溜达,
我的恋人已先我莅临。
他欢迎我叫道:
高贵的女主人③啊,
一想起,我总是感到高兴。
他吻过我?真数不清,
汤达拉达,
瞧,我这红红的嘴唇。

他于是采来
无数鲜花,

---

① 夜莺鸣声的拟音词。
② 本诗诗形:每节有九行,分为三部分,第一、二、三行称为第一分诗节(1 Stollen),第四、五、六行称为第二分诗节(2 Stollen),押韵式(abc)相同,这两个分诗节合称前节(Aufgesang)。第七、八、九行称后节(Abgesang),押韵式 dbd。
③ 原文 hêre frouwe. 在骑士爱情歌中,男子对恋人常称之为 vrouwe,意为女主人或夫人。在现代德语译本中也有将此行译为 Heilige Jungfrau(神圣的童贞少女)者,那就理解为少女的呼语了。

把富丽的卧床铺好。
要是有谁
经过时看到我俩,
他一定捧腹大笑。
他将会看到我,
——汤达拉达——
枕着蔷薇花儿酣卧。

要是有人看清
我身边躺着他,
(这可不行!)真叫我羞答答。
但愿没有任何人
会知道我俩
所干的事情,除了我和他
以及一只小鸟,
汤达拉达,
小鸟不会说给人知道。

赞　歌[*]

你们要对我说声欢迎:
因为给你们报信的,是我!

---

[*] 一二〇三年,瓦尔特曾一度回维也纳。这首歌大概是跟赖因玛尔的赞美妇女歌对抗而作。这首歌每节八行,也分前节与后节,前节也有两个分诗节(各有两行),后节有四行。

你们过去听说的事情,
都微不足道:现在请问我!
可是我要索些酬劳。
你们能给我送礼,
我就说出使你们开心的事。
请考虑,送我什么最好。

我要向德国妇女带来
这种消息:她们将受到
世人越来越满意的喜爱。
我并不要丰厚的酬报。
我能有什么企求?
她们是高贵的人。
因此我知道安分,我只求她们
亲切地向我问个好就足够。

我去过许多国家旅行,
总爱结识高尚的人士,
如果我听凭我的心,
对那些外邦的风气
感到非常欣赏,
定会有大祸临头。
这些废话,何必争论不休?
德国的好风气超过万邦。

从易北河到莱茵河旁,

直到我们匈牙利这里，
像在别处见过的一样，
也一定有高尚的人士。
我如能正确无讹，
评定美貌和举止，
我可以凭天主发誓，这里的女士
比任何别处的妇女要强许多。

德国男子有很好的教养，
妇女们简直都像是天使，
毁谤者一定是精神失常，
我的看法也只能如此。
谁要想能够发现
美德和纯洁的爱，
请来我国中，这儿充满愉快！
我愿永久住在这个国家里面！

我曾侍奉过，而且乐意
永远侍奉他们的那些人，
我决不离开他们的身边。
他们却带给我痛苦很深。
他们真善于伤害
我的心、我的感情。
天主啊，请原谅他们的罪行。
但愿他们将来能改正过来。

冬　季

冬季把一切扫荡精光：
原野和森林变得荒凉，
那儿曾有百鸟在歌唱。
要是看到姑娘们重在路上
抛球，鸟儿又会来歌唱。

但愿在冬眠中度过冬季！
张开眼，我就恨得它要死，
因为，到处都受它的统治。
可是总有一天它要让位给春季！
现在的霜地，又可折花枝。

我坐在一块石头上[*]

我坐在一块石头上，
一条腿搁在另一条腿上，
胳膊肘儿撑在腿上面，
下巴和半边脸
紧贴在手掌里。

---

[*] 这首格言诗描写一一九八年六月以后的德国国内状况。

我就这样冥想苦思：
怎样能在世界上生存。
我想不出有什么窍门，
能够获得三件至宝，
不会把任何一件丢掉。
前两件是名誉和财产，
二者常常互相摧残；
第三件是天主的恩宠，
这比前两件还要贵重。
我想把三者放进一个容器，
可惜却没有任何法子，
能把财产和俗世的名誉
以及天主的恩宠全都
一起纳入一个心中。
一切道路都阻塞不通，
不忠不义在暗中隐藏，
强权横行在大街之上，
和平和正义①伤势危险。
这二者不恢复，三宝就难保安全。

---

① 和平和正义是德意志皇帝加冕时的誓言。

真 正 的 爱

我衷心喜爱的小女子①,
愿天主永远赐给你幸福!
如果我想到更好的祝词,
很乐意为你祝福。
没有比我更爱你的人:
除此我能说什么? 唉,这真使我苦闷。

他们只是怪我②,说我
向低贱女子献歌。
他们却不理解,什么
是真正的爱:真该诅咒!
他们从没碰上真爱情,
只看中财富和美貌:这算什么爱情?

美貌后面常藏有恶意。
因此不要急于追求美。
爱比美更能使人心喜;
美却不能跟爱相比。

---

① 在骑士爱情歌中,称恋人为 vrouwe,但此处却跟过去的宫廷爱情歌不同,称恋人为小女子、少女,原文为 vrouwelîn。
② 瓦尔特歌颂对平民女子(农家姑娘、牧羊姑娘)的爱(低级爱情),受到宫廷方面的非难。

爱能使妇女显得更美，
而单凭美貌，却不能使人变得可爱。

我忍受过，并还会忍受，
继续忍受他们的责骂。
你这样美，已经足够，
他们还能有什么闲话？
不管他们说什么，我始终爱你，
我要你的玻璃戒指，不要王后的金戒指。

只要你忠诚、坚贞不变，
那么我就不用担心，
你将来会有那么一天
使我感到非常痛心。
如果你不具备这两者，
你决不会属于我。果真如此，太可悲！

萨 克 斯

(Hans Sachs,1494—1576)

汉斯·萨克斯是代表十六世纪市民文化的最大的工匠歌手、剧作家。一四九四年十一月五日生于纽伦堡。父亲是裁缝。一五〇一年入纽伦堡拉丁文学校学习,接受新的人文主义的教育,一五〇九年毕业,当靴匠的徒弟。同时跟织亚麻的工人农能贝克学习工匠歌的基本法则。一五一一年出去游码头,在南德莱茵地区各地待了五年之久。一五一六年还乡。一五二三年七月八日发表《维滕贝格的夜莺》,歌颂宗教改革家马丁·路德。以后他又写了些抨击旧教和教皇的作品,以致遭到市政府查禁。但他并没有泄气,依旧笔耕不辍。一五七六年一月十九日在纽伦堡逝世,享年八十二岁。

萨克斯写过四千二百七十五首工匠诗歌,还写过不少狂欢节戏曲、悲剧、喜剧、对话诗、说唱诗、寓言诗、宗教诗、恋歌等。取材范围很广,有《圣经》《伊索寓言》,希腊、罗马的著名诗人和历史家的作品。有的描写日常生活,有一定现实意义。

到了十七世纪,萨克斯这位下里巴人便几乎被人遗忘。因为十七世纪的宫廷巴洛克诗人看不起这位来自民间的作家,直到十八世纪,歌德在萨克斯逝世二百周年时写了赞诗《汉斯·萨克斯的诗歌使命》,才对他给以崇高评价。黑格尔在《美学》中说他"用新鲜明晰的形象和愉快的心情","随便拿上帝和古代宗教观念开玩笑,并且把宗教的虔诚完全体现在粗俗平民的平凡关系里。这种勇气还可以说是伟大的"。

一八六七年瓦格纳写成一部歌剧《纽伦堡的工匠歌手》,使萨克斯的名字为各国爱好音乐的人士所共知。

歌德在他的《浮士德》中也曾使用萨克斯的诗歌格律。

圣彼得和雇佣兵*

九个雇佣兵赤贫如洗,
出去沿门挨户行乞,
因为国内没有人打仗。
某日上午,他们从街上
一路走去,竟走到天门。
他们于是上前敲门,
因为他们也想去讨饭。
圣彼得守在天门里边①,
当他认出是佣兵来到,
便立即转身对主说道:
主啊,外面有一帮穷人,
让他们进来,他们很贫困!

---

* 本诗可与歌德诗《马蹄铁传说》合读,二者都以上帝和圣彼得的故事为题材,而歌德之诗则是学习萨克斯诗体而作。参看拙译《歌德诗集》下册。

① 欧洲人传说圣彼得掌管天门的钥匙。

他们想到这里来讨饭!
主回说道:闲事少管!

佣兵们只得在门外等待,
他们叽咕地咒骂起来:
受苦受难,什么圣事①!
圣彼得不懂其中含义,
以为他们讲宗教规矩,
想带他们到天国里去,
他说道:我的亲爱的主啊,
我请求你,让他们进来吧!
我从未见过这样的信徒!
主于是开口给他回复:
彼得,我说,你好不聪明!
我可断言,他们是佣兵!
他们会到这里来胡闹,
把天国弄得乱七八糟。
圣彼得一再求主恩准:
为你的荣耀,让他们进门!
主说道:那就让他们进来!
可是,这要由你负责,
以后还要你请他们动身!
圣彼得真是高兴万分。
他把信徒们领进天府。

---

① 这一句话是咒骂之词,意为该死!天杀的!

等到他们全走了进去
就大肆乞讨,死皮赖脸。
他们刚讨到一些金钱,
就待在那里动坏脑筋,
纷纷掷起色子赌输赢。
赌了一刻钟还没有到,
他们就开始互相争吵……
有一个大概成了输家……
他的火气越来越大,
不免对他人破口大骂,
并且互相动手殴打起来,
你追我跑互相追逐,
在天国里冲来撞去。

彼得听到他们在打架,
就走过去将他们责骂:
你们竟在天国里闹事?
滚开,去绞架上送死!

佣兵们对他恶意瞧瞧,
要不是他一溜烟逃掉,
真会吃饱他们的老拳。
他走去见主,喘气长叹,
抱怨那些雇佣兵胡来。
主对他说:你真是活该!

我今天不是有话在先：
别理他们,他们不要脸!
圣彼得求道:我真糊涂,
请你帮我把他们驱逐!
这件事我要引为鉴戒,
下次再不能让佣兵进来!
这一帮家伙真是太放肆!
主说道:去告诉一位天使:
叫他把大鼓挂在胸前,
站到天国大门外面,
咚咚猛敲! 圣彼得遵命
听主的话,照计而行。

当天使敲起他的大鼓,
那些佣兵就毫不犹豫,
直向天门外面飞奔,
以为出了什么事情。
彼得就把门关了起来,
把佣兵们拒于门外。
从此再不让人进天门,
彼得跟他们嘀咕了一阵。
此诗只宜当作滑稽诗,
汉斯·萨克斯毫无恶意。

玛格达勒娜歌*

我爱快活的夏季,
五月里草木茂盛,
因为我的心上人,
世间最可爱的人,
她喜爱这个季节,
从来就没有变更。

五月,高贵的五月,
你把碧绿的林子
用各种各样的花
打扮得富丽可喜,
我那娇美的恋人,
在里面轻移玉趾。

在繁盛的五月里,
上帝,愿你赐给我
一位美丽的淑女,
愉快健康的生活,
你为我选中的人,

---

* 本诗共九节,每一节第一行的开头字母,抽出来合在一起,正好凑成一个女子的名字 MAGDALENA。类似我国的藏头诗。

她把爱情赏给我!

因此,繁盛的五月,
我只是想念伊人,
她使我唉声叹气,
她使我心里高兴,
只要我一息尚存,
我决不对她变心!

我最高贵的宝贝,
保持名誉和忠实,
别让坏人的流言
使你想把我抛弃,
别让你的芳心里
给谎话留个位置。

但愿你把我的心
能完全看透,姑娘,
它尝到爱的痛苦,
为了你受了重伤!
只要说句安慰话,
它就会恢复健康。

只要我能属于你,
我将会永远欢愉,
而且忠心伺候你,

因此请不要顾虑!
我只要上帝和你
赐我幸福和荣誉。

我所爱慕的东西,
不是白银和黄金,
只爱你这位恋人,
只要我一息尚存,
爱情、名誉和忠诚,
我都能向你保证。

啊,爱情刚刚开始,
不要就跟我闹翻!
我得靠希望度日,
在今后一生之间!
我愿意为你唱歌,
千万遍祝你晚安!

格吕菲乌斯

(Andreas Gryphius,1616—1664)

安德烈亚斯·格吕菲乌斯原姓格莱夫(Greif),一六一六年十月二日生于西里西亚的格洛高(今名格洛古夫,属波兰)。父亲是新教牧师,在他五岁时去世,母亲改嫁给学校教师,在他十三岁时也死去。这时,皇帝军队对新教徒压迫加重,他不得不辗转各地求学。一六三二年在弗劳施塔特上学,从此时起,接触古代拉丁文文学和耶稣会士的新拉丁文文学,写拉丁文诗并翻译。一六三四年去但泽(今名格但斯克,属波兰)求学,在那里结识了奥皮茨。一六三六年回弗劳施塔特,当过家庭教师。一六三七年成为桂冠诗人。一六三八年去莱顿大学学习哲学、法学、解剖学、文学、语言学(能掌握十种外语)。一六三九年在该校讲授哲学、自然科学、历史。后来曾去法国和意大利旅行。回格洛高后,担任侯国议会的法律顾问。一六六二年参加丰收协会。一六六四年七月十六日在议会开会时,中风逝世,年仅四十八岁。

他是德国十七世纪的巴洛克文学的代表剧作家和抒情诗人。他写有十四行诗、颂歌、格言诗等。由于他经历了三十年战争(1618—1648)的苦难,目睹人民的痛苦,因此在他的诗中充满了反对战争的人道主义和爱国主义思想,敢为人民说话,富有民主色彩,但有时也不免流露出感伤的心情。

哀祖国之泪,一六三六年

我们已受到完全、比完全更多的蹂躏!
一批批无耻的军队,疯狂吹奏的军号,
沾满了鲜血的刀剑,轰轰震响的加农炮,
把一切辛勤的果实和储存消耗净尽。

教堂已天翻地覆,塔楼被烧成灰烬,
市政厅化为废墟,壮男们把性命送掉,
少女们受到奸污,不管向何处观瞧,
火光、瘟疫和死亡,使人们胆战心惊。

这里经常有鲜血流过战壕和市内,
已经有十八个年头①,我们的河里的水,
几乎被尸体堵住而不能完全畅通。

可是我还没谈到比死亡更令人恼火,
比瘟疫、大火、饥饿更加严重的后果,
许多人的灵魂之宝也已被劫夺一空。

---

① 三十年战争起于一六一八年,本诗作于一六三六年,战争已进行了十八年。

悼阿特拉图姆

你豪奢的坟墓,是用剥削得来的钱
以及穷人流出的汗水和眼泪所建,
现在被战争劈开,你那腐烂的尸骨
被一条愤怒的野狗疯狂地扯来扯去。
有人搬砖头,有人把美丽的墓碑搬走,
有人把大理石块拿去镶他的窗口,
而且说:取于人人者,人人亦必须取还。
有一位陌生人见此,不由得为你羞惭。
他哀痛,目睹你死后还不免遭此一劫,
我哀痛,在你死前没有发生这一切。

金 特

(Johann Christian Günther,1695—1723)

约翰·克里斯蒂安·金特于一六九五年四月八日生于西里西亚的斯特里高(今名斯采高姆,属波兰)。父亲是医生。他曾在希维德尼茨(今名希维德尼察,属波兰)新教的圣恩学堂就读,后去奥得河畔的法兰克福学习医学,继而又去维滕贝格大学学习。由于他父亲反对他想当诗人的意图,断绝给他的资助。他只得到莱比锡和德累斯顿去过漂泊生涯。门克教授赏识他的才华,曾介绍他去萨克森选帝侯和波兰王弗里德里希·奥古斯特那里去当宫廷诗人,但由于他喝酒误事,没有成功。后来他辗转到了耶拿,但身心都已不支。一七二三年三月十五日在耶拿暴卒,只活了二十八个年头。

他是介于巴洛克后期和狂飙突进时代之间的过渡时期的天才抒情诗人。歌德称他为自己的先觉者,在《诗与真》第七卷中这样写道:"他很可以称为名副其实的诗人。他是一个实实在在的人才,天生就有良好的感性以及想象力、记忆力,有把握事物和形象思维的才干,极为多产,节奏感强,头脑灵敏,并且渊博多能。"他的诗作在他死后次年,即一七二四年才在莱比锡和法兰克福第一次结集出版,并且在不到十年中出了四次新版。

俄国诗人罗蒙诺索夫(1711—1765)对金特的诗有浓厚的兴趣,曾学习金特写颂歌的经验而创造俄国的颂歌诗体。

蔷　薇[*]

我向蔷薇寻找我的快慰,
那吸引住我的心的蔷薇,
那战胜严寒冰冻的蔷薇,
它的花一年到头常开,
在菩提树旁可看到蔷薇,
别处没这样可爱的花卉。

人们赞美褐色紫罗兰,
它们确也值得赞美;
但因为只有孩子们喜欢,
所以我并不觉得可贵;
蔷薇有可以自炫的光华,
因此我要选盛开的蔷薇花。

蔷薇跟天神有血缘关系,
它是花国中的女王;
花容胜过最美的天气,

---

[*] 本诗约作于一七一七年夏至一七一九年夏之间,这时期诗人住在莱比锡。

甚至胜过"曙光"的面庞；
它是明星，照耀着世间，
什么也不能使它暗淡。

我拿蔷薇来装饰头发，
我把蔷薇浸在美酒里；
对于我这样的青春年华，
蔷薇将是最好的兴奋剂；
蔷薇可装饰我的笛管，
做我这大诗人的花冠。

我对蔷薇赋成诗吟诵，
我把心靠着蔷薇安睡，
我对蔷薇做我的绮梦，
怀着温暖恬静的喜悦……
我若有一天离开尘网，
愿有蔷薇放在我的棺柩上！

安慰咏叹调

最后，总有这一天来临，
最后，总得要出现安慰；
最后，希望之树会发青，
最后，人们会不再流泪。
最后，泪壶总会要碎掉，

最后,死神总会说:够了!

最后,水会变成葡萄酒,
最后,总有好时刻来到,
最后,牢墙也难保不朽,
最后,重伤也能够治好;
最后,身为奴隶的约瑟①
也会从囚禁之中获释。

最后,嫉妒也总要收场,
最后,希律②王也会寿终,
最后,大卫③的牧童衣裳,
贴边会全部染成紫红;
最后,时间会迫使扫罗④
筋疲力尽地懒于追索。

最后,我们的人生之路
将要结束我们的苦难,
最后,将要出现救世主,

---

① 约瑟被卖到埃及,在护卫长家中当奴仆,因不肯与主妇通奸,被诬下狱。后因替法老解梦而获释,并当了埃及的宰相。见《圣经·旧约·创世记》第三十七至四十一章。
② 希律为耶稣传道时的加利利分封王,曾杀害施洗约翰。卒于公元三九年以后。
③ 大卫继扫罗为犹太国王,他曾放过羊。见《旧约·撒母耳记上》第十六章。
④ 扫罗嫉妒大卫,要杀害他,天天追索大卫,但大卫却不记仇。扫罗感动而向大卫认罪。见《圣经·旧约·撒母耳记上》第二十三章以下。

他粉碎了奴隶的锁链!
最后,只要再过四十年,
希望就可以早早实现。

最后,芦荟会开出花来,
最后,棕榈树会结果实,
最后,忧惧会永远离开,
最后,痛苦会完全消失,
最后,会看到极乐世界,
最后,最后总归要到来。

克洛卜施托克

(Friedrich Gottlieb Klopstock, 1724—1803)

弗里德里希·戈特利布·克洛卜施托克于一七二四年七月二日生于哈尔茨附近的奎德林堡。父亲是律师。他曾在耶拿和莱比锡学习神学，跟《不来梅新论》的同人(盖勒特等)交往。一七四八年在该杂志上发表《救世主之歌》前三歌，引起很大反响。同年去朗根萨尔察当家庭教师。由于热恋表妹玛丽·莎菲·施密特，写了多首《芳妮颂歌》献给她。一七五一年去哥本哈根，丹麦国王给他年金，让他专心写作，《救世主之歌》的大部分即完成于此时。一七五四年六月跟梅塔(玛加蕾塔)·莫勒结婚。一七七〇年离开丹麦回汉堡。一八〇三年三月十四日在汉堡逝世。

克洛卜施托克曾写过一些颂歌歌颂法国革命。一七九二年他和席勒、华盛顿、佩斯塔洛齐等一起获得了法兰西共和国荣誉公民的称号。但后来到雅各宾党专政时，他又自认歌颂法国革命是一种错误。

他是启蒙运动时期最杰出的诗人。他的诗歌成就主要在于颂歌，感情真挚，富于激情，形象生动，韵调优美，不仅对"狂飙突进"诗人有一定影响，而且其格调之高，对荷尔德林和奥地利诗人里尔克，也有一定的影响。

蔷薇花带[*]

我在春天的绿荫下见到她,
我用蔷薇花带系住她:
她竟毫无知觉,仍在微睡。

我注视着她;我的视线
使我和她的生命相连:
我感觉到,却不明白。

可是,我对她默默低语,
沙沙地抖动蔷薇花带,
于是她从微睡中醒来。

她注视着我;她的视线
使她和我的生命相连,
我们四周变成极乐世界。

---

[*] 作于一七五三年。诗中的女性为梅塔·莫勒。诗人后来在次年六月十日跟她结婚,至一七五八年,梅塔即不幸早逝。本诗有采尔特等作曲。

祖 国 之 歌

我是一个德意志少女!
眼睛碧蓝,眼光温柔,
我有一颗心,
它高尚、骄傲而又善良。

我是一个德意志少女!
我的碧眼会怒目相向,
我的心会憎恨
那种轻视祖国的人!

我是一个德意志少女!
我不选任何其他国家
做我的祖国,
即使有极大的选择自由!

我是一个德意志少女!
对这种选择迟疑不决者,
我高贵的眼睛
会对他投以嘲笑的一瞥。

你不是一个德意志青年,
如果你不像我一样爱祖国,

你就不配她,
只配温吞吞迟疑不决!

你不是一个德意志青年!
我会全心鄙薄你这
轻视祖国者,
你这个异类,你这个笨伯!

我是一个德意志少女!
我善良、高尚、骄傲的心
会怦怦跳动,
听到祖国这个美名!

我将来遇到这种青年,
才会心跳:他像我一样
以祖国自豪,
是善良、高尚的德意志人!

天　平

在一边秤盘上放着荷马,
另一边放着无数评论家,
他们很久以来
　　　　写过那么多文章评论他。
放着大批评论家的

那只秤盘

高高地翘起。"再加,再加!"

     人们叫道。"再加!"

再加一个!再加一个!

直到他们把最后一个

放到秤杆上面。

徒然:秤盘还是没变!

舒 巴 特

(Christian Friedrich Daniel Schubart, 1739—1791)

舒巴特是施瓦本地区的狂飙突进时期的具有民主思想的诗人和音乐家。一七三九年三月二十四日生于符腾堡的上宗特海姆。父亲是副牧师和音乐指挥。他曾在埃尔兰根学习神学,后因病辍学。一七六三年在盖斯林根当过教师,由于不羁的性格,常闷闷不乐而作诗。一七六九年去路德维希堡在符腾堡公爵卡尔·欧根官廷中当风琴师和乐队总指挥。由于写诗讽刺某贵族,于一七七三年被逐出符腾堡,开始过流浪生活。一七七四年去奥格斯堡办《德意志纪事报》,攻击专制政治,抨击僧侣和贵族,赞扬民主自由,遭到当权者的猜忌。一七七五年又被逐出奥格斯堡,移居乌耳姆,想继续办报。终于由欧根公爵下令,把他诱到符腾堡境内加以逮捕,罪名是"厚颜无耻地反对世上的一切王公"。一七七七年一月二十三日被关进霍恩阿斯培克监禁堡垒。席勒曾在一七八一年化名前去狱中探望。舒巴特在狱中写了不少诗篇和他的自传《舒巴特的一生和思想》。他被监禁了十年,才得释放,于一七八七年出狱,随后被任命为斯图加特的剧场监督、乐队指挥和官廷诗人。他又办了一份《祖国纪事报》。一七九一年十月十日在斯图加特逝世。

舒巴特写过八百多首诗,具有鲜明的政治内容和浓厚的民歌气息。他在狱中写的《王公陵墓》《乞讨的兵士》《好望角之歌》强烈谴责了封建王侯贩卖德国青年给外国当炮灰以及其他的暴政。青年时代的席勒颇受他的影响。席勒的戏剧《强盗》就是取材于舒巴特的短篇小说《关于人心的故事》,而《阴谋与爱情》则受到《好望角之歌》的启发。

舒巴特写过一首诗《鳟鱼》,由于舒伯特配曲而闻名于世,在我国也为爱好歌曲者所熟悉。

乞讨的兵士

露出痛苦的眼光,
怀着无穷的忧虑,
我拄着我的拐杖,
在世间拐来拐去。

我吃过多少苦头,
在许多战役之中
参加过许多战斗,
置身在硝烟之中。

我见到许多同志
战死在我的身边,
我得听命于主子,
跋涉在血泊里面。

我常受炮火威胁,
眼看要悲惨死掉,
我常喝泥坑的水,
常吃发霉的面包。

恐怖的半夜时分,
不管是雨大风狂,
不管那雷电吓人,
我常要独自站岗。

好多次靠天保佑,
还远远离开坟场,
如今我获得报酬,
挂着这一根拐杖。

我有十三处创伤,
全靠这拐杖走路,
不知有多少时光,
我想还不如死去。

我沿门乞讨为生,
我这可怜的跛子!
可是,能感动何人?
谁肯给予我支持?

从前我打仗勇敢,
唱军歌好不高兴,
排在胜利者中间;
如今却是个伤兵。

孩子们,凭我弯腰
拄着的这根拐杖,
凭我快进入墓道,
泪水盈盈的眼光,

我求你们——孩子们!
逃离嘹亮的军号
和隆隆的战鼓声!
别像我得此恶报。

自 由 颂

哦,自由,自由!来自上帝的胸怀,
你是众生最幸福的快慰,
你的欢乐真有千千万,
你使世人像神仙一般。

你的殿堂在哪里,何处找到你?
让我也能跪在地上朝拜你,
当一个祭司,看守殿堂,

永远自由而幸福无疆。

从前你爱在德国林苑中流连,
让那月亮的光辉照着你的脸,
你的未受亵渎的祭坛
就在峨丁①的橡树下面。

赫尔曼②曾在你的光辉下晒太阳,
把长枪放在你的橡树之旁,
啊,你流露出母亲的欢喜,
把这位德国人抱在你怀里。

可是不久,君侯使你无安身之处,
加上那些爱造锁链的僧侣;
你于是就掉头而离开:
哪里有锁链声,就没有你在。

你逃到了瑞士人、英国人那里,
宫殿里和茅屋里都见不到你;
在哥伦布的新世界中,
你也张起轻松的帐篷。

最后,使一切国民感到惊奇,

---

① 日耳曼民族的最高之神。
② 亦名阿尔米尼。公元九年击败由瓦鲁斯率领的罗马军团于条托堡森林,被德国人尊为民族英雄。

好像一位女神也会耍脾气,
你把容光焕发的脸
转向快活的高卢人①那边。

好望角之歌*

起来!起来!弟兄们,坚强些,
别离的日子来到啦!
它沉重、沉重地压在心上!
我们要越过陆地和海洋,
去炎热的阿非利加!

弟兄们,一大群至爱亲朋
围在我们的身旁:
许多宝贵的纽带把我们
跟德意志祖国紧紧相连,
因此别离真使人忧伤。

再跟我们的白发双亲
来一次最后握手;
还有弟兄、姐妹、友人;

---

① 一七八九年七月十四日法国大革命后颁布《人权宣言》,宣布:自由、财产、安全和反抗压迫是天赋不可剥夺的人权。
* 本诗描写一群被诸侯贩卖到南非去开拓殖民地的德国青年跟亲人和祖国告别时的悲伤的心情。有人认为可与杜甫的《兵车行》合读。

37

大家默默地泣不成声，
面色苍白掉转头。

可爱的姑娘，像幽灵般
搂住恋人的脖子不放：
你要抛下我，亲爱的情郎，
永远抛下我？激烈的忧伤
使恋人无话可讲。

真残酷！鼓手，赶快敲响
全面集合的鼓声。
否则，别离使我们心软，
我们会哭得像小孩一般；
可是不能不离分。

再见，朋友们！这次见面
也许是最后一回，
想想吧，友谊不在乎暂时，
友谊要永远维持到底，
而上帝无所不在。

我们给手里塞满泥土，
在德国的边境上，
我们吻它，借此感谢你
给我们照料，给我们饮食，
你，亲爱的父母之邦！

然后,当海涛浪花飞溅,
拍击我们的船身,
我们就泰然扬帆行驶;
因为,到处会遇到上帝,
他不会抛弃我们!

哈哈,当那座桌山①耸出
蓝色的雾霭之中,
我们就把手高高举起,
欢呼:陆地! 弟兄们,陆地!
叫得船身都震动。

当我们的兵士和长官
安然跳到了岸上,
我们就欢呼,弟兄们,哈哈!
现在已来到阿非利加!
大家都感谢而歌唱。

做个勇敢善良的德国人
我们就远居异邦,
到处会有人赞扬我们:
德国人真是勇敢的人,
他们有才智,有胆量。

① 桌山在开普敦之南,高一〇八二米,山顶像铺着台布,故名。

我们在好望角的海角上
痛饮神仙的美酒，
然后，会不胜憧憬之情，
想到你们，远方的友人，
禁不住眼泪长流。

克劳狄乌斯

(Matthias Claudius, 1740—1815)

马蒂亚斯·克劳狄乌斯于一七四〇年八月十五日生于荷尔斯泰因的莱茵费尔德。父亲是牧师。他曾在耶拿学习神学和法学。后去哥本哈根任荷尔斯泰因伯爵的秘书,有机会结识克洛卜施托克。以后他又结识了赫尔德和莱辛。一七七一年以后在汉堡近郊的万茨贝克编杂志《万茨贝克信使》。一七七二年三月跟一个木匠师傅的女儿蕾蓓卡结婚,婚后过着幸福的家庭生活。一八一五年一月二十一日在汉堡逝世,享年七十五岁。

他虽与歌德同时代,并且于一七八四年去魏玛会晤过歌德,但他并未参加古典主义文学的运动,却跟崇拜克洛卜施托克的哥廷根的林苑派诗人们的理想发生共鸣,歌颂宗教、祖国和友谊。他的抒情诗在素朴的表现之中蕴藏着敏锐深刻的洞察力和温暖的爱,颇为浪漫派诗人所赏识,至今还拥有许多读者。他有些诗由于被舒伯特作曲而驰名。

克里斯蒂安娜*

天上有一颗小星，
一颗善良的小星；
照耀得如此可爱，
如此可爱而多情。

它在天上的位置，
我非常清楚明了，
晚上我走出门外，
时时要把它找到。

于是我久久伫望，
心怀极大的欣喜，
凝视着这颗小星，
并为此感谢上帝。

如今小星已消逝，
我来回反复寻找，
找遍以往的所在，
却再也找它不到。

---

* 诗人的次女于二十岁时早逝，此诗即为她而作。《男孩的神奇号角》将本诗收入，已成为一首脍炙人口的民歌。

死神和少女*

少　女

走开,啊,走开!
去吧,凶暴的死神!
我还年轻,去吧,
别来碰我,好先生!

死　神

伸出手来,温柔美丽的少女!
我是你的朋友,不是来惩罚你。
请你放宽心,我一点也不凶暴,
你要安然睡在我的怀抱里!

---

* 本诗曾由舒伯特谱曲,非常著名。

晚　歌 *

月亮已经出来了，
金色的星星照耀，
在天上闪着亮光；
森林黝黑而无语，
一片奇妙的白雾，
袅袅地升到牧场之上。

世界是多么寂静，
朦胧的夜幕降临，
何等亲切而可爱，
仿佛寂静的房间，
整个白天的忧烦，
你会在睡梦之中忘怀。

你见月亮在那边？
你只看到了半边，
它可是圆而美丽！
我们常非常自信，
嘲笑好多的事情，

---

* 作于一七七九年。曾由赖夏特和舒尔茨作曲。赫尔德将本诗收入《民歌中各族人民之声》里，成为一首脍炙人口的民歌。

其实是由于我们弱视。

我们傲慢的世人，
实是可怜的罪人，
知道的非常有限；
我们编许多空想，
使尽了许多伎俩，
离开目标却更加遥远。

上帝，全靠你恩赐，
不能信无常之事，
不能满足于虚荣！
我们要天真烂漫，
在世上，在你面前，
像个善良快活的儿童！

请借温和的死亡
带我们离开世上，
脱离一切的痛苦！
等你领我们前往，
让我们进入天堂，
你，我们的上帝，我们的主！

凭着上帝的圣名，
请躺下吧，弟兄们；
傍晚的空气清凉。

上帝！请免除惩处，
让我们安然睡去，
还有我们生病的街坊！

赫 尔 德

(Johann Gottfried Herder, 1744—1803)

约翰·戈特弗里德·赫尔德于一七四四年八月二十五日生于东普鲁士柯尼斯堡附近的小村莫龙根。父亲做过教堂的职工和教师。他在十八岁时去柯尼斯堡大学学习医学、神学和哲学。听过康德的讲课，并结识了哈曼，深受其影响。大学毕业后，去里加当中心教会的传教士，兼任附属学校的教师。开始写了一些评论著作。一七六九年去法国，认识了狄德罗和达朗贝。一七七〇年回国，在汉堡受到莱辛的欢迎。又在达姆施塔特认识了卡萝莉内·弗拉克斯兰，就是他后来的妻子。然后又去斯特拉斯堡医治眼病，认识了二十一岁的文学青年歌德。歌德受到很大的教益，非常尊敬他。后来，歌德去魏玛从政，就邀请他去魏玛担任教会总监，统管公国的宗教和教育。一八〇三年十二月十八日他在魏玛逝世。

赫尔德是狂飙突进时代的理论指导者，德国古典主义文学的开路先锋，又是个诗人和译诗家。不过他在诗歌创作方面没有什么大的成就，诗歌方面的主要功绩乃是对德国和欧洲各国民歌的收集整理和翻译，并于一七七八年开始出版，至一八〇七年再版时由约翰尼斯·封·缪勒改名为《民歌中各族人民之声》。这部诗歌集多半是德国、法国、西班牙、英国、苏格兰、丹麦、希腊，甚至还有美洲和非洲的民歌，同时也收入了莎士比亚、歌德、克劳狄乌斯等诗人的作品。这部民歌集不仅对德国古典主义诗人，特别是歌德，而且也对浪漫派诗人，具有很大的影响。梅林说过："没有赫尔德，就不会有乌兰德和《男孩的神奇号角》。"

魔王的女儿[*]

奥卢夫夜间骑马远驰，
请亲友来参加他的婚礼；

小妖们在青草地上跳舞，
魔王的女儿伸手招呼。

"欢迎，奥卢夫！干吗这样匆忙？
来参加圆舞，跟我跳一场。"

"我不能跳舞，我也不欢喜，
明日就是我的大喜日子。"

---

[*] 魔王为北欧传说中小妖精爱尔芬之王，并非恶魔撒旦。这种小妖精是一种侏儒小妖，住在小山上和森林里，爱好音乐和舞蹈。对人类常表示好意，但如不听从他们的话，也会恶意报复。歌德受到本诗的启发，曾写过一首著名的叙事歌《魔王》。恩格斯在一八六〇年六月二十日致马克思信中说："古丹麦的英雄诗，在许多废料中间，有很美丽的东西。"即指赫尔德所译的这首丹麦民歌。

"听着,奥卢夫,来跟我跳舞,
我会送给你金马刺一副。

还有丝衬衣,又白又精致,
我妈妈用月光晒白的衬衣。"

"我不能跳舞,我也不欢喜,
明日就是我的大喜日子。"

"听着,奥卢夫,来跟我舞蹈,
我会送给你一大堆金条。"

"一大堆金条我可以接受,
要跳舞,却是绝对不能够。"

"你要是不肯,奥卢夫先生,
你就一定会生病和遭瘟。"

她捶他一拳,击中他心胸,
他从未感到这样的疼痛。

她扶他上马,他面如死灰,
"去吧,去见你尊贵的小姐。"

当他回到自己家的门口,
母亲站在家门前直发抖。

"听着,我的儿,快对我说明,
你的脸为何苍白而发青?"

"它怎能不会又白又发青,
我今夜走过魔王的地境。"

"听着,我的儿,亲爱的孩子,
我拿什么话告诉你妻子?"

"就说我眼下在森林里面,
操练我的马和我的猎犬。"

第二天,天色还没有大亮,
送亲的队伍已送来新娘。

蜜酒葡萄酒,喝得好痛快。
"怎不见我的奥卢夫出来?"

"奥卢夫刚刚去森林里面,
操练他的马和他的猎犬。"

新娘揭起了猩红的布罩,
奥卢夫躺着,他已经死了。

爱 德 华

你的剑,为何被血染红啦?
　　爱德华,爱德华!
你的剑,为何被血染红啦,
　　你为何这样忧伤?——啊!
啊,我把我的鹰杀死啦,
　　妈妈,妈妈!
啊,我把我的鹰杀死啦,
　　再没这样的好鹰啦——啊!

你的鹰的血不会这样红啊,
　　爱德华,爱德华!
你的鹰的血不会这样红啊,
　　儿啊,爽快地说吧——啊!
啊,我杀死了我的红鬃马,
　　妈妈,妈妈!
啊,我杀死了我的红鬃马,
　　堂堂的忠实的马——啊!

你的马老了,没必要杀它,
　　爱德华,爱德华!
你的马老了,没必要杀它,
　　你一定有苦说不出——啊!

啊,我把我的父亲杀死啦,
　　妈妈,妈妈!
啊,我把我的父亲杀死啦,
　　我的心真是难过,难过——啊!

你现在要怎样进行忏悔啊?
　　爱德华,爱德华!
你现在要怎样进行忏悔啊?
　　儿啊,再对我说吧——啊!
我的脚不能在地上走啦,
　　妈妈,妈妈!
我的脚不能在地上走啦,
　　要漂洋过海远逃啦——啊!

你的家园要变成什么样子啦?
　　爱德华,爱德华!
你的家园要变成什么样子啦?
　　这样华美的家园——啊!
我管不了啦,让它们倒塌吧,
　　妈妈,妈妈!
我管不了啦,让它们倒塌吧,
　　我不想再见到啦——啊!

你的妻子和孩子又该怎样啦?
　　爱德华,爱德华!
你的妻子和孩子又该怎样啦?

如果你远出重洋？——啊！
世界很广大，让他们去乞化，
　　妈妈，妈妈！
世界很广大，让他们去乞化，
　　我永不再见他们啦——啊！

你怎能抛下你的亲爱的妈妈？
　　爱德华，爱德华！
你怎能抛下你的亲爱的妈妈？
　　我的儿，快说吧——啊！
我要留给你地狱之火和咒骂，
　　妈妈，妈妈！
我要留给你地狱之火和咒骂，
　　因为我听了你的话！——啊！

毕 尔 格

(Gottfried August Bürger, 1747—1794)

　　戈特弗里德·奥古斯特·毕尔格于一七四七年十二月三十一日生于哈尔茨山北麓哈尔伯施塔特附近的莫尔默塞文德。父亲是牧师。他曾在哈勒学习神学，一七六八年去哥廷根学习法学，跟哥廷根林苑派诗人们交往，并耽读英国珀西主教于一七六五年出版的《古英诗拾遗》。他后来当过法官，因不习惯官场生活，又去哥廷根大学讲授文学和美学。施莱格尔也当过他的学生。婚姻上的不如意和不安的家庭生活，使他感到苦恼。一七九四年六月八日在贫困中因肺病逝世于哥廷根，年仅四十七岁。

　　他是狂飙突进时期的著名诗人，又是民主主义者，反对德国的专制政治，支持法国大革命，充满革命豪情，梅林赞赏他"刚直不阿，言出必行，宁愿饿死，也不愿向诸侯手中乞求残羹剩饭"。

莱诺蕾*

莱诺蕾在黎明时分
从噩梦之中跳起:
"威廉,你死了,还是负心?
你要耽搁到何时?"
他随着腓特烈王①的军士
前去参加布拉格战役,
却没有写过信来,
报告他是否健在。

那位国王和那位女王,
倦于长期的争执,
软化了他们的铁石心肠,
终于达成了和议②;
双方军队都高歌欢唱,
敲起铜鼓,乐声悠扬,

---

* 这首著名的叙事歌作于一七七三年,控诉残酷的七年战争夺去了一位少女的情人。在发表之初,就被译成欧洲的各国语言。歌德在《诗与真》第十七章曾提到,说本诗在当时受到德国人的热烈欢迎。作曲家安德莱曾给它谱上乐曲。

① 普鲁士王腓特烈二世(在位 1740—1786)曾多次发动侵略战争,在七年战争(1756—1763)中在布拉格附近打败了奥国女王玛丽亚·特利莎。

② 一七六三年二月十五日签订了《胡贝尔土斯堡和约》,结束七年战争,普鲁士从奥地利手中夺得西里西亚,成为欧洲大陆上的新兴强国。

插上绿色的树枝,
返回他们的乡里。

任何地方,不论何处,
所有的大路和街巷,
老老少少都齐声欢呼,
迎接战士们回乡。
妻子儿女们高呼:万幸!
许多未婚妻高呼:欢迎!
唉!可是对于莱诺蕾,
却失去亲吻和欢慰。

她走向队伍,来去询问,
向所有的人打听;
却没有一个回乡的人
报告她任何音讯。
等到兵士们都已走散,
她把乌黑的头发扯乱,
一直扑倒在地上,
样子简直像发狂。

她的母亲奔过来看她:
"哎呀,愿主可怜你!
亲爱的孩子,你怎么啦?"
把她拥抱在怀里。
"哦,妈妈,妈妈!完了完了!

世上的一切全都完了!
天主也没有同情心。
唉,唉,我真是苦命!"

"愿天主保佑! 发发慈悲!
孩子,念念天主经!
天主所行的,没有不对。
天主会赐予怜悯!"——
"哦,妈妈,妈妈! 这是妄想!
天主所行的,真不妥当!
何必去念经祷告!
现在没这种必要。"——

"愿天主保佑! 谁认识天父,
都知道,他非常仁慈。
你要减轻你的痛苦,
全靠赐福的圣礼。"——
"哦,妈妈,妈妈! 我心如火烧,
任何圣礼也无法解消!
任何圣礼也不能
使死者得以复生。"——

"孩子,要是那个负心汉,
在那遥远的匈牙利,
背信弃义,另结良缘,
你又有什么法子?

孩子,让他去丧尽天良!
他决不会得到好下场!
肉体和灵魂分开,
假誓言会使他痛悔。"——

"哦,妈妈,妈妈!完了完了!
失去的不能再复返!
我的下场是死路一条!
我后悔出生到世间!
我的灯熄了,永远熄了!
在黑夜和恐怖中灭了!
天主也没有同情心。
唉,唉,我真是苦命!"——

"愿天主保佑!不要责罚
你的可怜的孩子!
她不知道说了什么话。
别记住她的罪孽!
啊,孩子,忘记尘世的痛苦,
你要想到极乐和天主,
就会有如意郎君
来安慰你的魂灵。"——

"哦,妈妈,什么叫做极乐?
哦,妈妈,什么是地狱?
有了威廉,才会有极乐,

没有他,就是下地狱!
我的灯熄了,永远熄了!
在黑夜和恐怖中灭了!
无论在世间,在天国,
没有他,就不会快乐。"

她的头脑,她的血管,
充满绝望的怒气。
她大胆放肆,继续埋怨
天主决定的旨意,
她扭伤手腕,捶伤胸房,
一直闹到日落时光,
一直到天幕上面
已出现繁星点点。

听!外边踢踢踏踏的声响,
好像马蹄在飞奔,
当啷当啷,在台阶之旁,
跳下个骑马的人。
听啊!听啊!门环的声音,
轻轻地响着,丁零丁零!
从门缝里又听到
有声音这样问道:

"喂!喂!姑娘,把门打开!
你醒着还是在睡觉?

你为什么还将我责怪?
你在哭还是在笑?"
"啊,威廉,是你!——这么晚才来?
我哭过一场,无法入睡;
唉,忍受多大的痛苦!
你骑马来自何处?"——

"我们半夜才鞴马装鞍。
我来自波希米亚。
我动身时已经很晚,
我要来娶你回家。"——
"哎呀,威廉,快点进房!
山楂树丛里风声瑟瑟响,
进来,到我的怀里,
让你得到些暖意!"——

"让山楂树丛里风声喧响,
让它瑟瑟响,孩子!
黑马搔地,马刺叮当。
我不能逗留在此地。
来,撩起衣裙,快跳上黑马,
在我的背后好好坐下!
今天还要赶一百里,
带你到我的新房里。"——

"啊,今天要赶一百里路程,

到你的新房里面?
听啊!听那低沉的钟声,
已经敲过十一点①。"——
"瞧那边,瞧这边!月色清明。
我们和死者骑马急行。
就在今天,我打赌,
带你到新床上去。"——

"你的新床在什么地方?
是什么样的房间?"——
"很远!——又小又静又清凉!
六块板加两块小板!"——
"我可睡得下?"——"你我同床!
来,撩起衣裙,跳到马背上!
贺客们都在等待;
房门为我们洞开。"

丽人撩起衣裙,很快就
跳到了马背之上;
她伸出百合花似的素手,
抱住驰骋的情郎;
呼啦呼啦,飞奔飞奔!
只听到嗖嗖的急驰之声,
人和马喘个不停,

---

① 夜间十一点钟是幽灵开始出现的时刻。

石子上迸出火星。

在他们右边,在他们左边,
原野、田地和牧场,
都像飞一般闪过眼前!
桥梁震得轰轰响!
"亲爱的,你也害怕?月色这样清明!
呼啦!死者们骑马急行!
亲爱的,你也害怕死人?"——
"不,可是别去惹死人!"

那边是什么乐声和歌声?
群鸦为什么飞来?
听敲钟之声!听挽歌之声:
"我们来埋葬尸骸!"
一批送葬者走近前来,
他们抬着棺架和棺材。
他们的歌声就好像
池塘里铃蟾的歌唱。

"尸体在半夜之后埋葬,
要哀哭、奏乐、唱歌!
现在我迎回我的新娘。
来来来,来喝喜酒!
司事,过来!带歌队前来,

为我把婚礼之歌唱起来！
神父，为我们祝福吧，
趁我们还没有睡下！"

歌乐沉寂。——棺材不见了。
听从着他的叫唤，
只听得呼啦,呼啦！奔来了，
紧跟在马蹄的后面。
驰驱驰驱，飞奔飞奔！
只听到嗖嗖的急驰之声，
人和马喘个不停，
石子上迸出火星。

右边也飞过，左边也飞过
树木、丛林和山岗！
左边、右边、左边都飞过
许多城镇和村庄！——
"亲爱的，你害怕？月色清明！
呼啦！死者们骑马急行！
亲爱的，你也怕死人？"——
"唉！不要去惊动死人！"

瞧啊！瞧啊！在刑场之旁，
月光下看不清楚，
那里有一个轻浮的流氓，

围着刑轮①轴跳舞。
"快！流氓,过来！向这里来！
流氓,过来,跟着我来！
等我们爬上床铺,
来跳个新婚圆舞！"

那个流氓,匆匆,匆匆！
紧跟着,淅沥淅沥,
仿佛旋风在榛树林中
瑟瑟地刮着枯叶。
驰驱驰驱,飞奔飞奔！
只听到嗖嗖的急驰之声,
人和马喘个不停,
石子上迸出火星。

月下的一切都在飞驰,
急急地飞向远方！
天和星星,也好像是
在头上飞驰一样！
"亲爱的,你害怕？月色清明！
呼啦！死者们骑马急行！
亲爱的,你也怕死人？"——
"唉！别去惊动死人！"——

---

① 刑轮为古代的一种刑具,将罪人缚于刑轮上分裂其尸,称为磔刑。

"黑马！黑马！好像鸡已啼，
时间很快就过去。
黑马！黑马！有黎明气息，
黑马！要赶快离去！
我们的路已走完,走完！
结婚的新床就在眼前！
死者们骑马急驰！
我们到了目的地。"

他放松马缰,急忙冲到
铁栅栏大门的前面。
他用细长的鞭子一敲,
敲断了门锁和门闩。
门扇呀的一声开启,
他们在墓地上面奔驰。
四周围一座座墓碑
在月下闪烁着幽辉。

嗨,嗨！奇迹真令人害怕！
瞧呀！一眨眼时光,
骑士的皮衫,一片片落下,
仿佛脆火绒一样。
他的脑袋变成了光头,
变成没有头发的髑髅,
身体变成骨架子,
拿着镰刀、沙时计。

黑马高举着前蹄喘气，
喷出点点的火星；
啊！人和马钻进地里，
消逝得无踪无影。
高空中听到咆哮、咆哮，
深坑里传来一阵哀号。
莱诺蕾芳心打战，
挣扎于生死之间。

这时幽灵们在月光下面
跳起链式的舞蹈，
他们团团地围成一圈，
唱着这样的曲调：
"忍耐！忍耐！哪怕心碎！
不要埋怨天主的安排！
你超脱你的肉身，
愿天主对灵魂开恩！"

农民致书暴君陛下

你是谁，君主，让你的车轮
肆无忌惮地把我辗碎，
让你的马踩伤我？

你是谁,君主,竟放任不管,
让你的朋友,你的猎狗
用爪牙撕我的肉?

你是谁,让你的猎队吆喝,
在田里和森林里赶得我
像野兽喘不过气来?——

你的猎队踏坏的庄稼,
你的马、狗和你吃掉的
粮食,君主,是我的。

你阁下没拿过钉耙和锄犁,
在收获时节又没出过汗。
劳力和粮食是我的!——

哈!是天主授命你当权?
天主赐福;却被你劫夺!
天主没授命你,暴君!

赫 尔 蒂

(Ludwig Heinrich Christoph Hölty, 1748—1776)

路德维希·赫尔蒂于一七四八年十二月二十一日生于汉诺威附近的玛丽恩塞。父亲是传道士。他的母亲很早就死去,当时他患天花,因此后来总是体弱多病。他曾在策勒读文科中学。一七六八年回乡,经历了一次失恋。一七六九年去哥廷根学习神学和现代语言,靠给人补习和翻译维持生活。一七七〇年通过毕尔格认识了博伊(文艺杂志编辑)和他的友人。一七七二年九月十二日跟福斯、米勒等结成哥廷根林苑派诗人团体,并参加编辑《哥廷根文艺年鉴》,吸引了一批青年作家,成为狂飙突进运动的一支重要力量。一七七四年和米勒前往莱比锡,想去打开新局面,不幸突发肺病。一七七五年父死,回玛丽恩塞。一七七六年去汉堡和万茨贝克会晤克洛卜施托克、福斯、克劳狄乌斯,想在那里定居。同年秋天去汉诺威,找名医齐默尔曼治病,但为时已晚。一七七六年九月一日在汉诺威逝世,享年仅二十八岁。

他是林苑派中颇有才华的诗人。他的抒情诗优雅柔婉,朴实而感情深刻,歌唱友谊、爱情和自然,有时表现出对人民特别是对农民的同情,对专制暴政的蔑视。他跟毕尔格等人同为近代德国叙事歌的先驱者。他的颂诗,语言洗练而流利,形式优美,令人想到他所师事的克洛卜施托克,而其古典的匀整性,又令人想到后来的荷尔德林。

他掌握多种语言(希伯来语、希腊语、拉丁语、英语、法语、意大利语、西班牙语),翻译了英国学者赫尔德(Richard Hurd,1720—1808)的《道德和政治对话集》和沙夫茨伯里伯爵的哲学著作。

乡 村 生 活

> 我要喜爱无名的河流和森林。
>
> 维吉尔

逃离城市的人,真是极幸福的人!
每棵树的沙沙声,每条小溪的潺潺声,
  每颗闪光的小石子
   都对他宣讲善和智慧!

每棵绿荫的灌木对他都是神圣的
殿堂,上帝更近地走过他的身旁;
  草地都是祭台,
   他可以对着崇高者下跪!

他的夜莺对他歌唱,让他入睡,
他的夜莺又会婉转地把他叫醒,
  当那可爱的晨曦

透过树木照到他床上。

然后,他赞美你,上帝啊,在早晨的田野里,
在你的通报者、你的壮丽的太阳
　　升起的光华之中,
　　　虫豸和芽枝里都有你存在;

他休憩在飘动的草中,当凉风吹来,
或者把泉水飘洒到百花之上,
　　他嗅着花的气息,
　　　他享受着温和的晚风。

他的茅草屋顶,那儿有一群鸽子
晒太阳、跳着嬉戏,招他去安然休息,
　　就像城市男女的
　　　金碧辉煌的大厅和软垫。

嬉戏的鸽群呼呼地对他飞了下来,
对他咕咕地叫着,飞到他的篮子上,
　　从他的手里啄食着
　　　面包屑、豌豆和颗颗谷粒。

他常常踽踽独行,想到人皆有一死,
走过乡村的墓地,坐在一座坟墓上,
　　瞧着那些十字架
　　　和那些飘动着的花圈。

逃离城市的人,真是极幸福的人!
当他出生的时候,有天使来祝福他,
 把天国的花朵
  撒在孩子的摇篮上面。

五 月 之 夜

当那银色的月亮透过灌木注望,
把它朦胧的光倾泻在草地上面,
 夜莺在清脆地歌唱,
  我在丛林里忧伤地独行。

于是我赞美你幸福,歌唱的夜莺,
因为你的女伴跟你住一个香巢,
 她给她唱歌的丈夫
  亲上无数亲切的吻。

在绿叶荫蔽之下,一对鸽子咕咕地
向我流露出欢喜;可是我掉转头去,
 寻觅黑暗的灌木,
  寂寞的眼泪流了下来。

哦,嫣然微笑的倩影,你像晨曦一样
照进我的心,我在世间何时找到你?

我的寂寞的眼泪
　　热烈地从脸上颤抖地流下。

春 之 歌

天空澄碧,山谷青苍,
小小的铃兰花儿怒放,
还有报春花盛开;
　瞧那草地
　　已经多姿,
一天天还要更多彩。

谁喜爱五月,就请过来,
欣赏这个美丽的世界
以及上帝的恩惠,
　是他创造
　　如此多娇,
这棵树和它的花卉。

歌 德

(Johann Wolfgang von Goethe, 1749—1832)

约翰·沃尔夫冈·封·歌德,一七四九年八月二十八日生于美因河畔的法兰克福。父亲是法学博士,当过该市参议员。母亲是该市市长之女。他先在莱比锡大学学法律,后至斯特拉斯堡大学求学,结识赫尔德,使他成为狂飙突进运动的代表人物。写了戏剧《葛茨》、小说《少年维特的烦恼》和一些富有反抗精神的诗。一七七五年,应魏玛公爵之邀,去魏玛从政。政治生活使他感到苦恼,遂于一七八六年去意大利旅行,至一七八八年回国。从一七九四年起,歌德跟席勒建立了亲密的友谊。二人在文学上密切合作,互相鼓励,使德国文学进入辉煌的古典主义时代。一八三一年他完成了毕生的巨著《浮士德》后,于一八三二年三月二十二日在魏玛逝世。

歌德是具有多方面才能的巨人,他是思想家、政治家、自然科学家、小说家、戏剧家、诗人。作为诗人,他是德国最伟大的抒情诗人。他一生作诗从未间断。由于一生中有过多次恋爱体验,所以他写了不少爱情诗,这些上乘之作,曾由许多音乐家谱曲,为人传诵。在狂飙突进时期,他写过许多热情洋溢、富于反抗精神的自由体颂歌。在魏玛时期,随着生活与思想的变化,诗歌也趋于平静。在与席勒建交后,二人互相竞赛,写了许多优美的叙事歌。到了晚年,他又向波斯、阿拉伯诗人学习,写了著名的《东西诗集》,他的诗泉,到老也没有衰竭。

歌德爱向民歌学习,所以他的诗大多富有民歌风味。同时他也善于向外国诗人学习。他的诗歌,不仅数量极多,而且各种体裁的诗都无不具备。他甚至还向我国的诗歌学习和借鉴。他的诗歌乃是世界文学的一份宝贵的遗产。

欢会和别离[*]

我的心在跳,赶快上马!
想到就做到,毫无踌躇。
黄昏已摇得大地睡下,
群山全都悬挂起夜幕;
橡树已经披上了雾衣,
仿佛岿然屹立的巨人;
黑暗从灌木林中窥视,
张着无数黑色的眼睛。

月亮出现在云峰之上,
透过了雾纱凄然观瞧;
晚风鼓起轻捷的翅膀,
在我的耳边发出哀号;

---

[*] 一七七一年春为塞森海姆牧师的女儿弗里德里凯·布里翁而作。本诗曾由舒伯特等谱曲。

黑夜创造出无数妖魔,
我的心情却非常振奋:
我的血管里好像着火!
我的心房里烈焰腾腾!

见到你,你甜蜜的眼光
就灌给我柔和的欢喜;
我的心完全在你身旁,
我一呼一吸都是为你。
玫瑰色的艳丽的春光,
烘托在你花容的四周,
你对我的柔情——啊,上苍!
我虽盼望,却无福消受!

可是,随着熹微的晨曦,
离愁已充满我的心中:
你的亲吻含多少欢喜!
你的眼睛含多少苦痛!
我走了,你呆立着凝视,
你目送着我,泪珠满目:
不过,被人爱,多么福气!
而有所爱,又多么幸福!

野 蔷 薇[*]

少年看到一朵蔷薇,
荒野的小蔷薇,
那样娇嫩而鲜艳,
急急忙忙走向前,
看得非常欢喜。
蔷薇,蔷薇,红蔷薇,
荒野的小蔷薇。

少年说:"我要采你,
荒野的小蔷薇!"
蔷薇说:"我要刺你,
让你永不会忘记,
我不愿被你采折。"
蔷薇,蔷薇,红蔷薇,
荒野的小蔷薇。

野蛮少年去采她,
荒野的小蔷薇;
蔷薇自卫去刺他,

---

* 约于一七七一年夏作于斯特拉斯堡。这首根据民歌的改作曾由舒伯特等名音乐家谱曲达百种以上。小蔷薇影射恋人弗里德里凯,歌德爱过她,却又抛弃了她,不免感到内疚,故此诗亦属"诗的忏悔"之作。

她徒然含悲忍泪,
还是遭到采折。
蔷薇,蔷薇,红蔷薇,
荒野的小蔷薇。

普罗米修斯*

去把你的天空,宙斯,
布满云雾,
而且像敲掉蓟草头的
儿童一样,①
对橡树和山顶逞威风吧;
可是,不许你碰一碰
我的大地,
不是你造的我的小屋,
还有我的炉灶,
为了炉火②,
你对我嫉妒。

在太阳下面,还有谁

---

* 作于一七七四年秋。为无韵颂歌体诗,代表狂飙突进的精神,赞美人类自己的自由创造,是天才的赞歌,是创造者的喜悦的心声。赖夏特、舒伯特曾为本诗谱曲。

① 峨相之诗《忒摩拉》篇中曾说芬伽尔的枪不是儿童用来敲掉蓟草花的棍棒。歌德此处将宙斯的霹雳棒比作儿童的棍棒,含有嘲讽之意。

② 宙斯从人类那里夺走火,普罗米修斯又机智地盗回,送给人类。

比你们更可怜,群神啊!
你们勉勉强强
靠供奉的牺牲
和祈祷的声息
保养你们的威严,
若没有孩童和乞丐①、
那些满怀希望②的傻子,
你们早就饿死③。

当我还是个孩童,
不知天高地厚,
我张着迷惑的眼睛
向着太阳,好像那上面
有一只耳朵,会听我诉苦,
有一颗心,像我的一样,
怜悯受压迫的人。

谁帮过我
对付巨人族的骄横④?
谁救我脱离死亡,
免于奴役?

---

① 孩童尚未成熟,乞丐乞求帮助,俱为对人类的蔑称。
② 指盲目信神。
③ 阿里斯托芬《鸟》第五场:"普罗米修斯说,自从鸟儿建立鸟国,没有人再给神献祭,没有烤肉的香味升到天上,神都饿急了。"
④ 诗人认为:宙斯在奥林匹斯山统治时,在地上还继续存在着跟巨人族的斗争。

一切不都是你自己完成，
神圣的火热的心？
而你，年轻纯朴，
受到蒙蔽，却对天上的
酣眠者①感谢救命之恩？

要我尊敬你？为什么？
你可曾减轻过
背负重荷者的痛苦？
你可曾拭干过
忧心者的眼泪？
把我锻炼成男子汉的，
不是那全能的"时"②
和永恒的"命运"③，
我的，也是你的主宰？

你也许妄想，
我会厌弃人生，
遁入荒漠，
因为美丽的梦
没有全告实现？

---

① 指饱食终日、无所用心的宙斯。
② 时（Zeit）即克罗诺斯（Chronos，时间的化身，时之神）。古代俄尔甫斯教徒认为他是宇宙本原之一。火、气、水是他的产物，一代一代的神就起源于这些大元素。
③ 命运即命运女神（Moira）。此处言普罗米修斯服从最高的太古之神，他们的地位超过宙斯。

我坐在这里，照我的
样子造人①，
造成跟我相似的种族，
去受苦，去流泪，
去享乐，去欢喜，
而且不尊敬你，
就像我！

湖　上*

新鲜的营养②，新的血液③，
我吸自自由世界④；
大自然是多么温柔亲切，
她把我拥在胸怀！
湖波在欸乃橹声之中
摇荡着轻舟前进，
高耸到云天里的山峰⑤，
迎接我们的航行。

---

① 有些神话中说，普罗米修斯用泥（一说用泥和水）捏成了人，并赋予人以生命。
* 一七七五年歌德为了摆脱恋人丽丽，去瑞士旅行。六月十五日泛舟苏黎世湖上而作成此诗。本诗曾由舒伯特、门德尔松等谱曲。
② 晨风的新鲜之气。
③ 新的健康和生命力。
④ 自由世界是与受社交生活束缚的法兰克福世界相对而言。
⑤ 覆着白雪的阿尔卑斯山。

眼睛①,我的眼睛,你为何低垂?
金色的梦②,你们又复回?
去吧,美梦! 任你如黄金;
这里也有爱和生命③。
就在这湖波上面,
闪晃着万点明星④,
四周高耸的远山,
完全被软雾吞尽;
绿荫深处的港口,
吹着鼓翼的晨风,
成熟的禾黍⑤油油,
掩映在湖水之中。

浪游者的夜歌*

你⑥乃是从天上降临,

---

① 原诗第一节用抑扬格,由此行起,转用扬抑格,以示心情的转变。
② 回想到丽丽。
③ 在这里的大自然中也同样显示有创造生命的爱。
④ 映在湖波上的阳光。
⑤ 原文 Frucht,此处指谷物(麦子),非果树之果实。
* 一七七六年二月十二日在魏玛之北、埃忒尔斯山中夜游所作。浪游者(Wanderer)是从前人们给他起的绰号,因他常在法兰克福、达姆施塔特、莱茵河一带独自漫步。参看《诗与真》第十二卷。
⑥ 你指第七行的甘美的安宁。欧洲人认为心中的安宁为上帝所赐,故云从天上降临。《圣经·新约·约翰福音》第十四章二十七节:"我将我的平安赐给你们。"

熄灭一切烦恼伤悲,
谁有双重的不幸,
你也给他双重安慰,
唉,我已经倦于浮生!
管什么欢乐和苦痛?
甘美的安宁,
来,进驻我的胸中!

浪游者的夜歌[*]

群峰一片
沉寂,
树梢微风
敛迹。
林中①栖鸟
缄默,
稍待你也
安息②。

~~~~~~~~~~

* 一七八〇年九月六日晚在伊尔美瑙的吉息尔汉山山顶小屋中题壁之作,为歌德抒情诗中的绝唱。曾由舒伯特、李斯特等音乐家谱曲,多达二百种以上。
① 本诗写景由远而近。树林指木屋四周的枞树林。
② 安息并非指睡眠或死亡,而是指恢复内心的宁静。

对 月*

你又把幽谷密林①
注满了雾光②,
你又把我的心灵
再一次解放;

你用慰藉的目光
照我的园邸③,
就像知友的眼光
怜我的遭际。

哀乐年华的余响
在心头萦绕④,
我在忧喜中彷徨,
深感到寂寥。

~~~~~~~~~~~~~~~~

* 本诗初稿作于一七七七年或一七七八年。此处译稿依据之底本为第二稿,完稿时期约为一七八八年。本诗将作者对施泰因夫人之爱跟自然的感情美妙地融合在一起,被称为最美的月光诗,歌德抒情诗中的绝唱。曾由舒伯特等谱曲。
① 密布丛林的伊尔姆河谷。
② 被雾气浸润的朦胧的月光。
③ 卡尔大公赠给歌德的花园别墅。
④ 夜晚使心灵充满对过去的回忆。

流吧,可爱的小溪①!
我永无欢欣,
嬉戏、亲吻都消逝,
更何况真情。

但我曾一度占有
可贵的至宝!
永不能置之脑后,
这真是烦恼!

喧响吧②,莫要停留,
沿山谷流去,
流吧,合着我的歌,
鸣奏出旋律,

不论是你在冬夜
汹涌地高涨,
或是你绕着幼蕾,
掩映着春光。

福啊,谁能无憎地③
躲避开尘网,

---

① 以下由咏月而转咏流水,它是诗人的唯一的朋友。流水唤起失恋的痛苦的回忆。
② 哗哗的流水使诗艺之力具体化。
③ 不憎恨人类,不蔑视人类,尽管被爱情和忠诚所欺骗。

怀里拥一位知己①,
共同去欣赏

那种不为人所知、
所重②的风流,
在胸中的迷宫里
作长夜之游。

渔　夫 *

水声哗哗,水波泛滥,
渔夫坐在岸旁,
静静地望着钓竿,
凉意沁入心房。
他正坐着,正在探望,
海水两面分开;
一个湿漉漉的女郎
从水波中出来。

---

① 知己指恋人,但亦可解释为月亮的诗语。
② 原文 nicht bedacht = verachtet,即不重视、认识不到它的真正的价值。
* 一七七八年一月十九日有一位魏玛宫廷女官投水自尽,歌德曾目睹其尸。本诗约作于同年年初,歌咏水的危险的魅力。赫尔德曾将本诗收入他编的民歌集中。舒伯特、赖夏特等曾为本诗谱曲。本诗跟席勒《威廉·退尔》剧中渔童所唱的渔歌并称双绝。

她对他唱,她对他说:
为何把我的娃娃,
利用人的诡计阴谋
骗到烈日之下?
你若知道鱼在海底
何等优哉游哉,
你就干脆跳进水里,
那才感到爽快。

你没看到太阳月亮
都爱浸入海里?
它们出浴后的面庞,
不是倍加美丽?
这海底的碧天晶莹,
没有将你迷住?
看到你水中的面影①,
不想永沾甘露②?

水声哗哗,水波泛滥,
浸湿他的光脚;
他的心中忐忑不安,
如听情人唤叫。
她对他唱,她对他说,

---

① 希腊神话中那耳喀索斯看到映在水中自己的面影,发生贪恋,憔悴而死,化为水仙花。此处化用此神话。
② 海水浴能使人返老还童,永葆青春,故比之为甘露。

他的大限已到：
一半自沉，一半被拖，
再也看他不到。

魔　王[*]

谁在深夜里顶风飞驰？
是父亲带着他的孩子，
他把那孩童抱在怀中，
紧紧搂住他，怕他受冻。

"我儿，为何吓得蒙住脸？"
"啊，爸爸，那魔王你没看见？
他头戴冠冕，身着长袍。"
"我儿，那是烟雾袅袅。"

"可爱的孩子，跟我去吧！
我跟你做有趣的玩耍；
各色的鲜花开在岸旁，
我妈有好多金线的衣裳。"

"好爸爸，好爸爸，你没听见

---

[*] 魔王为小妖魔爱尔芬之王。本诗受赫尔德所编译的民歌集中《魔王的女儿》启发而作，歌咏自然的神秘的、恶魔的力量。约作于一七八一年。舒伯特曾为本诗谱曲，已成为世界名曲。

魔王轻声许下的诺言?"
"别吭声,我儿,你要安静,
那是风吹枯叶的声音。"

"你愿跟我去,美丽的宝宝?
我女儿都会待你很好;
我女儿每夜都会跳圆舞,
一面跳,一面唱,摇着你睡熟。"

"好爸爸,好爸爸,你没有看出,
魔王的女儿躲在暗处?"
"我儿,我儿,我看了好久,
那是几棵灰色的老杨柳。"

"我爱你,你的美貌迷住我;
你如果不愿意,我就要抢夺。"
"好爸爸,好爸爸,他抓住我不放!
魔王已经把我抓伤!"

父亲好惊慌,策马急奔驰,
他紧紧搂住呻吟的孩子,
辛辛苦苦地赶回家门,
怀里的孩子已经丧生[1]。

---

[1] 本诗的成立有一段逸事。一七八一年四月某夜,有一个农民抱一病孩骑马赶往耶拿一教授处求医,教授宣告无望,农民只得仍抱病孩骑马回家。未抵家门前,孩子已断气。数日后,歌德在该处附近旅邸内闻知此事,遂作成本诗。

迷　娘[*]

你知道那柠檬花开放的地方,
香橙在绿荫深处闪着金光,
从蓝天里吹来温和的微风,
桃金娘悄然无语,月桂高耸,
你可知道?
　　　　前去!前去,
亲爱的人,我要和你同去。

你知道那别墅?圆柱支着屋顶,
厅堂辉煌,房间非常明净,
大理石像对着我凝眸注望:
可怜的孩子,你有什么忧伤?
你可知道?
　　　　前去!前去,
我的保护人,我要和你同去。

你知道那座高山和它的云路①?

---

* 迷娘是一个被人拐骗出来的意大利姑娘,由威廉买下来收养。本诗抒写迷娘怀乡之情,也显示出歌德对南国意大利的憧憬。约作于一七八三年十一月以前,后收入小说《威廉·麦斯特的学习时代》第三卷,为迷娘曲中最脍炙人口的一首。曾由贝多芬、舒伯特各大音乐家谱曲。
① 云气弥漫的山路。亦有解作悬桥者,即圣哥达山道上的恶魔桥。迷娘从意大利北上,曾经过该处。

骡子在迷雾之中寻觅征途;
深洞里面栖着古龙的子孙①;
悬崖欲坠,飞瀑直泻奔腾,
你可知道?
　　　　　前去!前去,
动身走吧!爸爸②,让我们前去!

发　现*

我在树林里
茫然漫游,
我的思想里
无所寻求。

我看到荫处,
小花一朵,
好像是明星,
又像明眸。

---

① 歌德在《诗与真》第十八卷叙述他游览瑞士利维纳山谷时的印象时说:"在极度的荒凉寂寥中的瀑布的潺潺声和驮马的铃声随风飘来……这儿的岩窟是蛟龙的巢穴,不难想象出来。"
② 迷娘把威廉师父称为亲爱的人、保护人、爸爸,流露出她的复杂的心情。
* 作于一八一三年八月二十六日。二十八日从伊尔美瑙写信给妻子时,附寄此诗。诗中所述,乃回忆二十五年前,即一七八八年七月十二日跟克里斯蒂阿涅相识。此处将她比作小花。

我想采下它,
它婉言道;
难道采下我,
让我枯掉?

我于是把它
连根掘起,
带回家中去,
放在园里。

拣了个幽处,
把它种下;
它长出新枝,
继续开花。

天福的向往*

别告诉他人,除了贤人,
因为大众会立即讽刺,
我要赞美那样的生灵,
它向往投入火中焚死。

---

* 一八一四年七月三十一日作于威斯巴登。天福指此生之后享受的天国的幸福。本诗主旨为叙述尘世之爱和天国之爱的相互关系,并联系到光明与黑暗的对极性。

在爱情之夜,清气凉爽,
它生出了你,你又生育,
只要静静的烛火①放光,
你就发生奇妙的感触。

你要冲出黑暗的阴影②,
再也不能受它的包围,
新的欲望在将你勾引,
去进行更高的交配。

任怎样遥远,你不担心,
你飞过来,进入迷魂阵,
到最后,由于贪恋光明,
飞蛾啊③,你就以此焚身。

如果你一天不能理解,
这就是:死而转生④!
你只是个阴暗的寄居者⑤,

---

① 静静的烛火象征更高的光明、更高的焚死,跟凡间的爱情之火相反。
② 尘世是黑暗的(末句:"黑暗的凡尘"),黑暗的阴影属之。与此相反的是光明,世人渴望光(15 行:"贪恋光明"),燃起一种新的欲望。
③ 飞蛾原文 Schmetterling,又意为蝴蝶,象征人死后飞离肉体的灵魂。飞蛾投火乃是东方诗人(如哈菲兹)爱用的题材。
④ 歌德认为生存乃是一种在生与死之间的无止境的变,一种连续的变形。所以死并不是灭,而是变或转生(werde)。这里也意味着,从爱的极点通过死亡而到达新的转生。
⑤ 只要世人一天不能憧憬光明(天福的憧憬或向往),他就依然是个阴暗的寄居者(寄居尘世的浊物)。

在这黑暗的凡尘。

尽管你隐身藏形*

尽管你隐身藏形,千变万化,
可是,最亲爱的人,我一眼就认出你,
尽管你脸上蒙住魔术的面纱,
无所不在的人,我一眼就认出你。

看到柏树最纯洁、蓬勃的长势,
生长得最美的人,我一眼就认出你,
在水道的澄澈、流动的清波里,
最惹人爱的人,我一定会认出你。

看到那一道喷涌得高高的水泉,
最好耍的人,我多么高兴认出你,
当白云忽而成形,忽而改变,
最多变的人,我刹那间认出你。

看到像花巾似的牧野的绿茵,
灿如繁星的人,我一下子认出你,
看到四面攀缘的千臂常春藤,

---

* 作于一八一五年三月十六日,歌颂恋人玛丽安妮。收入《东西诗集》的《苏来卡之书》。本诗为模仿波斯加宰里(又译嘎扎勒)诗体之作,即每个偶句诗行,用同一字收尾。

哦！最会缠人的人，我就此认出你。

每逢山头映照晨曦的红光，
最使人开心的人，我立刻欢呼你，
等到上空现出清澄的穹苍，
最使人开怀的人，我就呼吸你。

我由内外感官获得的认识，
教化一切者，认识全都是靠你，
每逢我称道安拉的一百个名字①，
每个圣名的应声都是应着你。

湖畔月夜*

昏暗的暮色从上空垂降，
近处的一切已远远隔开；
可是金星却放出清光，
首先在空中上升起来！

---

① 伊斯兰教的真主安拉有九十九个美名，九十九种德行。穆斯林的念珠有九十九颗珠子，即象征真主的九十九个美名，如治疗一切者、怜悯一切者、拯救一切者。

* 一八二七年歌德读到我国广东木鱼歌唱本《花笺记》的英译本，受到启发，按照中国诗的意境写成《中德岁时诗》十四首。此为其中的第八首，咏湖畔月夜，最美，最著名，常被收入歌德诗的各种选本。诗题为译者所加。

万物摇摇地坠入朦胧，
雾气悄悄地向上弥漫；
在休憩着的湖水之中
映着一片沉沉的黑暗。

这时在东方的天际，
我预感到如火的月光，
鬈丝似的袅袅的柳枝，
嬉戏在近旁的水面上。
由于柳影的摇曳晃荡，
迷人的月光随之颤动，
一阵沁人心脾的清凉，
从我眼里钻进了心中。

福　斯

(Johann Heinrich Voß, 1751—1826)

约翰·亨利希·福斯于一七五一年二月二十日生于梅克伦堡的索默斯多夫。父亲是佃农。他曾在彭茨林和勃兰登堡求学。一七六九年当过家庭教师。一七七一年向《哥廷根文艺年鉴》投寄诗稿，收到博伊的回信鼓励。一七七二年去哥廷根大学学习神学和语言学。博伊很支持他，把他介绍给他的友人们。九月二十一日跟米勒、赫尔蒂等成立哥廷根林苑诗社。由于生活困难，课余从事翻译和家庭教师工作。一七七四年去汉堡访问克洛卜施托克，又去弗伦斯堡访问博伊的家族，并跟博伊的妹妹订婚。一七七五年移居万茨贝克，跟克劳狄乌斯交游，并接替博伊编《哥廷根文艺年鉴》。一七七七年结婚。一七七八年去奥腾多夫当学校校长。一七八二年去欧丁当中学校长。一八〇二年移居耶拿，跟席勒和歌德交游。一八〇五年接受选帝侯的建议，去海德堡（年金一千塔勒）。一八二六年二月二十九日在海德堡逝世。

福斯的祖父是农奴，父亲是佃农，这种出身使他对农民的疾苦深有体会。他的主要创作《农奴三部曲》，揭露了容克地主的残酷剥削。他的另一部描写牧师家庭的牧歌《路易丝》，对歌德的《赫尔曼和多罗泰》有重要影响。福斯拥护法国大革命，具有自由思想，反对封建专制制度、天主教和蒙昧主义，他是德国启蒙运动坚定的卫士。他曾在一八一九年写过一本小册子《弗里茨·施托尔贝格是怎样变成奴才的?》,批评那位放弃自由思想、改宗天主教、攻击法国大革命的贵族诗人,海涅对此给予很高的评价,并且很尊重他的为人,说他"生活清贫节俭,十分勤勉,直到七十五岁高龄,依然如此",并且说"只有极少数人在德国人民精神教育方面比他功劳更大。他也许是莱辛之后德国文坛上最伟大的市民",称誉他"身心健康""浑身市民气息""纯真自然"。

福斯还是一位杰出的译诗家,他翻译的荷马两大史诗,至今还是为人爱读的经典译本。

土豆的收获

孩子们,大家一起唱歌,
来收获成熟的土豆!
所有的箩筐、背篓和长盆,
是否能装得满满当当,
这总没有结束的时候。

只要翻翻旁边的堆土,
瞧啊,繁密到何种程度!
哦,有着美丽印痕的块茎,
又红又白,肥厚圆润!
越挖越多,不计其数。

长得又红又白又青,
那样好看,也要你费劲,
你要堆土,你要除草:
孩子,上帝的赐福成熟了!
我常这样说,这确是实情。

从前上帝从天上俯望,
看到穷人们困苦备尝。
他走过来,慈祥的天父,
怎样来安慰我们的痛苦?
他给我们降吗哪①神粮?

不,一个男子被派遣下来,
他发现了新的世界②。
富人称之为黄金之乡;
穷人却叫它产生食粮、
种土豆的良田沃野。

只要把块茎种在里面,
再用泥土覆盖在上面。
上帝就在土下显本领,

---

① 以色列人在旷野流亡时,耶和华给他们降下食物,样子像芫荽的种子那样白,滋味好似蜜饼。以色列人叫它吗哪(见《圣经·旧约·出埃及记》第十六章)。
② 土豆原产地为智利、秘鲁及其他南美诸国。但在哥伦布发现新大陆以前,欧洲已有栽种。一五八八年在维也纳、法兰克福尚作为珍品栽培,至一七四〇年始在某些地方广泛种在田里。

块茎在下面繁衍滋生，
用双手去挖，也挖不完。

还有什么事情要操劳？
钵子给大家盛得高高，
土豆美餐冒着热气。
连奶牛也在它的牛棚里
获得一份，在槽边鸣叫。

可是，孩子们，请你们聆听！
对于金钱，切不可看轻！
有钱，能把良好的土豆种
成堆地买来放在家中，
还可以直接从荷兰购进！

乡 下 人

城里人，你们要寻找快乐，
就请你们到乡下来！
这里，每一家四周都围着
绿色的草地、菜园和田野；
任何富人，他也不能把
我们的月亮和阳光遮住；
到了晚上，每一颗小星

都能看得清清楚楚。

每逢清晨,村里的雄鸡
把我们从睡乡中唤醒,
大家拿起烁亮的农具
走向田间,高高兴兴。
这时,妇女们一面唱着,
一面把奶牛赶出牛棚:
它们跳跳蹦蹦地循着
牧人嘹亮的号角前行。

我们看到,上帝伸出
温柔的手播幸福种子;
春天的太阳和雨给我们
森林和原野披上新衣;
我们园中的树木开花,
绿色的庄稼掀起穗浪,
蜜蜂成群地飞去采蜜,
萦绕在花儿和泉水旁。

小鸟儿在为我们歌唱,
碧绿的水波潺潺奔流,
院中的羽族嗡嗡营营,
雏鸡叽叽地叫个不休,
四周听到河谷草地上
哞哞咩咩啼叫的牛羊,

苗条的小马向我们跳跃,
呆呆地越过栅栏凝望。

辛勤的劳作使乡下人
吃起东西来津津有味,
不论寒暑,勇气和快乐
都能减轻他们的劳累;
当农民干好农活回家,
坐在明亮的灶火旁边
抚摩他的小孩,他妻子
会向他露出亲热的笑脸。

少男少女全都充满了
青春的魅力,朝气蓬勃,
就是上了年纪的老人
也显得强壮而精神矍铄;
如果死神要带走我们,
我们就好比穿过田野,
从一个世界去另一世界,
前往更美的天神世界。

你们这些可怜的城里人,
在城市里面忧伤愁苦,
仿佛城市把你们大家
全都关进阴森的牢狱。
哦,你们要想看到快乐,

那就请大家携起手来,
男男女女,一起下乡,
向我们这里联袂而来!

席　勒

(Friedrich Schiller, 1759—1805)

　　弗里德里希·席勒，一七五九年十一月十日生于符腾堡公国的马尔巴赫。父亲是军医，母亲是面包师之女。一七七三年被迫进入公爵创办的军事学校，先习法律，后习医学，于一七八〇年毕业，在斯图加特当实习军医。席勒在童年时就写过拉丁文诗，十七岁时就在《施瓦本杂志》上发表抒情诗习作。一七八一年完成第一部剧作《强盗》，次年在曼海姆公演。由于他未经请假，前往曼海姆，被公爵处以禁闭两星期的惩罚，并禁止他以后再写戏剧。一七八二年九月，他逃出符腾堡公国，前往曼海姆，继续写戏剧。以后去过莱比锡、德累斯顿。一七八七年去魏玛，后来跟歌德建立终生的友谊。歌德介绍他当耶拿大学历史学副教授。两人携手合作，出现了德国古典文学的黄金时代。一七九七年，两人竞作叙事歌，写作了许多名作，在德国文学史上，称是年为叙事歌之年。由于他勤奋过度，经济又不宽裕，影响了健康，经常发病，终于在一八〇五年五月九日逝世于魏玛，享年仅四十六岁。

　　席勒和歌德同为德国最伟大的诗人，古典主义的德国国民文学的代表。同时他又是一位杰出的剧作家、美学家和历史学家。席勒和歌德，两人性格不同，作诗的风格也各异。席勒的抒情诗,常常缺少抒情味,但却具有深刻的思想性和格调高超的表现手法,在德国思想抒情诗方面占有极重要的地位。他最擅长的是叙事歌,字句简洁,情节紧张,描写逼真,寓意深远,使读者非常感动。主题大多取材于古代和中世纪的历史传说和古希腊神话,歌颂爱情、忠诚、友谊、道德和英雄业绩,在神话和古代传说的外衣里面,却跳跃着诗人的充满反抗精神的高贵心灵。

欢 乐 颂[*]

欢乐啊,美丽的群神火花,
来自极乐世界的姑娘,
天仙啊,我们意气风发,
走进你的神圣的殿堂。
无情的时尚隔开了大家,
靠你的魔力重新聚齐;
在你温柔的羽翼之下,
人人都互相结为兄弟。

---

[*] 一七八五年,席勒贫困潦倒,获得克尔纳的精神上和物质上的帮助,使他得以安心写作,故作此诗。一说席勒曾救助一走投无路,愤而投河的神学院学生。几天后,在一次吃喜酒时,对宾客谈起此事,大家都慷慨解囊,故席勒作此诗歌颂欢乐和人道主义。贝多芬的《第九交响曲》选本诗第一节和第二节前半、第三节和第四节的后半作为末乐章的歌词,更使本诗闻名世界,永垂不朽。

合　唱

大家拥抱吧，千万生民！
把这飞吻送给全世界！
弟兄们，在那星空上界，
一定住着慈爱的父亲。

谁有这种极大的幸运，
能有个良朋友好相处，
能获得个温柔的女性①，
就让他来一同欢呼！
确实，在这扰攘的世界，
总要能够得一知己，
如果不能，就让他离开
这个同盟去向隅暗泣。

合　唱

聚居寰宇的芸芸众生，
你们对同情要知道尊重，
她引导你们升向星空，
那里高坐着不可知的神。

---

① 克尔纳于八月初跟明娜·施托克结婚，而明娜之妹多拉又跟法语教师胡贝尔订了婚。

众生都吮吸自然的乳房,
从那儿吸啜欢乐的乳汁;
人不论邪恶,不论善良,
都尾随她的蔷薇足迹。
她赐给我们①亲吻和酒宴,
一个刎颈之交的知己;
赐予虫豸的乃是快感,
而天使则是接近上帝②。

合　唱

你们下跪了,万千生民?
世人啊,是预感到造物主?
他一定在星空上居住,
去星空上界将他找寻!

在那永恒的大自然之中,
欢乐是强有力的发条;
把世界大钟的齿轮推动,
欢乐,欢乐也不可缺少。
她从幼芽里催发花枝,

---

① "我们"着重指人类。人、虫豸、天使从欢乐获得的赐予各不相同,三者各得其乐,其乐各异。此处显示其区别。
② 原文"天使站在上帝的面前",意谓天使以能与上帝接近为乐,不像人类企求醇酒、爱情与友谊。此处的天使原文为 Cherub,是九级天使中第二级司知识的天使,亦称二品天使(普知者之圣品)。

她吸引群星①照耀太空，
望远镜也看不到的天体②，
她也使它们在空间转动。

合　唱

就像在那壮丽的太空，
她的天体在飞舞，弟兄们，
高高兴兴地奔赴前程，
像一个欣获胜利的英雄。

她对探索者笑脸相迎，
从真理的辉煌的镜中。
她给受苦者指点迷津，
引向道德的陡削高峰。
在阳光闪烁的信仰山头，
可看到她的大旗飘动，
就是透过裂开的棺柩，
也见她站在天使队中。

合　唱

毅然忍耐吧，万千生民！

---

① 原文 Sonnen＝Sterne。
② 希腊哲人毕达哥拉斯认为在恒星天界有 10 个天体（中心火球，两个地球，太阳、月亮和 5 个行星），转动时发出天体的乐音。

为更好的世界忍耐!
在上面的星空世界,
伟大的主会酬报我们。

我们对神灵无以为报,
只要能肖似神灵就行。
即使有困苦忧伤来到,
也要跟快活的人同庆。
应当忘记怨恨和复仇,
对于死敌要加以宽恕。
不要逼得他眼泪长流,
不要让他尝后悔之苦。

合　唱

把我们的账簿烧光!
跟全世界进行和解!
弟兄们——在那星空上界,
神在审判,像世间一样。

欢乐在酒杯里面起泡;
喝了金色的葡萄美酒,
绝望者变成勇敢的英豪,
吃人的人也变得温柔——
当你们传递满满的酒盅,
弟兄们,从座位上起身,

要让酒泡飞溅上天空,
把这酒献给善良的神!

合　　唱

星辰的颤音将他颂扬,
还有天使①的赞美歌声,
把这酒献给善良的神,
他在那边星空之上!

遇到重忧要坚持勇敢,
要帮助流泪的无辜之人,
要永远信守立下的誓言,
对友与敌都待以真诚。
在国王驾前也意气昂昂,
弟兄们,别吝惜生命财产,
让有功者把花冠戴上,
让骗子们彻底完蛋!

合　　唱

巩固这个神圣的团体,

---

① 此处的天使原文为 Seraph,为最高天使,亦译六翼天使,意为炽爱的天使(至爱者之圣品),为至高上主的侍卫,音译撒拉弗或色辣芬。《圣经·旧约·以赛亚书》第六章:"我见主坐在高高的宝座上……其上有撒拉弗侍立,各有六个翅膀……彼此呼喊说:圣哉!圣哉!圣哉!万军之耶和华,他的荣光充满全地。"

凭这金色的美酒起誓,

对于盟约要矢志不移,

凭星空的审判者起誓!

人　质＊

默罗斯①身藏匕首,偷偷地
　　走近丢尼修②僭主;
　　捕役们把他铐住。
"说,身怀匕首是何用意?"
暴君审问得非常严厉。
"要解放暴政下的都会。"——
"叫你在十字架上③后悔!"

他回道:"我早已准备一死,
　　我决不央求你饶命;
　　可是,你如果同情,
我求你宽限三天日期,
让我办好妹妹的喜事;
我留个朋友作人质,

＊　取材于拉丁作家许吉奴斯的《故事集》。作于一七九八年八月末。
①　有的版本作达蒙。达蒙和皮提亚斯在欧洲各国语言中已成为常用的成语,比喻生死之交。
②　丢尼修(前431—前367)为西西里岛都市叙拉古的独裁统治者。
③　即处以磔刑,这是一种低贱的刑罚,最初只用于奴隶。

我逃走,就把他绞死!"

国王微笑着,心怀恶意,
　　考虑了一下回言:
　　"我可以宽限三天;
可是,如果超过了限期,
你还没有回到我这里,
他就得替你来抵命,
而你,却可以免刑①。"

他去对朋友说:"国王降旨,
　　要我在十字架上送命,
　　抵偿我大胆的野心;
可是,他宽限三天日期,
让我办好妹妹的喜事;
请你去见国王做保人,
我回来,就放你脱身!"

老朋友默默地将他拥抱,
　　就去听僭主摆布;
　　另一位启程上路。
不等到第三天红日高照,
已急忙把妹妹喜事办好,
他深怕把限期耽误,

~~~~~~~~~~~~~~

①　僭主企图用甜言引诱他背叛朋友。

111

担心地赶上了归途。

偏偏老是不停地下雨,
　飞泉冲下了山冈,
　溪水和河水高涨,
他拄杖来到河边四顾,
急流已经把桥梁卷去,
那轰轰怒吼的狂澜,
把断裂的桥拱冲散。

他在河岸边失望彷徨,
　不管他怎样远眺,
　不管他怎样喊叫,
没有船离开安全的岸旁,
来渡他去他要去的地方,
看不到有船夫过来,
狂涛变成了大海。

他跪在岸边痛哭祷告,
　向宙斯举起了双手:
　"请制止放肆的洪流!
时间很快,太阳已到了
中午时分,等到它落了,
我还没赶到城里,
朋友就得要替死。"

可是,狂涛越来越汹涌,
　　后波推挤着前波,
　　时间一刻刻消磨,
他忧心忡忡,鼓起余勇,
一跃跳进怒吼的河中,
伸开手使劲地泅泳,
获得了天神的怜悯。

他泅到对岸,继续登程,
　　感谢救命的天公;
　　突然从阴暗的林中
冲出来一伙拦劫的强人①,
挡住了去路,杀气腾腾,
威胁地挥着棍棒,
不管他赶路匆忙。

他大惊失色:"你们要怎样?
　　我只有一条性命,
　　还要去交给暴君。"
他夺过身边强人的棍棒:
"为了朋友,请你们原谅!"
他猛力打死了三个,
其余的一溜烟逃走。

---

① 许吉奴斯原书中默罗斯的延迟,只由于河水泛滥。盗徒的拦劫,乃是席勒的杜撰。

太阳像火伞一样高张,
　他受了无限辛苦,
　疲乏得站立不住:
"你把我救出强人的魔掌,
脱离了洪流,来到了陆上,
却让我倒毙在这里,
让朋友为我去替死!"

听! 银铃似的水声潺潺,
　那声音就在附近,
　他悄悄侧耳倾听,
瞧,就从那座岩石之间,
哗哗地飞出一道活泉,
他欣然俯下身来,
喝得他全身爽快。

太阳透过碧绿的枝头,
　在那辉煌的草地上
　描绘巨大的树像①;
他看到两人在路上行走,
他要超越过他们的前头,
他听到他们在说话:
"他已被绑上十字架。"

---

① 日暮时树木的影子增大。

忧惧促使他更快地奔驰，
　　愁苦在将他逼迫；
　　这时，叙拉古城垛
远远地辉映在夕阳影里，
他遇到菲罗斯特拉托斯，
这个忠实的管家，
见到主人很惊讶：

"走吧！你再也救不了朋友；
　　还是自己去逃命！
　　他此时已经受刑。
他时时刻刻在那里等候，
心里总希望跟你再碰头。
任凭僭主在嘲笑①，
信念绝对不动摇。"——

"如果太迟了，已无法挽救，
　　来不及赶到那里，
　　我们就死在一起。
我不让残酷的僭主吹牛，
说朋友竟会失信于朋友；
让他残杀了二人，
却相信真有爱与诚！"

---

① 僭主不相信世间有什么朋友的忠诚，嘲笑甘当人质者的愚蠢。

太阳已西沉,他走近城门,
　　十字架已被竖起,
　　群众在张口惊视;
绳索上高吊着他的友人,
他使劲分开密集的人群,
叫道:"刽子手,绞死我!
他所担保的,就是我。"

四周的群众都感到惊惶;
　　两人拥抱在一起,
　　痛哭得又悲又喜。
旁观者无人不眼泪盈眶,
这奇闻立即被奏知国王;
他也觉得很感动,
立即宣二人进宫。

他愕然对他们望了很久,
　　说道:"你们已获胜,
　　你们征服了我的心。
忠诚,绝不是向壁虚构;
请接受我做你们的朋友!
如果你们肯同意,
我就坐第三把交椅!"

新世纪的开始

献给×××①

高贵的朋友!何处有桃源仙府,
可供和平与自由前去避乱?
上一世纪在暴风雨里过去,
新的世纪正以凶杀②开端。

各个国家的纽带③已经放松,
旧的体制已经崩溃凋零;
海洋也阻遏不住战争的威风,
何况尼罗河神④和老人莱茵⑤。

两个强大的国家正在扭斗,
互相争夺统治世界的霸权;
他们吞吃了各个国家的自由,
手里舞着三叉戟⑥,挥着雷鞭⑦。

---

① 本诗应书商葛兴之请而作于一八〇一年。
② 俄皇保罗一世于一八〇一年三月二十三日被弑。
③ 固定的政治制度,力量的均衡。
④ 指拿破仑进军埃及。
⑤ 指法奥战争。
⑥ 三叉戟为海神波塞冬的武器和象征,此处指握有海上霸权的英国。
⑦ 雷鞭(霹雳棒)是宙斯的武器和象征,此处指陆上霸王法国。

各国都要拿出黄金来奉献，
就像布仑奴斯①在野蛮时代，
法兰克人拔出了他的铁剑，
把它放到公平的天平上来。

不列颠人派出商船队掠夺，
就像水螅伸出贪婪的手臂，
要把自由的海洋女神②的王国
划入自己私有的领海范围。

他们开往异星照耀的南极，
无休无止，横行而毫无阻挡；
侦察一切岛屿，一切遥远的
海岸——只是没有能开上天堂。

你在所有的世界地图上面，
再找不到一处幸福的地方，
还有永远繁盛的自由花园，
还有世人的青春之花开放。

你看到世界一片辽阔无边，

---

① 古代高卢人的军事领袖。公元前三八七年打败罗马人。罗马人献金赔偿时，说他们称得不公平，布仑奴斯拔剑放在天平上增加砝码的重量，罗马使者不敢抗议。布仑奴斯说道："战败者罪该万死！"
② 海神波塞冬之妻，海神涅柔斯之女，原名安菲特里忒。

就是航船也无法加以测量；
可是，在不可测的背脊上面，
却容不下十个快活人徜徉。

你只得从尘世纷纭之中逃走，
遁入自己心中的寂静的圣所！
在梦之国里才能找到自由，
在诗歌里才开出美的花朵①。

向 往*

这儿弥漫着一片凉雾，
如果从这深山谷底②，
我能找到一条出路，
我会觉得何等可喜！
那边③，看到美丽的山冈，
永远年轻，永远苍翠！
我如有羽翼，如有翅膀，
我要向那山头高飞。

我听到了和谐的音响，

---

① 二句为席勒的名句。
* 作于一八〇一年。
② 诗人在阴沉的现实世界之中向往理想的净土。
③ 理想的净土。

多甘美的天国宁静,
微风送来一阵阵清香,
像香油一般令人清醒。
我看到了金色的佳果,
在密叶间亮光闪闪,
还有那边繁盛的花朵,
不会受到严冬摧残。

在那永恒的阳光里面,
一定觉得多么可爱!
那边山上的空气新鲜,
一定使人精神爽快!
可是,急流①却挡住了我,
横在中间,咆哮发怒;
它高涨起汹涌的水波,
使我心里感到恐怖。

我看到一只小舟漂浮,
可是,却少一位艄公②,
赶快上去,你不要踌躇!
轻帆已经孕满好风。
你要有信心,要有胆量,
因为,神不给人担保;

---

① 尘世烦恼的浊流。
② 只有靠自己才能到达理想的净土,无须等待领航。

只有奇迹①能将你送往
那美丽的神山仙岛。

~~~~~~~~~~
① 把你自己带往理想之域,这就是一种奇迹。

阿恩特

(Ernst Moritz Arndt,1769—1860)

恩斯特·莫里茨·阿恩特,一七六九年十二月二十六日生于吕根岛(当时属瑞典)上的绍里茨。父亲原是农奴,当伯爵领地的总管。一七八九年,他先在格赖夫斯瓦尔德,后又去耶拿学习神学、历史学,受到康德和费希特哲学的影响。一七九八年至一七九九年去奥地利、意大利、法国旅行。一八〇〇年在格赖夫斯瓦尔德当编外讲师,后当教授。一八〇六年著《时代精神》,敌视法国人,触拿破仑之忌,不得不逃往斯德哥尔摩,出版月刊杂志《北方监督》(1808),向欧洲各国人民鼓吹反抗拿破仑。一八一二年应普鲁士改革派政治家施泰因男爵之邀,当他的秘书,同往彼得堡,一八一三年回国。写了许多爱国歌,鼓舞参加反拿破仑解放战争的战士。一八一八年任新办波恩大学历史学教授,因与学生联合会有牵连,被免职。一八四〇年弗里德里希·威廉四世下令召他复职。次年任波恩大学校长。一八四八年在法兰克福国民议会中居右翼,鼓吹德意志世袭帝制。一八六〇年一月二十九日在波恩逝世。

他是德国的爱国诗人,在解放战争时期,他写的反抗侵略、争取自由的爱国诗,有的被音乐家谱曲,传诵人口,非常著名。

祖国之歌

让世间出产钢铁的上帝,
不愿意有什么奴隶,
因此他把刀剑和枪矛
交到男子汉手里,
因此他给人刚强的勇气、
自由讲话的义愤,
让人们坚持自卫到底,
直至流血和牺牲。

因此我们要保持忠诚,
听从上帝的安排,
永不贪图暴君的饷银
而打破他人的脑袋。
谁为了耻辱琐事战斗,
要叫他碎骨粉身,
他不能在德国土地上
跟德国男子共存。

啊,德意志,神圣的祖国!
德国的爱和忠义!
高贵的国家!美丽的国家!
我们再对你宣誓:

驱逐那些无赖和奴才,
让乌鸦啄食他们!
我们要进行赫尔曼之战①,
我们要报仇雪恨。

只要会怒吼的,就怒吼,
燃起明亮的火来!
全体德国人,人人都要
为祖国团结起来!
向上天挺起你们的胸膛!
向上天举起双手!
人人都要来一起高呼:
奴役已到了尽头!

只要能鸣响的,就鸣响,
敲起战鼓吹军笛!
我们在今天,人人都要
用鲜血染红武器,
刽子手的血,法国人的血——
痛快的复仇之日!
德国人都爱听这种声音,

---

① 赫尔曼即阿尔米尼(前16—21),为日耳曼族的一部落舍罗斯克族的首领。公元九年起义反抗罗马人统治。罗马将军瓦鲁斯带三个军团和若干辅助队伍约两万人前往镇压,被诱入莱茵河以东的条托堡森林,全军覆没,其本人自杀。故德国人尊赫尔曼为民族英雄。克莱斯特和格拉伯有戏剧歌咏其事。

这是伟大的事业。

只要能飘舞的,就飘舞,
舞起大旗和军旗!
我们在今天,人人都要
英勇地捐躯赴义:
前进!让胜利的大旗
在队伍前面飘扬!
不获胜利,就做自由人
痛快地埋骨沙场。

德国流亡军人

哦,我的德国,你的惨况,
难道要日渐远近传闻?
难道你优秀的儿子们
在德国国内竟无处容身?
益格鲁人地区①和黑森②,
可听到流亡者痛苦的呼声?
你的勇士们就获得这样
一份德国的爱和忠诚?

---

① 益格鲁人为古日耳曼人的一支,最初分布于日德兰半岛南部,今德国石勒苏益格-荷尔斯泰因地区。
② 黑森为德国西部的州名。

惨况,任何歌也唱不尽!
灾难,任何话也说不清!
因此,你的战士才放弃
斗争、幸福,离乡背井,
前往乌托邦,前往巴西,
在各国流浪,乞讨谋生,
显示裸露的光荣疤痕,
作为德国的一个象征?

你又要传出一七八〇年
卡塞尔之歌,斯图加特之歌,
关在阿斯培克①狱中的
那位歌手的古老的歌?
在萨拉托加战死的人②,
被非洲太阳晒死的人,
今天又要让他们复生,
又要向我们提起他们?

今天,一八五〇年,黑森人,
盎格鲁人,萨克森人,弗里斯兰人③,
还要在悲惨世界上奔波,

---

① 阿斯培克为北符腾堡的城市,诗人舒巴特自一七七七年起曾被囚禁在该地的狱中。
② 在美国独立战争中,英国远征军司令官伯戈因于一七七七年十月十七日率众五千八百余人在萨拉托加地区战败投降,其中有不伦瑞克军团。
③ 弗里斯兰人为西日耳曼民族的一支,住荷兰、德国北海沿岸及东、西弗里斯兰岛上。

无荣无福,被赶出家门?
哦,在不再要脸面的地方,
对这种惨况有何话可讲——
拯救者在哪里?哪位雪恨者
来把这奇耻大辱扫光?

噤声!有人叫:你该祈祷,
基督徒,应当信、爱、希望[1];
尽管进不了德国的世界,
天国却永远对你开放。
因此,让一切乱七八糟地
坠落、倒塌、分崩、破裂,
请相信,上界有一位统治者,
他会做出最后的判决。

[1] 为基督徒的三德。

荷 尔 德 林

(Friedrich Hölderlin, 1770—1843)

  弗里德里希·荷尔德林,一七七〇年三月二十日生于内卡河畔的劳芬。父亲是修道院总管,在他两岁时即弃世。一七七四年母亲改嫁给尼尔廷根的市长高克,在他九岁时,这位继父又去世。家庭的不幸养成诗人孤僻的个性。他曾在登肯多尔夫和毛尔布龙的神学校学习。一七八八年进蒂宾根神学院,这所学院教规很严。黑格尔、谢林跟他同学。同学中跟他要好的有瑙艾费尔和辛克莱。一七八九年法国大革命给他很大的鼓舞,他写了好些颂歌,歌颂人类的各种理想,从这些颂歌中可以看到克洛卜施托克和席勒的影响。一七九三年在神学院毕业。他不愿当牧师,由同乡老前辈席勒介绍,去瓦尔特斯豪森的卡尔布夫人家当家庭教师。一七九五年去耶拿,席勒曾把他的小说《许珀里翁》初稿片断发表在《新塔利亚》杂志上。他在魏玛见到赫尔德。这时,他想在耶拿继续求学(听费希特讲课),但由于经济问题,不得不于一七九六年初到法兰克福银行家贡塔尔德家去当家庭教师。夫人苏赛特在诗人的眼中简直是古希腊的典雅的化身,自然和美的活的形姿,而夫人也非常尊敬诗人,特别是诗人的高深的教养、纯朴的感情、真挚的性格,于是两人间产生了纯粹的精神之恋。一七九八年九月,他不得不离开法兰克福。以后在洪堡、斯图加特、尼尔廷根各地漂泊。一八〇二年从法国波尔多步行回国,心力交瘁,一八〇四年,旧同学辛克莱给他找到一个在洪堡方伯宫廷管理图书的职务,但在一八〇六年就由于精神病发作而住院。一八〇七年夏由木工齐默尔夫妇接回照顾,度过三十六年的昏暗生涯,于一八四三年六月七日在蒂宾根逝世。

荷尔德林是古典主义德国国民文学中最重要的资产阶级革命诗人之一。但他既非古典主义诗人,又非浪漫派诗人,在文学史上不属于任何流派,而是介于古典主义和浪漫派之间的作家,也有人把他称为德国浪漫主义者的先驱。他的诗作有古典颂歌体诗、悲歌体诗和自由节奏诗,其中常交织着人道主义思想和对祖国的忧患感以及对祖国的深爱,也有的抒写对大自然的爱,对古希腊的向往,对人类理想社会的憧憬,以及失恋的痛苦。格调高雅,感情真挚,语言清新纯朴,贝希尔称他的诗作使德国语言达到了高峰。但他的诗作在当时不被人理解,直到第一次世界大战时,特别是自从黑林格拉特等编的荷尔德林全集出版以后,其无与比类的意义及其真正的价值才被确认,与时俱进,不可动摇。

橡 树 林[*]

我从园中来你们这里,深山之子啊!

---

[*] 作于一七九六年。次年发表于席勒主编的《时序女神》杂志上。

在那些园中，大自然耐心地保育而又
受保育，跟勤劳的世人在家中团聚共处。
而你们，壮丽的树木，像巨人一族，屹立在
更稳的世界上，只听凭你们自己，委身于
养育你们的上天和生下你们的大地。
你们还没有一个受过人类的培养，
你们快乐自由地、互相从强固的根部
往上挤，仿佛鹰隼攫取猎获物，伸出
强力的手臂夺取空间，向着云霄
快活、雄伟地耸起映着阳光的树冠。
你们自由地结合在一起，像天空的星，
各自形成个世界，各自像一位神祇。
只要我能够安于屈从，我决不会羡慕
这座森林，会乐愿顺应社会的生活。
没割断爱情的心如不再将我囚禁于
社会生活，我多么爱住在你们中间！

海　德　堡[*]

我爱你已很久，我真乐愿叫你
　母亲，赠你一首质朴无华的歌，
　　祖国有许多城市，

---

[*] 原诗用阿斯克勒庇阿德斯颂歌体格律，即第一、二行各有十二音节（扬抑扬抑抑扬‖扬抑扬抑抑扬），第三行七音节（扬抑扬抑抑扬抑），第四行八音节（扬抑扬抑抑扬抑扬）。

　　　　我看,你最素朴美丽。

像林中的鸟儿越过山顶飞翔①,
　　在你身旁流过的河上飞架着
　　轻巧而有力的桥,
　　　马车和人熙熙攘攘。

有一次,我走过你的桥上,一种
　　像神祇所赐的魅力吸引住我,
　　群山迷人的远景
　　　映入我的眼帘中来,

青年似的大河向平原里流去,
　　又悲又喜,就像沉没于爱情中、
　　自感太愉快的心,
　　　投身于时代洪流里。

这条奔流,你送给它无数山泉,
　　无数凉荫,河岸全都目送着它,
　　在水波里晃荡着
　　　两岸的可爱的画影。

可是沉重地俯临山谷的、饱经

---

① 成弧线飞行,比喻拱形的桥。

沧桑的巨大的城堡①,连基础也
　　受尽风雨的侵蚀;
　　　不过,那永恒的太阳

却把还童的光倾泻在老朽的
　　巨人像上,它裹着新鲜碧绿的
　　　常春藤;城堡上方
　　　　喧响着亲切的森林。

灌木一直绵延到欣欣的谷中,
　　那儿,倚着小山和可爱的河岸,
　　　你的可喜的街道
　　　　躺在芬芳花园之间。

献给命运女神*

假我一个夏季,你们强力的女神!
　　一个秋季,使我的诗歌成熟,
　　　我的心满足于美妙的

---

① 普法尔茨选帝侯的城堡遗址,位于高山之上,为海德堡著名的古迹。始建于十三世纪末。一六八九年被法国人破坏,后加以修建。一七六四年又毁于雷火。
* 原诗用阿尔凯奥斯颂歌体格律,即第一、二行各有十一音节(抑扬抑扬抑扬抑抑扬抑扬),第三行九音节(抑抑扬抑扬抑扬抑扬),第四行十音节(扬抑抑扬抑抑扬抑扬抑)。本诗于一七九八年作于洪堡。

演奏,然后就快活地死去。

我的灵魂,生前不获神圣的
　权利,到冥府去也不会安宁。
　　可是一朝,中心难忘的
　　　神圣的事业,我的诗①完功,

那时,欢迎你,哦,沉寂的冥府!
　即使我的弦琴不陪我同往,
　　我也满足;能一度活得
　　　像神祇一样,就别无他求。

许珀里翁的命运之歌*

你们沐着天光,在云毯
　上面遨游,幸福的精灵们!
　　辉煌的神风轻轻
　　　抚摩着你们,
　　　　像女艺人的手指抚弄
　　　　神圣的琴弦。

---

① 未完成的诗剧《恩沛多克勒斯》。
* 许珀里翁是荷尔德林的小说《许珀里翁》中的主人公,一个流亡德国的希腊青年。本诗为该书中的插曲,于一七九八年作于法兰克福,为诗人的一首杰作。曾由勃拉姆斯谱曲,非常著名。

天上的精灵,不受命运摆布,
　像入睡的婴儿,呼吸着,
　　他们的生命
　　　纯洁地保存在
　　　　素朴的蓓蕾里,
　　　　　永远开花,
　　　　　　幸福的眼睛张望着,
　　　　　　　闪着沉静的
　　　　　　　　永恒的明光。

而我们却被注定,
　得不到休息之地,
　　苦命的世人,
　　　盲无所知,
　　　　时时刻刻在
　　　　　消逝、沉沦,
　　　　　　像飞瀑泻下
　　　　　　　一座座危岩,
　　　　　　　　长年坠入无定的渺茫。

德国人之歌＊

哦，万民的神圣的心，哦，祖国！
　你忍受一切，像无言的母亲大地，
　　你受尽误解，尽管外邦人
　　　从你深心里汲取了至宝！

他们从你处得到思想、精神的收获，
　他们爱采你的葡萄，却嘲笑
　　你，丑陋的葡萄树！笑你
　　　摇摇摆摆，在大地上乱转。

你，崇高而更诚挚的精神之国！
　你，爱之国土！我虽是你的子民，
　　却常常流泪愤慨，你总是
　　　愚蠢地否定自己的心灵。

可是，你不想对我隐藏你的众美；
　我常常高立在晴和的山上、
　　在你的大气中看你，眺望
　　　可爱的绿野，辽阔的花园。

＊　作于一七九九年。

我在你的江河边散步,想着你,
　听夜莺停在摇曳的柳树上
　　羞怯地唱歌,看水波悄悄地
　　　在朦胧幽暗的谷底流连。

在你的岸边我看到不少高贵的
　城市,勤奋者在工作室里埋头
　　钻研学问,你的太阳温和地
　　　照耀艺术家严肃地工作。

你认识弥涅耳瓦①的子民?他们早已
　选橄榄树②为心爱的树;你认识他们?
　　雅典人的沉思的精神依然
　　　暗暗地存在,影响着世人,

尽管柏拉图③的虔诚的学园已不复
　存在于古老的河④边,只有个穷人
　　翻耕英雄的遗灰,夜啼鸟⑤
　　　在圆柱上面畏怯地哀鸣。

---

① 即雅典娜。她的子民指雅典人。
② 和平的象征。
③ 古希腊哲学家柏拉图在公元前三八六年在雅典近郊阿卡德米体育场开办学园,教授门徒,培养各方面从政人士。
④ 刻菲索斯河。
⑤ 枭鸟。

哦,神圣的森林!哦,阿蒂卡①!天神
　　也用可怕的电光击中你,这样快?
　　　　使你充满活力的人们,他们
　　　　　　也被电火解放,升向太空?

可是,你的精神,像春天一样,在列国
　　到处漂游。而我们?我们青年中
　　　　有没有一个不把一种预感、
　　　　　　胸中的谜,隐瞒着秘而不宣?

请感谢德国妇女!她们给我们
　　保持了天神风姿的亲切的精神,
　　　　日复一日,她们温柔明快的
　　　　　　宁静使罪恶的混乱得到弥补。

那些诗人在哪里?上帝曾授予他们
　　欢喜和虔诚,像我们古人那样,
　　　　还有那些哲人?像我们古代的
　　　　　　冷静勇敢、不能收买的哲人。

如今!我的祖国,以你的高贵,我给你
　　起个新名字,最成熟的时代果实!
　　　　你,最幼而又占着首位的

---

① 古希腊的城邦,其首府为雅典。

　　　　缪斯,乌拉尼亚①,我向你致敬!

你还犹豫沉默,构思由你产生的
　　可喜的杰作,构思新的产品,
　　　像你自己一样独一无二,
　　　　由爱而生,也像你一样善良。

在最大的节日让我们去聚会的、
　　你的得罗斯②、奥林匹亚③在哪里?
　　可是你给你的不朽的子民
　　　　早准备好的,他们怎能猜到?

怀　念*

东北风④吹着,
它是我最爱的风,
因为它给船员⑤们鼓起热情,

---

① 乌拉尼亚原为司天文的缪斯,又是爱与美的女神阿弗洛狄忒的别名。此处作为民族的历史的女神。
② 爱琴海中的岛名。阿波罗的圣地。
③ 希腊厄利斯的奥林匹亚城为宙斯的圣地,纪念奥林匹亚宙斯的全希腊性的竞技会,每四年一次在该处举行。
* 约作于一八〇三——一八〇四年。为诗人由法国波尔多回国后之作。一八〇八年最初发表于塞肯多尔夫的《诗歌年刊》。
④ 由诗人的故乡施瓦本吹往南法的风,它唤醒诗人对法国的回忆。
⑤ 船员指日耳曼的将来的诗人。他们道出神圣的事业。

预示航行的顺利。
现在去吧,去问候
美丽的加龙河①
和波尔多②的园林,
那儿,沿着险峻的河岸
有小路通行,小溪的水
流落到大河里,橡树和白杨③,
像一对高贵的夫妇,
向水面上俯望。

我还清楚地记得,
榆树林把广阔的树梢
俯倾在磨坊上面,
而在院中长着一棵无花果树。
在节日里,
褐发的妇女们走在
软绵绵的地面上,
每逢阳春三月,
昼夜相等④,
醉人的微风,
孕着沉重的金色的梦,
吹过悠悠的小路。

---

① 法国西南部河流,经波尔多注入比斯开湾。
② 法国南部城市。诗人于一八〇一年十二月曾在该地当家庭教师。
③ 橡树象征对自由的热爱,白杨象征最柔和的感性。
④ 昼夜长短相等,比喻中庸调和的境地。

但愿有人给我一杯
美味的葡萄酒,
泛着深暗的酒光,
让我能安睡;因为
睡在树荫下很舒服。
满怀尘世的俗念,
丧失灵魂,
这可不好,最好是
互相交谈,畅叙
心中的意见,聆听
许多往日的旧情
和完成的事业。

可是,朋辈而今何在?贝拉明[①]
和同伴们俱在何处?好多人
都怕走到源头;
因为,富源发轫在
大海里。他们,
像画家一样,把世间之美
聚集在一起,不轻视
风帆的搏斗[②],
长年孤寂地住在

---

① 贝拉明为荷尔德林小说《许珀里翁》中的主人公的朋友。可能指诗人的朋友伊萨克·封·辛克莱。
② 原文 Den geflügelten Krieg,诗人将船帆称作船翼,此处即指跟逆风对抗。

无枝无叶的桅杆树下①,那儿,
没有城市的节日、弦乐演奏
和土风舞给夜晚增添辉光。

这些人如今
走到印度人②那里,
那儿,沿着高高的山顶,
沿着葡萄山,流下
多尔多涅河③,
跟壮丽的加龙河,
像大海一样宽,
汇成一条大河。大海,
夺去回忆,又赐予回忆④,
爱情也常使眼光呆呆盯住,
而永存的,由诗人们造成⑤。

---

① 德文桅杆 Mast 亦称 Mastbaum(直译桅杆树),在风浪中的桅杆就像冬天的树木,枝叶尽脱,此处为象征的说法。
② 印度是人类文化的发祥地,又象征极远之地。
③ 法国河名,发源于中央高原西北部的多尔山南部,在波尔多以北注入纪龙德河(吉伦特河)。
④ 大海使航海者对故国的记忆减色,但又使人产生一种新的净化的、对故国的记忆心象。
⑤ 诗人给怀念(净化的记忆心象)赋予永恒的形式。

故 乡[*]

船夫如在遥远的岛上有所收获,
　　就会欣然回到静静的河边;
　　　我如收获到像痛苦一样多的
　　　　财宝,我也要回到故乡。

从前抚育过我的亲爱的河岸啊,
　　你们能治愈爱的痛苦?我的
　　　少年时代的森林,我如回来,
　　　　你们会答应再给我安宁?

在清凉的溪边,我曾看水波嬉戏,
　　在大河边,我曾看船只驶过,
　　　我就要回到那里;从前
　　　　护过我的亲切的群山,故国的

尊敬的安全的国境,母亲的家,
　　亲爱的同胞的拥抱,我就要
　　　来向你们问好,你们会抱紧我,
　　　　像绷带一样,治愈我的心伤,

---

[*] 一七九九年离开法兰克福回故乡前所作。

永葆忠实的你们！可是,我知道,我知道,
　　　爱情的痛苦,不会很快就治好,
　　　安慰人的任何催眠曲,都不会
　　　　从我胸中驱除这种痛苦。

因为,把天火赐给我们的天神,
　他们也赐给我们神圣的痛苦,
因此,让它存在吧。我是个凡人;
　生出来就是要去爱,去受痛苦。

诺瓦利斯

(Novalis,1772—1801)

原名弗里德里希·封·哈登贝格。一七七二年五月二日生于曼斯菲尔德附近的上维德施泰德,图林根贵族之家。父亲是制盐厂厂长,属赫恩胡特教派。诗人从小受到严格的虔敬主义的家教。十八岁时入耶拿大学,结识了席勒。后又转读莱比锡大学(结识弗·施莱格尔)和维滕贝格大学。通过法学科的国家考试,于一七九四年在滕施台特地方事务所当官员。同年十一月,在格吕宁根认识了十三岁的少女索菲·封·库恩,以后订了婚,但在一七九七年三月十九日,这位少女却死于肝脏溃疡,这个沉痛的打击,使他痛不欲生,他潜心于死亡的秘仪和爱的意义之中,写出悼亡诗《夜之颂歌》,刊于一八〇〇年浪漫派机关刊物《雅典娜神殿》。由于他在一七九七年已转至魏森菲尔斯盐厂工作,需学习矿山学,遂于一七九七至一七九九年去弗赖贝格大学攻读地质矿物学。一七九八年十二月跟矿山监督局局长的女儿尤莉艾·封·夏彭蒂埃尔订婚,他把她看作是索菲的化身。在魏森菲尔斯,他也曾跟施莱格尔兄弟、蒂克等浪漫派作家交游。一八〇一年三月二十五日,因旧病肺结核病情恶化,逝世于魏森菲尔斯,年仅二十九岁。

诺瓦利斯是德国早期浪漫派最大的诗人。他的思想和认识,是把宇宙万有作为统一的整体,因此,种种个体的界限,生与死、物质与灵魂的区别都被扬弃,一切都互相融合,具有一种魔性的联系,人的灵性跟宇宙的根原力相通,也能支配物质的世界。这种思想,即所谓魔性的观念论,也就是贯穿德国浪漫主义的象征的世界观。他的抒情诗《夜之颂歌》(初稿为散文诗,第二稿为自由格律的韵文)就是由于对万有的爱和对死亡的憧憬而产生的。除了抒情诗以外,他的长篇小说《亨利希·封·奥弗特丁根》(简称《蓝花》,书中以蓝花作为浪漫主义的憧憬的象征),非常著名。

赤 杨

这儿,从岩石的洞中
流出一条银色的小溪,
吹着嬉戏的五月之风,
使我感到无上欢喜。

我的姑娘也爱这小溪,
面色红润的快活的姑娘,
当她逃避城市的烦嚣,
常来此对我吐露衷肠;

这儿也长着赤杨,我们
热得疲倦不堪时,它们

给我们安然休息的凉荫,
注望着我们这快乐的人。

从它们绿叶繁茂的枝头,
听到鸟儿在树上歌唱,
我们看到小鸟飞下来,
沿着小溪来回地飞翔。

哦,赤杨!跟我们的爱情
一同茁壮成长吧,我打赌,
在短期内,会看到你们
成为草原中最高的树木。

如果有另一对情侣来临,
像我们一样心心相印,
像我和我金发的克莱辛,
也请给他们休憩的凉荫。

赠尤莉艾[*]

我能怀着莫名的欣喜

---

[*] 本诗约作于一八〇〇年夏。尤莉艾是矿山监督局局长的女儿,她富有教养,而且心地高贵善良,又颇文雅而美丽,以至诗人在索菲死后不久,就把对索菲的爱情移到她的身上,把她看作是索菲的化身,而于一七九八年十二月跟她订婚。

成为你的终生的伴侣，
能怀着深深感动的情趣
欣赏你的绝美的清姿。
我们能亲亲密密结婚，
我属于你，你属于我，
我从众美中只选出一个，
选出你这唯一的丽人：
我们要感谢可爱的基督，
看中我们的慈爱的基督。

哦！让我们忠心对他敬爱，
我们就会合一而不分，
只要他永远施爱于我们，
我们的结合就难以破坏。
在他的身旁，我们可以
欣然背负生活的重荷，
可以互感幸福地直说：
他的天国已在此开始。
如果我们离开了世间，
将在他的怀抱里相见。

夜之颂歌*

其 一①

哪位活着的、有思想的人,不喜爱比他四周广大空间中的一切神奇现象更胜似许多的、最可喜的光——有色、有线、有波的光?作为唤醒一切白昼、普遍照耀的柔和的光。光是生命内部的灵魂,运行不息的星体的巨大世界要吸光,而且在光的碧波中载浮载舞——辉耀的、万古不动的岩石,有知觉的、吸汁液的植物,粗野的、火性子的、多种多样的动物,都要吸光——特别是睁着深思的眼睛、踏着飘飘然的脚步、闭着优美的、声调丰富的嘴唇的优秀的异域人②,更要吸光。光就像是尘世自然界之王,它呼唤一切力量,使它们发生无数变化,使它们无止境地结合而又分离;它给地上的一切存在换上天界的丰姿。——就凭着光的普照,显示出世界万邦的神奇壮丽。

我转身向下,降入神圣的、难以名状的、极其神秘的夜之

---

* 作于一七九九年末,一八〇〇年初。一八〇〇年八月发表于《雅典娜神殿》杂志时,为不分行之散文诗体。另有经过修改的分行诗体手稿传世。原诗共有六首颂歌,这里录其二首。

① 第一首颂歌以赞美光和白昼开始,可是随后又强调夜具有更强大的吸引力。夜在我们中间打开无限的眼睛,使我们能看到恋人的幻影(夜的太阳),唤起我们对永远的"新婚之夜"的憧憬。

② 人类只有在未来夜的世界里才有真正的生活,光的世界并非人类的真正的住所,故称人为异域之人(Fremdling)。

领域。世界远离开我——沉入深深的洞穴——它的场所荒凉而寂寞。心弦上飘着深深的哀愁。我要像露滴一样降落下去,跟灰烬混合在一起。——遥远的回忆、青春的愿望、童年之梦、漫长一生的短暂的欢乐和破灭的希望,披着灰色的外衣姗姗而来,仿佛日落后的黄昏之雾。而光,却在其他的空间①里张起轻松愉快的帐篷②。难道它永远不会再回到那些怀着天真的信仰等待它的孩子们③中间?

突然如此充满预感地从心中涌出,把忧愁的温和气息吞没掉的,那是什么?黑暗的夜,你也喜欢我们吗?你在外衣里面藏着什么?我虽然看不见它,它却紧紧地向我的灵魂逼近。宝贵的香油④,从你的手里,从罂粟⑤花束上滴下。你举起心灵的沉重的翅膀。我们感到激动,模模糊糊,难以言宣——我又惊又喜,看到一个严肃的面孔温和而虔诚地向我低垂下来,披着盘绕得无穷无尽的卷发,向我显示母亲的可爱的青春。现在我觉得光变得多么可怜而幼稚——白昼的离开是多么可喜而令人庆幸——就这样,只是由于夜使你的崇拜者们背离你,你就在空间的广大世界撒下辉煌的天体⑥,在你远离的期间,宣告你的全能——你的复归。夜在我们中间打开无穷无尽的眼睛⑦,我们觉得它们比那些灿烂的星辰更神妙。它们

---

① 指白昼的世界。
② 为举行宴会或礼拜而张设帐篷。在光照临大地时,它使众生进行愉快的活动和生活。
③ 人和其他万物受光的恩赐,故称他们为光的孩子。
④ 香油是用树脂制成的油或膏,作为清凉剂或镇痛剂,可减轻心中的不安。
⑤ 从罂粟制成鸦片,有麻醉和催眠作用。
⑥ 指星星。它们是复归的光的使者。
⑦ 夜给我们的心里打开了能看到内部世界的眼睛。

比无数星群中的最淡的星看得更远——它们无须借助于光，就能看透一个热恋的心灵的深处——使一个更高的空间充满难以言传的快乐。赞美这位世界女王，神圣世界的高贵的通报者，幸福之爱的保育者——她把你送给我——温柔的恋人——夜的可爱的太阳①，——现在我清醒了——因为我是你的和我的——你告诉我夜就是生命——使我成为人——用灵火烧毁我的肉体吧，让我轻飘飘地跟你结合得更紧密②，然后将新婚之夜永远延续下去。

其　三③

从前，我流着辛酸的眼泪，沉浸于痛苦之中，失去希望，孤单单地站在不毛的丘冢之旁④，丘冢把我的生命的妙相埋进狭窄的暗室里——还没有见过一个孤独者像我这样孤独，我被说不出的忧虑所逼——颓然无力，只剩下深感不幸的沉思。——那时我是怎样仓皇四顾，寻求救星，进也不能，退也不能，对飞逝的生命寄托着无限的憧憬。——那时，从遥远的碧空——从我往日的幸福的绝顶上，降临了黄昏的恐怖——突然切断了诞生的纽带——光的锁链。尘世的壮丽消逝，我的忧伤也随之而去——哀愁汇合在一起，流入一个新的、不可测知的世界——你，夜之灵感、天上的瞌睡，降临到我的头

---

① 把恋人比作夜的太阳，与天上的太阳相对而言。
② 在由夜唤起的心灵世界里跟恋人作超自然的结合。
③ 第三首颂歌乃是六首中的核心。在夜色下的梦中，诗人看到他的死去的恋人的幻影，增强他对夜和新生的信仰。
④ 恋人的坟墓上还种上植物。

上——四周慢慢高起——上面漂浮着我的解放了的、新生的灵。丘冢化为云烟——透过云烟,我看到我的恋人的神化的容貌。她的眼睛里栖息着永恒——我握住她的手,眼泪流成闪闪发亮的、割不断的飘带。千年的韶光坠入遥远的下界,像暴风一样。我吊住她的脖子哭泣,流下庆幸新生的欢喜的眼泪。——这是最初的、唯一的梦——从此以后,我才对夜的天空和它的光、恋人感到永恒的、始终不渝的信仰。

圣　歌

其　九[①]

我要告诉大家:他活着,
他已经复活过来,
他飘荡在我们的当中,
永远跟我们同在。

我要告诉大家,大家要
立即转告给友人:
不久在一切地方将露出
新的天国的黎明。

[①] 《圣歌》共有十五首,第九首为复活节之歌,歌颂基督复活。约作于一七九九年秋或一八〇〇年二月以后。

现在，按照新的意义说，
世界才像个祖国；
人们从他手里喜悦地
接受这新的生活。

对死亡所感到的恐惧，
沉入深深的大海，
现在可以轻松愉快地
瞻望我们的未来。

他所走的黑暗的道路
是通往天国的历程，
谁只要听从他的教导，
就进入天父的家门。

现在如有人瞑目长眠，
不会再为他流泪，
迟早总会在天上重逢，
使痛苦化为欢慰。

任何人如果做了善事，
精神会更加焕发，
因为播下优良的种子，
会在绿野里开花。

他活着，将会跟我们同在，

不用怕被人离弃!
今天该是我们的世界
返老还童的节日。

布伦坦诺

(Clemens Brentano, 1778—1842)

克莱门斯·布伦坦诺,一七七八年九月八日生于科布伦茨附近的埃伦布赖特施泰因。父亲是意大利商人,母亲是女作家索菲·封·拉·罗什的女儿马克西米莉阿涅(歌德的情人)。他父亲要他经商,他却爱好文学。一七九七年去哈勒学习采矿学和财政学。一七九八至一八〇〇年在耶拿,结识维兰、赫尔德、歌德等人,又跟浪漫派作家施莱格尔兄弟和蒂克交往。一八〇一年去哥廷根,结识阿尔尼姆。一八〇三年跟索菲·梅罗结婚。以后迁居海德堡,跟阿尔尼姆合编《隐士报》并从事民歌搜集,编《男孩的神奇号角》。一八〇六年妻死。次年跟奥古斯塔·布斯曼结婚,但不久就离婚。一八〇八年在柏林,后又去维也纳和布拉格。在解放战争时期写过一些歌颂自由和战士的诗歌。战后,由于精神忧郁,日益趋向天主教的神秘主义。一八二九年以后去法兰克福,一八三三年以后去慕尼黑。一八四二年七月二十八日在巴伐利亚的阿沙芬堡逝世。

布伦坦诺是海德堡浪漫派的重要诗人。他的诗富于想象力和音乐性,并且带有民歌的色彩。有很多诗篇反映出他的忧郁和内心矛盾以及他离群索居的孤独感。他给后世留下了德国浪漫派诗歌的珠玉名篇,而他的最大贡献乃在于他和阿尔尼姆共编的民歌集《男孩的神奇号角》。除了写诗,他也写过小说、戏剧和童话。

罗 雷 莱

莱茵河畔的巴哈拉赫,
居住着一位魔女,
她非常美丽而文雅,
把许多心儿迷住,

四周有无数男子,
都在她手下丧命,
被她的爱索捆住,
就再也找不到救星。

主教传她到面前,
要行使教会的大权,
看到她仙姿绝色,
却不由将她赦免。

他感触地对她说:
"你可怜的罗雷莱,
这种邪恶的妖术,
跟哪位师傅学来?"

"主教大人，让我死，
我已经倦于浮生，
因为，看到我眼睛，
任何人都要丧生。

我眼睛是两团火焰，
我手臂是一根魔杖，
请把我投入火中，
请折断我的魔杖。"

"魔杖我不能折断，
你美丽的罗雷莱，
否则我自己的心，
也要因此而破碎。

我不能给你定罪，
除非你坦白相告，
为什么我自己的心，
已在你火里燃烧。"

"主教大人，请不要
拿我这可怜人开心，
请你向仁慈的天主
祈求他将我怜悯。

我不能再活下去，
我不再留恋人生，
你应该将我处死，
为此才来见大人。

一个男人骗了我，
他已经把我抛弃，
他已经离开了我，
远远地走向异地。

温柔迷人的眼光，
又轻又软的语言，
又红又白的面颊，
这都是我的魔圈。

我也得死在其中，
我的心使我烦恼，
如果我照照镜子，
宁可痛苦地死掉。

因此，请给我权利，
像个基督徒就死，
因为一切尽无常，
因为他对我负义。"

他召来三位骑士：

"送她去修道院里！
去吧，罗雷莱！愿天主
保护你迷乱的神志。

你应当做个修女，
白皮黑衣的修女，
一心去赞美天主，
准备在世间死去！"

所有那三位骑士，
都策马赶往修院，
而美丽的罗雷莱，
在其中愁容满面。

"骑士啊，让我登上
这座巨岩顶瞧瞧，
我要再一次看看
我的情郎的城堡。

我要再一次看看
这深深的莱茵河，
然后前往修道院
去过修女的生活。"

山崖是那样陡峭，
崖壁是那样险阻，

她攀登到崖顶上，
在悬崖边上站住。

她说："巧啊，一只船
漂荡在莱茵河上，
那站在船上的人，
他定是我的情郎。

我的心非常高兴，
他定是我的情郎。"
她于是俯下身来，
跳进莱茵河中央。

小船向岸边驶去，
瞧十字架和旗子，
主教坐在小船里，
她看得非常清晰。

他没有带他的剑，
竟能摆脱了魔术，
他紧握住十字架，
这些她弄不清楚。

这首歌是谁所唱？
莱茵河上的神父，
从高高的崖石上，

永远听到在高呼：

  罗雷莱，
  罗雷莱，
  罗雷莱，

好像是我那三位！

春　天

春天应该用甜蜜的眼光
使我心醉，使我神往，
夏天应飨我丰盛的佳果，
欣然给我系上桃金娘。

秋天，你应当教我持家，
教导匮乏，教导渴望，
而你，冬天，要教导死亡，
教导枯凋和继承春光。

去塞维利亚*

去塞维利亚,去塞维利亚,
那里有豪华的大厦
并列在宽阔的马路上,
有钱的阔佬、盛装的女郎,
他们凭着窗口眺望,
我的心不向往那种地方!

去塞维利亚,去塞维利亚,
那里有贫穷的人家,
邻人们亲密地谈话,
少女们凭着窗口眺望,
用喷壶浇着窗前的花,
啊,我的心就向往那种地方!

去塞维利亚,去塞维利亚,
我知道有个清静的人家,
静静的房间,明亮的厨房,
那里住着我亲爱的姑娘,
门口有小槌①闪着亮光,

---

* 西班牙西南部城市。
① 敲门用的小槌。

我一敲门,姑娘就开门迎迓!

去塞维利亚,去塞维利亚,
去她那里,我的恋人之家,
我一定要去找她,
去看她,去和她谈话,
去拥抱她,去吻她,
我的心很向往那处地方。

纺纱姑娘的夜歌[*]

多年前,那时想必
也有夜莺的歌声;
歌声一定很动人,
那时我们在一起。

我歌唱,想哭哭不成,
只要有月光照下,
我就独自在纺纱,
纺线明亮而纯净。

那时我们在一起,

---

[*] 本诗抒写诗人跟索菲·梅罗的离愁。小说《浪游学生的年代记》中的插曲。

那时夜莺在歌唱；
如今听到它歌唱，
使我想到你远离。

每逢看到了月光，
就想起你的面影，
我的心明亮而纯净，
愿天主使我们成双。

自从你跟我分离，
夜莺总是在歌唱，
听到歌声我就想：
我们曾经在一起。

愿天主使我们成双，
我纺纱，多么孤零零，
月光明亮而纯净，
我歌唱，真想哭一场。

催 眠 歌

唱得轻点,轻点,轻点,
唱一首轻声低语的催眠歌,
你要学习月亮的风度，
它那样悄悄在太空优游。

唱一首好听的婉转的歌，
像卵石上的流泉的声音，
像一群蜜蜂在菩提树四周
嗡嗡、营营、嘤嘤飞鸣。

沙 米 索

(Adelbert von Chamisso, 1781—1838)

阿德尔伯特·封·沙米索,一七八一年一月三十日生于法国香槟地区的邦库尔城。一七九〇年,为了逃避法国大革命,全家流亡德国。他曾当过普鲁士王后路易丝的侍童,后入步兵团,于一八〇一年升少尉。这时,他父母回国,他一人留在柏林。一八〇四年至一八〇六年跟法恩哈根·封·恩泽、西切希、富凯一起刊行《绿色缪斯年鉴》。后一度回法,并去日内瓦湖畔科佩的斯塔尔夫人处寄居。一八一二年仍回柏林,进医科专攻动植物学和解剖学。一八一三年解放战争爆发,他到伊成普利茨伯爵的别墅中避居,完成《彼得·施莱米尔的奇妙的故事》,出版后博得世界的名声。一八一五年加入俄国罗曼卓夫伯爵的世界探险队自然科学部,于八月在队长科采布率领下乘鲁里克号作环球旅行。一八一八年十月回柏林,在植物研究所任管理员。一八一九年九月二十五日跟十八岁的少女安东妮·皮阿斯特结婚。一年后,当王家植物标本室主管。一八三三年跟施瓦布合编《德国诗神年鉴》。一八三五年被任命为科学院会员。一八三七年爱妻生第七胎后,咯血而死,他深感悲恸,于一八三八年八月二十一日因慢性气管炎剧烈发作逝世于柏林。遗嘱将尸体献给医学界解剖。

他虽属于后期浪漫派,但他的作品,尤其是诗歌,紧密地结合现实,充满社会的意义和内容,证明他是一位资产阶级民主主义者。他的抒情诗、叙事歌和三联韵诗,充满了对劳动人民的同情,对封建反动势力的憎恨,对民族解放运动的关怀,对殖民者的残酷政策的义愤。恩格斯在评论他时说:"在沙米索的作品中,占优势的有时是幻想和情感,有时是冷静的思考;特别是在三联韵体诗里,外表是冷静的,理性的,但是在这背后却可以听出一颗高贵的心脏在跳动。"

邦库尔城堡[*]

我晃着白发的头,
又梦见童年时代;
幻影啊,干吗又重现?
我以为早已忘怀。

从繁茂的绿篱里
耸出闪光的城堡,
我认得那些塔楼、
雉堞、城门和石桥。

---

[*] 邦库尔城堡在法国香槟(尚帕涅)地区,是诗人的生地。毁于一七九〇年法国大革命时期。诗人于一八二七年写出本诗,次年一月,又把本诗用散文体译成法文,寄给他的大哥伊波利特。一八二九年他又将本诗译成法文诗。

纹章上面的狮子①
亲切地向我注视,
我招呼这些老友,
奔向城堡内院里。

喷泉边躺着人面狮,
无花果树叶葱茏,
在那些窗户后面,
我做过童年的美梦。

我走进城堡教堂,
拜谒先人的墓地,
在那里的柱子上
挂着旧日的武器。

尽管晴明的阳光
透过彩色窗玻璃,
我却泪眼模糊,不能
看清碑题的文字。

先人的城堡,你还在
我的记忆中永留,
你已从地面上消失,

---

① 根据一三〇五年的文献记录,诗人的远祖热拉尔·德·沙米索已拥有纹章。纹章动物是两只狮子,一卧一立。

你上面出现了犁沟。

亲爱的土地,丰产吧,
我衷心为你祝福,
对那位耕犁的人,
我加倍为他祝福。

而我,我也要奋起,
快拿起我的诗琴,
走遍遥远的世间,
到处去高歌行吟。

温斯培的妇女

康拉德,霍亨斯陶芬王朝①第一代君王,
兵临温斯培城下,已围攻很久时光;
教皇党人失败了,依然保卫着老巢,
勇敢不屈的市民,防守得非常坚牢。

饥饿来到了,饥饿!这是极大的痛苦;
他们想要求开恩,却赢得君王盛怒:

---

① 霍亨斯陶芬王朝(1138—1254)是德意志神圣罗马帝国的封建王朝,因其建立者的家族原居于霍亨斯陶芬(今德国巴登-符腾堡州境内),故名。第一代君主是康拉德三世,他当德意志王(1138—1152),但并未称帝。

"你们伤害了我的好多高贵的武士,
你们一打开城门,就挥剑把你们杀死。"

妇女们走来说道:"既然你这样决定,
让我们自由撤退!我们没伤人性命。"
对着这些可怜人,削减了英雄的怒气,
他觉得心中引起了温和的怜悯之意。

"妇女们可以离开,她们都可以自由
把能带的和各自最喜爱的都带走!
让她们背包裹离去,不要对她们阻拦!
这是君王的旨意,这是君王的圣言。"

当黎明渐渐降临,东方刚吐白之时,
从军营这边看到一出稀奇的妙戏:
受到威逼的城门轻轻、轻轻地打开,
一大群妇女艰辛地踉踉跄跄走出来。

她们背着的重荷,压得她们弯下腰,
那是她们的丈夫,是她们喜爱的至宝。
"娘儿们快快停下!"兵士们横加阻止;
大臣含蓄地说道:"这不是圣上的旨意。"

善良的君主听到了,不由得哈哈大笑:
"虽不合我的旨意,她们却干得很好;
说出的话已出口,君言从没有戏言,

任何大臣也不能加以曲解和改变。"

就这样,纯洁的金冕没有染上污痕。
从几被遗忘的时代留下来这段传闻。
根据记载,那时是一千一百四十年,
在德国,圣谕还被奉为神圣的金言①。

巨人的玩具*

阿尔萨斯的尼代克,有一段著名的故事,
从前有巨人的城堡,在山顶上面矗立。
如今城堡变废墟,那里已一片空空,
你打听那些巨人,他们已无影无踪。

有一次,巨人小姐走出了那座城堡,
到城外玩耍散步,没有人跟着照料,
她沿着山坡走下,一直走到山谷里,
她怀着好奇之心,想看看山下的样子。

她迈了几下快步,斜穿过一座森林,

---

① 作者在这里暗讽德国王公们不遵守在民族解放战争时期对人民许下的诺言。
* 根据格林《德国传说》中的故事改作。本诗和前诗都使用新尼伯龙根诗节格律,即每节四行,每行十三个音节,行中有顿(抑扬抑扬抑扬/抑扬抑扬抑扬),押韵式为 aabb。

就到了哈斯拉赫,凡人居住的地境,
那里有城市、村庄,还有耕过的田野,
在她的眼中看来,简直是陌生世界。

她用窥探的眼光向她的脚下俯视,
她看到一个农民在那里耕种田地。
这个小小的生灵,爬过来颇有点异样,
他的耕犁被太阳照耀得闪闪发光。

"哦,这个精巧的玩具,我要把他带回家。"
于是她跪了下来,急忙铺开了手帕,
她用双手收拾起一切蠢动的东西,
聚在她的手帕里,然后把手帕折起,

欢呼雀跃地走去——孩子们总是这样——
走回她的城堡,奔到父亲的身旁:
"爸爸,亲爱的爸爸,这件玩具多美妙!
如此可爱的东西,我还从未曾见到。"

老父正坐在桌旁,喝着清凉的美酒,
他愉快地望望她,向女儿细问根由:
"你把什么跳动的东西装在手帕里?
你跳得这样欢快。让我看,是什么东西!"

她把那手帕铺开,开始小心翼翼地
安放好那个农民以及牲口和耕犁。

她把所有的一切轻巧地放在桌上，
于是就拍着双手，跳跃着高声欢唱。

老父变得很严肃，摇摇头对她说道：
"这不是什么玩具，你干的事情真糟。
你从哪里取回来，还把他送回原处！
你怎么想得出来！农民可不是玩具。

你不要叽里咕噜，快照我吩咐行事；
因为若没有农民，你就不会有粮食。
巨人的种族当初也是农民的子孙。
农民并不是玩具。愿上帝保佑我们！"

阿尔萨斯的尼代克，有一段著名的故事，
从前有巨人的城堡，在山顶上面矗立。
如今城堡变废墟，那里已一片空空，
你打听那些巨人，他们已无影无踪。

年老的洗衣妇

你瞧那位白发老妇人，
忙忙碌碌地洗着布衣，
这位精神矍铄的洗衣妇，
她已有七十六岁年纪。
她就这样总是流酸汗，

规规矩矩地糊口谋生,
勤勤恳恳地完成上帝
给她指定的人生行程。

在她年轻的时候,她也曾
爱过,希望过,嫁过男人;
她曾忍受过妇女的命运,
少不了各种各样的操心;
她照料过患病的丈夫,
她给他生过三个孩子,
她又把他葬入了墓地,
信仰和希望却不消逝。

于是,她需要赡养孩子;
她愉快地肩负起职责,
规规矩矩地养育他们,
勤劳守则是她的美德。
她让爱子们离开家门,
祝福他们出外去谋生;
因此,她如今年老无依,
可还保持乐观的精神。

她勤俭节约,开动脑筋,
买来亚麻,工作到夜深,
她把亚麻纺成了麻线,
再把线送交织布工人;

让织工把它织成麻布。
她于是拿起针和剪子
用她自己的手缝制好
她的无玷无垢的寿衣。

她很珍视她那件寿衣,
放在柜中首席位子上;
是最初也是最后的一件,
是她节省下来的珍藏。
星期天早晨,她就穿上,
把主的话铭记在心里,
然后高高兴兴地脱下,
等最后再穿上它安息。

我,已经到了黄昏时分,
我也想学习这位妇人,
尽我所应当尽的义务,
尽我的职守,我的本分;
我愿,我也同样能懂得
欣然饮尽生命的杯子,
而且也有同样的兴致,
准备好我自己的寿衣。

乌 兰 德

(Ludwig Uhland, 1787—1862)

路德维希·乌兰德,一七八七年四月二十六日生于蒂宾根。父亲是蒂宾根大学秘书。一八〇五年至一八一〇年在蒂宾根大学学习法学和语文学。这时已开始尝试写诗。一八一〇年去巴黎钻研古法语和中古高地德语,结识克尔纳和沙米索。一八一一年回蒂宾根,结识施瓦布。后在斯图加特当律师,并在司法部当不支薪的官员。他曾参加符腾堡的争取地方立宪的运动。一八一九年至一八二六年当州议会议员。一八二九年当蒂宾根大学的语文学教授。一八三二年被迫放弃教职,专门从事学术研究。一八四八年在法兰克福国民议会中为自由派左翼人士。一八六二年因参加克尔纳的葬礼而患感冒,于十一月十三日在蒂宾根逝世,享年七十五岁。

他是德国后期浪漫派诗人,施瓦本派的首领。他的抒情诗歌咏爱情和自然,清新可诵,富有民歌风味,曾由勃拉姆斯、李斯特、门德尔松、舒伯特、舒曼等各大音乐家谱曲。但他最拿手的还是叙事歌,大多取材于德国和拉丁民族的中世纪历史传说,写得非常出色,跟席勒的叙事歌相比,由于他着重于对主人公的写实的描写,故欠缺伦理的激情,但格调纯正、形式简朴,充分显示了这位高贵而善良的诗人的精神。

他在古代文学研究方面,也留下了伟大的功绩。

乌兰德是一位爱好自由的民主诗人,他曾积极参加争取自由和统一的政治活动。这当然妨碍了他的诗歌创作,因此他的诗作活动,只有短短的二十年。歌德曾惋惜地说:"作为政治家的乌兰德终会把作为诗人的乌兰德吞噬掉。当议会议员,整天在争吵和激动中过活,这对诗人的温柔性格是不相宜的。他的歌声将会停止,而这是很可惜的。施瓦本那个地区有足够的受过良好教育、心肠好、又能干又会说话的人去当议员,但是那里高明的诗人只有乌兰德一个。"歌德这个论点当然是有些片面性的。

歌手的诅咒[*]

从前有一座王城,十分巍峨而庄严,
光辉远远地四射,直达蔚蓝的海边,
四周馥郁的花园,有无数鲜花怒放,
还有清凉的喷泉,发出灿烂的虹光。

一位傲慢的国王,富有土地和战勋;
他坐在宝座上面,面色阴沉而发青;
他所想的是恐怖,他所见的是愤怒,

---

[*] 作于一八一四年。本诗故事大抵为诗人自己的创作,但亦可能受赫尔德所译苏格兰叙事歌《嫉妒的国王》启发而作。原诗格律为新尼伯龙根诗节韵律。

他说出的是鞭笞,他写下的是血书①。

某日,一对高贵的歌手向王城走来,
一个是卷发金黄,另一个头发灰白;
那老者骑着骏马,他手里拿着竖琴,
年轻的同伴跟在旁边活泼地步行。

老者对少年说道:"儿啊,你要准备好!
记住深刻的歌词,唱出圆润的音调!
集中一切的精力,倾注喜悦和悲伤!
今天我们要打动国王的铁石心肠。"

两位歌手已走进圆柱高耸的金殿,
国王和王后坐在那里的宝座上面,
国王很威严豪华,像带血色的极光,
王后温柔而妩媚,像映着满月之光。

老者弹起了竖琴,他弹得非常美妙,
琴声越来越高昂,在人们耳边萦绕。
少年也拉开嗓门,唱得非凡地嘹亮,
夹着老者的歌声,凄然像幽灵合唱。

他们歌唱着春天、爱情、幸福的良辰,
自由、男子的威严、忠贞、神圣的虔诚;

---

① 意谓他一开口,就下令鞭笞某人,他朱笔一挥,就宣判某人的死刑。

唱那感人肺腑的、一切甘美的故事，
唱那振奋人心的、一切高贵的主题。

环立四周的群臣忘记一切的讥嘲，
国王的赳赳武士，全对着上帝哈腰；
王后在悲与喜中颇有点情不自禁，
她把胸前的蔷薇摘下来扔给歌人。

"你们诱惑我臣民，又要来迷惑王后？"
国王愤怒地大叫，他全身都在发抖。
他掷出烁亮的剑，刺穿少年的胸膛，
一道血柱迸射出，淹没美妙的歌唱。

听众像遇到暴风，纷纷地各自逃散。
少年在师傅怀里，呼噜噜气息奄奄；
他用披风裹住他，让他在马上坐定，
把他缚紧得笔挺，带他离开了宫廷。

当他们出了城门，老者却勒马立停，
他随即拿起竖琴，那件稀世的珍品，
对着大理石柱子，把它砸成了碎片，
又大叫一声，凄然震动宫城和花园。

"倒霉吧，这些华堂！在你们殿宇里面，
歌声琴韵的妙音，将再也不能听见，
只有叹息和呻吟，奴隶胆怯的步声，

直到那复仇之神把你们化为微尘!

倒霉吧!春光中的这些芬芳的花园!
让你们看看我的亡儿的变形的脸,
让你们从此凋零,让泉水全部干涸,
让你们将来变成化石而满目荒芜。

倒霉吧,你这凶手,你这歌苑的瘟神!
血腥的荣誉花冠,你徒然巴望终生,
让你的名字被人遗忘而坠入黑夜,
像垂死者的哀鸣在虚空之中消逝!"

老者的呼叫句句传到上天的耳里;
城墙霎时间倒塌,宫殿也全部崩圮。
只剩下一根高柱,显示消逝的荣华,
但它也已经龟裂,隔一夜就要倒下。

四周芬芳的花园,变成萧条的荒原,
没有荫蔽的树木,没有滋润的流泉。
国王姓氏不见于英雄传说和诗歌,
已被遗忘而湮没!这是歌手的诅咒。

女店主的女儿*

三个年轻人去莱茵河彼岸,
到一位女店主那儿去住店:

"女店主,可有好啤酒和葡萄酒?
怎不见你那位美貌的闺秀?"

"啤酒和葡萄酒又清又新鲜。
我女儿,她躺在尸架上面。"

当他们走进房间一打量,
她果真躺在黑色棺柩上。

第一个揭开了姑娘的面纱,
他露出悲哀的眼光望着她。

"唉!要是你活着,从现在开始,
美丽的姑娘,我会爱上你。"

第二个重新把面纱盖上,
他转过身去,哭得泪汪汪:

---

* 作于一八〇九年。本诗已成为一首民歌,传诵人コ。

"唉!你竟然躺在尸架上面!
我爱你,爱了这么好多年。"

第三个又把那面纱除掉,
吻着她苍白的嘴唇说道:

"我一向爱你,今天还爱你,
我将会永远不变地爱你。"

好 战 友*

我有过一位战友,
没有谁比他更强。
战斗的军鼓狂敲,
他跟我统一步调,
走在我的身旁。

一颗枪弹飞过来,
是打你还是打我?
枪弹夺走了他,
他在我脚前倒下,
像割去我的一块肉。

---

* 作于一八〇九年。曾由西尔歇作曲。

他还想向我伸出手，
我正在装弹上膛；
"我不能跟你握手，
你是我的好战友，
永生永世总难忘！"

西格弗里的剑*

年轻的西格弗里很高傲，
他走出了父亲的城堡，

他不愿老是株守故家，
他立志走遍海角天涯。

他遇到很多骑士好威严，
手持坚盾和宽阔的剑。

西格弗里却手持游杖，
这使他深感痛苦和悲伤。

他来到了阴暗的森林里，

---

* 西格弗里为德国和北欧传说中的英雄，德国民间史诗《尼伯龙根之歌》中的主人公。他在年轻时曾离开父亲的城堡到森林里的铁匠师傅（侏儒族，名莱金）那里去学习铸剑。

随后又走进铁匠铺里。

他看到了大量铁和钢,
熊熊的火焰闪烁着红光。

"啊,师傅,我最亲爱的师傅,
请你收下我做你的学徒!

请你谆谆地给予我指点,
怎样能铸成锋利的宝剑!"

西格弗里有挥锤的本事,
铁砧竟被他敲陷到土里。

他敲着,回声从远处传来,
所有的铁块都敲得粉碎。

他用那最后的一根铁杆,
打成了又宽又长的宝剑:

"现在我铸好了一柄利剑,
我也像别的骑士般威严。

现在我也要像别的英雄,
诛灭林野的巨人和蛟龙。"

春天的信念*

阵阵和风已经醒来，
日日夜夜呼呼地吹，
到处都不肯偷闲。
哦，爽适的香气，哦，新的音响！
可怜的心啊，现在别忧伤！
一切、一切都得要转变。

世界一天天会变得更美好，
变成什么样，谁也不知道，
好花儿将开个没完。
最远的深谷也百花烂漫①：
可怜的心啊，现在别多烦！
一切、一切都得要转变。

旅　舍

我最近住过一家旅舍，
店主很亲切温和；

---

* 作于一八一二年。曾由舒伯特、门德尔松等谱曲。
① 蒂宾根附近内卡河沿岸的许多山谷在春季里盛开着一片果树花。

招牌是长在树枝上的
一只金色的苹果。

这就是那棵亲切的苹果树,
我曾去投宿一宵;
甜蜜的食物,新鲜的饮料,
它的招待真周到。

它的绿屋里还来了许多
羽衣翩翩的嘉宾①;
自由地跳跃,大饱其口福,
而且唱得极动听。

铺着绿色软垫的卧床,
使我睡得很安静;
店主亲自给我覆盖上
它的凉爽的树荫。

后来我问它要多少宿费,
它却摇摇树梢头。
从树根到树顶,但愿上帝
时时都给它保佑!

---

① 指飞鸟。

艾兴多尔夫

(Joseph von Eichendorff, 1788—1857)

约瑟夫·封·艾兴多尔夫,一七八八年三月十日生于上西里西亚的卢博维茨,出身于天主教的贵族家庭。一八〇五年进哈勒大学法学系。一八〇七年转入海德堡大学,在那里结识了布伦坦诺、阿尔尼姆、格勒斯等浪漫派作家,开始文学活动。一八一〇年去维也纳,跟弗里德里希·施莱格尔交往。反拿破仑解放战争(1812—1815)爆发后,他志愿参加吕错的义勇军,被编入后备大队。一八一四年跟拉里希结婚。德军进入巴黎时,他担任驻法德军守备队后勤工作。一八一六年回国,当司法官候补去过布雷斯劳、但泽、柯尼斯堡。一八三一年去柏林文教部任职,直至一八四四年,才脱离仕途。一八五五年夏,因爱妻患病,迁居西里西亚的尼斯(Neiβe,今名Nysa,属波兰)。同年十二月妻死。一八五七年十一月二十六日他自己也在尼斯因肺炎逝世。

艾兴多尔夫是浪漫派作家,他曾协助阿尔尼姆和布伦坦诺编过《男孩的神奇号角》,深受这部民歌集的影响,所以他的诗也富有民歌特色,质朴健康,语言明快,其主题大多歌咏美丽的自然。若干诗篇由于被舒伯特、舒曼、门德尔松、巴托尔迪等音乐家谱曲,至今还为人传诵。他的诗对后世诗人施托姆、李利恩克龙、黑塞有很大的影响。

除了抒情诗以外,他的中篇小说《一个废物的一生》,描写一个不满现实生活、不愿随俗浮沉的流浪者投身到大自然中去寻求陶醉的故事,是一部世界文学名著,曾多次被译成汉语。

快活的旅人

天主要给谁真正的宠爱,
就遣他漫游广大的世界;
在山林、河流和田野里,
他要对他显示出奇迹。

躺在家中的懒惰的人,
没有享受晨曦的福分,
他们只知道养儿育女,
担心受累,糊口谋生。

小溪从山里奔腾跃出,
云雀在高空欣然飞翔,
我为什么不拉开嗓门,
放宽胸怀,一同歌唱?

我把一切都交给天主;
小溪、云雀、森林、田野、

天和地全都由他掌管,
我的事也让他妥善安排!

漫游之歌

穿过原野和榉树林,
高兴地唱唱又停停,
谁愿意选择旅行,
真是无比的欢欣!

东方刚露出曙光,
人世还茫茫沉寂;
在心中已经感到
美丽的开花时节!

云雀是早晨的使者,
它振翅飞向高空,
生气勃勃的旅游歌
响彻林中和心中。

最可爱,站在山上
向人世和川流遥望,
头顶上是一片高高的
蔚蓝而清澄的穹苍!

小鸟从山上飞去,
白云迅速地移动,
我的思想也在飞,
超过了小鸟和风。

白云向下方飘沉,
小鸟也跟着降落,
我的思想和歌声
却一直飞到天国。

在 异 乡

我听到,小溪在林中
哗哗地响来响去,
在林中,在流水声中,
我不知身在何处。

夜莺在这里啼叫,
叫破了一片沉寂,
它们像要说什么,
有关美好的往昔。

月亮的光辉在飘动,
我恍惚看到下边,
谷中有一座府邸,

可是却离得好远!

在红色、白色的蔷薇
盛开的园中,好像是
恋人定然在等我,
可是她早已谢世。

憧　憬*

星光照耀得多灿烂;
我独自在窗边聆听,
静静的远处传来了
邮车号角的声音。
我心里爱火中烧,
这时,我暗暗沉思:
啊,谁会在结伴同行,
在这美丽的夏夜里!

两个年轻的小伙子
走过山坡之旁,
沿着那寂静的地方,
听他们且走且唱,
歌唱眩目的峡谷,

* 本诗曾由吕拉(Justus Lyra)谱曲。

林木的沙沙之声，
歌唱岩缝的山泉，
在森林之夜里奔腾。

歌唱大理石雕像，
山上的荒凉的花园，
一片昏暗的叶荫，
还有月下的宫殿，
少女们倚窗窃听，
每逢诗琴声响起，
泉水懒懒地喧鸣
在那美丽的夏夜里。

告　别*

——卢博维茨附近的林中

啊,辽阔的山谷,啊,山峰,
啊,美丽苍翠的森林,
你是我欢乐和痛苦的
虔诚肃穆的家庭！
在外面,受尽了欺骗,
人世间扰攘一片,

---

* 本诗作于一八一○年,在作者许多歌咏森林的诗中,本诗是最优美而脍炙人口的一首。曾由门德尔松谱曲。

碧绿的华盖啊，再把我
圈在你保护伞下面！

每逢那曙色初开，
地气蒸发而闪光，
鸟儿快乐地歌唱，
你心中发出回响：
让那浊世的烦恼
完全烟消而云散，
那时你就会恢复
青春的光华灿烂！

在森林里面有一句
无言的恳挚的名训，
讲的是人类的至宝，
正直的行为和爱情。
我已经忠实地读过
这种质朴的真言，
它贯穿我的一生，
清楚得难以言传。

不久我就要离开你，
去他乡漂泊风尘，
在纷纷扰攘的世路上
观看人生的戏文；
在我的一生当中，

你的诚挚的力量，
会鼓舞我这孤独者，
使我的心坚强。

月　夜*

苍天似曾悄悄地
吻过这个大地，
她现在花容焕发，
不由在梦中想他。

原野里吹过微风，
麦穗温柔地波动，
森林轻轻地喧响，
夜星是多么明亮。

我的心灵张开了
它的广阔的翅膀，
飞过静静的大地，
好像在飞向家乡。

* 本诗为艾兴多尔夫抒情诗中最有名的佳作，曾由舒曼作曲。

破　指　环[*]

在一处阴凉的谷底，
磨坊的水轮在转动，
我恋人就住在那里，
如今已不见她芳踪。

她对我立过誓言，
还送我一只指环，
她却背弃了誓言，
指环破裂成两半。

我愿做行吟诗人，
去大千世界浪游，
一家家挨户沿门，
吟唱我自作的歌。

我愿做骑兵兵士，
驰往血战的沙场，
在沉沉黑夜的战地，
躺在静静的篝火旁。

---

* 作于一八一〇年，是一首民歌体的佳作。由门德尔松谱曲，已成为家弦户诵的名歌。

我听到转动的水轮,
总感到心神不定——
我情愿离开凡尘,
这样倒落得安静!

罗 雷 莱[*]

已经很晚,已经很冷,
你为何独自骑马过森林?
森林很长,你很孤独,
美丽的女郎!我带你回去!

"男子们的骗术真厉害,
我的心已经痛苦得破碎,
到处都听到号角之声,
逃走吧,你不知我是何人。"

如此盛装的骏马和女子,
如此绝美的年轻的身体,
我认出你了——愿上帝保护!
你就是那位罗雷莱魔女!

～～～～～～～

[*] 诗题亦作《林中问答》。本诗曾由舒曼谱曲。

"你认识我——我的住所
在高岩上俯临着莱茵河。
已经很晚,已经很冷,
你永远走不出这座森林!"

吕 克 特

(Friedrich Rückert,1788—1866)

  弗里德里希·吕克特,一七八八年五月十六日生于巴伐利亚的施魏因富特。一八〇五年在维尔茨堡学习法学和古典语言学,一八〇八年去海德堡继续求学。一八一一年在耶拿当编外讲师,讲授东方和希腊神话。一八一六年在斯图加特担任科塔书店的《晨报》编辑,主编文艺栏。一八一七年去意大利旅行。一八一八年在维也纳跟德国著名的东方学者汉默-普尔格施塔尔学习波斯、阿拉伯、土耳其的语言和文学。一八一九年移居科堡。一八二二年至一八二五年主编《妇女袖珍丛书》。一九二六年任埃尔兰根大学东方语言学教授。一八四一年至一八四八年任柏林大学教授。以后回科堡附近的诺伊瑟斯庄园过安静的田园生活。一八六六年一月三十一日在该地逝世。

  他是德国后期浪漫派诗人。最初的诗集《德国诗》用 Freimund Raimar 的笔名发表于一八一四年。其中《披甲胄的十四行诗》颇有名,是反映解放战争的爱国诗。以后又发表《诗集》六卷(1834—1838),是一位多产的诗人。他有杰出的语言学才能,懂几十种语言。他译过波斯、印度的文学作品(萨迪、菲尔杜斯、鲁米、哈菲兹、迦黎陀娑),他也曾于一八三三年根据拉丁文译本转译过中国的《诗经》。

他曾把波斯、阿拉伯的诗体嘎扎勒、玛卡梅引进德国诗苑。他有许多诗歌曾由舒伯特、舒曼、勃拉姆斯、李斯特、洛威、雷格尔、玛勒尔、施特劳斯等音乐家谱曲而传诵人口。

童 年 时 代[*]

想起我的童年,想起我的童年,
一首歌总难忘记;
已经多么遥远,已经多么遥远,
那过去的往事!

那燕子的歌唱,那燕子的歌唱,
唤回秋天和春天;
是否沿着村庄,是否沿着村庄,
现在还能听见?

"当我告别之时,当我告别之时,
大箱小箱都很重;
当我回来之时,当我回来之时,
一切都已空空。"

孩子们的嘴巴,孩子们的嘴巴,

---

[*] 约一八一七年作于意大利。

以本能的智慧欢唱,
懂得禽鸟的话,懂得禽鸟的话,
像所罗门王①。

我故乡的田野,我故乡的田野,
让我在梦中飞驰,
只要再有一回,只要再有一回,
逃往你这圣地!

当我告别之时,当我告别之时,
多么丰富的世界;
当我回来之时,当我回来之时,
一切都空空如也。

燕子回到村中,燕子回到村中,
空空的箱子装满,
如果心里空空,如果心里空空,
再也不会填满。

没有燕子送还,没有燕子送还
你哀悼的过往,
燕子却像从前,燕子却像从前
在村庄里歌唱:

---

① 所罗门为以色列王,以智慧著称。在阿拉伯民间故事中说他懂得鸟语。

"当我告别之时,当我告别之时,
大箱小箱都很重;
当我回来之时,当我回来之时,
一切都已空空。"

巴 巴 罗 萨 *

年老的巴巴罗萨,
那位腓特烈皇上,
他在地下宫殿里,
永远像着魔一样。

他从来没有死过,
如今还是个活人;
他坐在那里睡觉,
在宫殿里面藏身。

他也随身带走了
帝国的荣誉声威,

---

* 巴巴罗萨(Barbarossa)为意大利语红胡子之意,即红胡子大帝,为腓特烈一世的绰号。他是德意志王(1152—1190),神圣罗马帝国皇帝。在位时期,曾六次入侵意大利。后来在参加第三次十字军东征时,在小亚细亚的沙莱夫河中淹死。德国民间传说认为他并没有死,依旧回到德国,坐在图林根北部的基夫豪塞山洞里睡觉,每百年醒一次。海涅在《德国——一个冬天的童话》第十四章以下,对他有详细的描写,把他比作中世纪封建帝王的幽灵。

有一天时来运转,
他还要全部带回。

皇上所坐的椅子,
是用真象牙做成;
供他搁头的桌子,
是用大理石做成。

胡子不是淡黄色,
却是红得像火焰,
已经长得穿过他
支撑下颚的桌面。

他像做梦般打盹,
眯着半开的眼皮;
每隔相当长时期,
他就向侍童示意。

他在睡梦中吩咐:
矮子,你走出宫殿,
看乌鸦可曾飞来,
围绕着山冈盘旋。

如果那些老乌鸦
还一直不停地飞,
我就脱不了魔术,
再要睡上一百年。

布吕歇尔和威灵顿*

当英雄布吕歇尔和威灵顿
  胜利会见的时候,
这两人,由于彼此的战功,
  相互间慕名已久,
布吕歇尔立即对威灵顿说:
  "你这位英雄好少壮,
深谋远虑又非常老练,
  像我这白发的老将!"

威灵顿对布吕歇尔说道,
  "你,德高望重的英雄,
瞧你的头发虽然已见老,
  却有着青年的心胸!"——
于是,这一老一少,他二人
  紧紧地握起手来,
互问道,在世间是否还能够
  找到这样的一对。

---

* 布吕歇尔(1742—1819)是普鲁士元帅。威灵顿(1769—1852)是英国元帅。一八一五年六月十八日滑铁卢战役,拿破仑被他们合力打败。布吕歇尔比威灵顿大二十七岁。

哦,但愿我……*

哦,但愿我站在一座高塔上面,
把四周围全德国远远地看清,
用一种可跟惊雷相比的声音,
超过暴风,向暴风之中呼喊:

你还要像虫子一样缩做一团,
在敌人凯旋车轮下忍辱偷生?
你的坚硬的皮肤受尽了蹂躏,
难道还不够气得你怒发冲冠?

群山,如有可能,也将会叫道:
"我们毫无感觉的背脊也感到
你们敌人的铁蹄已压得够久。"

石头,到最后也觉得难以忍耐,
不愿做偶像,供被践踏者膜拜——
顽石之民,你还愿受压迫多久?

---

* 以下两首均为《披甲胄的十四行诗》组诗中的诗篇。

骑 士 们

骑士们,你们住在你们的寓所里,
难道帽缨已经从头上落下?
你们再也不懂得系上盔甲?
你们精神的武装已经解体?

你们为何坐在自家的寓所里,
你们的老鹰,难道就没有鹰爪?
你们没听到那边劫掠的喧哗?
你们没见那怪兽把刚毛竖起?

挥起棍棒!它乃是一只野猪;
它在挖,在威吓,它在贪寻食物,
它冲倒树干,不仅是树上的叶子;

它是一只狼,贪得无厌的豺狼,
它大啖羔羊,还大啖羔羊的娘;
快来营救吧,如果你们是骑士!

三对和一张

你有两只耳朵和一张嘴;

你埋怨生得不够？
你应当用两只耳朵多听
而少开你的尊口。

你有两只眼睛和一张嘴；
请记住这个准则！
你应当用两只眼睛多看
而不要多嘴多舌。

你有两只手和一张嘴；
好好地理解一番！
两只手是让你去劳动，
一张嘴给你吃饭。

克 尔 纳

(Karl Theodor Körner,1791—1813)

卡尔·台奥多尔·克尔纳(亦译寇尔纳),一七九一年九月二十三日生于德累斯顿。父亲克里斯蒂安·克尔纳,是法学家,曾给予年轻的席勒物质上和精神上帮助,是席勒的毕生的忠实好友。一八〇八年至一八一〇年,他在弗赖贝尔克矿山学院学习矿山学。后去莱比锡学习法律,因参加决斗负伤,被开除。一八一一年去柏林学习法学、历史和哲学。不幸因病辍学。又去维也纳,从事剧作家活动,跟女演员安东尼·阿丹贝尔格尔相恋。上演过处女作喜剧《未婚妻》和《绿衣多明戈》以及歌剧《渔家女》。还有深受席勒理想主义激情鼓舞、充满爱国主义和反抗精神的剧作《茨里尼》,使他名声大震。一八一三年,反抗拿破仑解放战争爆发,他就抛别恋人,投笔从戎,于三月十九日在布雷斯劳参加吕错领导的义勇军,不久当上少尉。他转战各地,写了不少即兴之作的军歌,在军队中广为传唱,使他获得了爱国诗人的名声,永垂不朽。一八一三年八月二十六日在施维林附近的森林中牺牲。在他死前数日写了绝笔之作《剑之歌》。他被葬在维贝林村中一棵老橡树之下。后来他的父母和姐姐也都葬在该处。

他只活了二十二个年头。他的父亲在他死后将他的诗作编成一册《琴与剑》,于一八一四年出版。他的诗曾由希美尔和韦柏作曲,成为德国国民爱诵之歌。鲁迅在《摩罗诗力说》一文中曾赞扬他为民族解放战争而"慨然投笔"的爱国主义精神。

战斗中的祈祷*

天父,我呼唤你!
大炮的浓烟在四周鸣响,
咝咝的电光在四周闪亮;
战斗的指挥者,我呼唤你。
天父,请率领我!

天父,请率领我!
领我去取胜,领我去牺牲,
主啊,我知道你的命令;
主啊,按你的旨意率领我!
上帝,我认识你。

上帝,我认识你。
无论在秋叶的沙沙声中,

---

* 作于一八一三年初夏。诗人把这首诗写在他随身携带的日记簿里。当诗人中弹毙命后,在他的身上发现了这本血渍斑斑的小簿子,后来被保存在德累斯顿,作为神圣的烈士遗物。本诗曾由希美尔和韦柏作曲。

或是在战斗的轰轰声中,
慈爱之源,我认识你;
天父,请祝福我!

天父,请祝福我!
我要把生命交到你手里;
你可以取去,这是你所赐;
无论生死,请祝福我!
天父,我赞美你!

天父,我赞美你!
这斗争并非为尘世的产业,
拿起剑是保卫神圣的事业;
因此胜或负,我都赞美你。
上帝,我委身于你。

上帝,我委身于你。
当死亡之雷来迎接我时,
当我的血管裂开流血时,
我的上帝,我委身于你。
天父,我呼唤你。

橡 树

暮色降临,白昼的喧声沉默,

太阳的最后余晖照得更红；
这儿,我坐在你们的树枝下面,
　　我的心是如此充沛而激烈跳动!
古老时代的古老的忠诚的见证,
　　你们依旧充满生命的葱茏,
那种古代的坚强有力的雄姿,
还在你们的壮观之中保持。

无数高贵者已经被时间毁灭,
　　无数娇美者也已不幸夭折;
夕阳照射着它的告别的光辉,
　　透过树冠顶上的丰富的绿叶。
可是你们不关心什么宿命,
　　时间徒然对你们进行威胁,
我听到树枝飘动的呼唤声响:
"一切伟大者必须顶得住死亡!"

你们已顶了过来!——在万木之中,
　　你们毅力坚强,充满了生气。
任何朝圣者,从你们这儿经过,
　　无人不在你们的荫处休憩。
尽管在秋天,你们的叶子落去,
　　使你们珍贵的至宝归于消逝。
因为在枯凋之中,你们有后代
会做你们来春荣华的建设者。

古代德人忠诚的美丽的形象,
　曾有过目睹这种忠诚的良时,
那时,市民们为了稳固地建国,
　曾经欣然大胆地捐躯赴义。
啊,我干吗来重提这种痛苦?
　大家对这种痛苦都很熟悉!
德国国民,最了不起的国民,
你的橡树屹立着,你却已凋零!

缪　勒

(Wilhelm Müller,1794—1827)

威廉·缪勒,一七九四年十月七日生于易北河畔的德绍。父亲是制靴工人。他于一八一二年在柏林学习语文学,为柏林德语学会会员。一八一三年至一八一四年以志愿军身份参加反拿破仑的解放战争。一八一五年继续求学。一八一七年至一八一八年陪同封·扎克男爵去意大利旅行。一八一九年在德绍文科中学执教。一八二〇年兼任图书馆馆长。一八二二年至一八二七年编辑《十七世纪德国诗人丛书》(10卷)。一八二六年协助埃尔希和格鲁贝尔编《百科全书》。他具有民主思想,曾编《希腊人之歌》(1821年至1824年,出版4卷),歌颂希腊人民反抗土耳其异族统治,因此使他获得"希腊人缪勒"之称。一八二七年九月三十日在德绍逝世,年仅三十二岁。

舒伯特曾根据他的诗歌谱成两部声乐套曲:《美丽的磨坊姑娘》和《冬日旅行》,至今还是传诵人口的世界名曲,这使他的名字永垂不朽。

缪勒的诗歌对海涅的抒情诗起过重要的影响。海涅于一八二六年六月七日从汉堡写信给缪勒,曾这样说:"我可以公开向您承认,我的《抒情插曲》的韵律并非偶然地跟您惯用的韵律相似,很可能,这部作品的隐秘的格律要归功于您的诗歌。因为正当我写《抒情插曲》时,我认识了亲爱的缪勒的诗歌……只有在您的诗歌里,我才找到那种纯正的音响,那种真正的质朴,这是我一向所努力追求的。您的诗歌是多么纯正,多么明晰,它们全都是民歌。"

菩 提 树[*]

在城门外的井边,
长着一棵菩提树。
在它的绿荫之下,
我做过美梦无数。

在它的树皮上面,
我刻下许多情诗,
不管忧愁和欢喜,
我总要常去那里。

我又在今天深夜,
必须从树边走过,
尽管是黑暗一片,
可我仍闭紧双目。

---

[*] 本诗由舒伯特作曲(收入《冬日旅行》),已成为家喻户晓的世界名曲。

它的树枝飒飒响,
好像是唤我走近:
朋友,到我这儿来,
你可以获得安静!

正碰到寒冷的风
迎着我的脸直吹,
吹落了我的帽子,
我头也没有掉回。

现在我离开那里,
已过了好多时辰,
我依旧听到树声;
那里能获得安静!

邮　车

街上传来邮车号角的声音,
你跳得这样厉害,是什么原因,
我的心?
邮车并没有给你带来书信。
你干吗这样奇怪地跳个不停,
我的心?

是呀,邮车是来自那座城市,

我有个亲爱的姑娘住在那里,
我的心!
你要不要过去看个究竟,
问问那边现在是什么情形,
我的心?

磷　火

在深深的山谷里面,
一团磷火引诱我前往:
我怎样找到一条出路,
我一点也不放在心上。

对于迷路我已经习惯,
每条路通向一个目的地:
我们的欢乐,我们的痛苦,
都无非是磷火的游戏!

穿过山溪干涸的山沟,
我安然走下曲折的道路……
每一条小河都归向大海,
每一种痛苦也归向坟墓。

旅　舍

我的旅途带领我
来到了一处墓地,
我自己心里在想,
我要在这里过夜。
你的碧绿的花圈,
可算是你的招牌,
邀请疲倦的旅人
住进阴凉的旅舍。

这幢屋里的房间,
难道一间也不空?
我累得快要倒下;
我有极大的苦痛。
哦,狠心肠的旅舍,
你竟赏我闭门羹?
我的忠实的游杖,
那只好继续远征!

勇　气

如果雪花飘到我脸上,

就把它抖落到地上。
如果我的心在胸中说话,
我就大声地欢唱。

我不去听它说些什么,
我也不去留心它,
我不理会它埋怨什么,
埋怨的只有傻瓜。

冒着风雨,快快活活地
做一个入世之人!
如果世上没有神存在,
我们自己就是神!

手摇风琴师

有个手摇风琴师
站在村子的后头,
他用冻僵的手指
在那里拼命摇奏。

他赤脚站在冰上,
他身体摇摇欲坠,
他的小盘子里面
却总是空空如也。

没有人听他摇奏,
也无人报以一瞥,
在这老人的四周,
群犬猖猖地狂吠。

他却不管这一切,
依旧摇他的风琴,
他那悠扬的琴声,
总是鸣响个不停。

我可否跟你同行,
你这奇怪的老头?
你肯摇你的风琴,
为我的歌曲伴奏?

何 处 去?

我听到小溪潺潺,
从山泉流了出来,
潺潺地流下山谷,
多么响亮而轻快。

我不知怎么回事,
谁给我出的主张,

我竟要拿起游杖,
立即去谷中流浪。

到谷中不断远行,
追随小溪的去向,
小溪潺潺地鸣响,
越来越轻快响亮。

这就是我的道路?
小溪,你流往何处?
你那潺潺的声音,
弄得我糊里糊涂。

说什么潺潺之声?
并非潺潺的水声:
这是那边的水妖
跳轮舞唱的歌声。

别管歌声和水声,
欣然流浪吧,帮工!
每条清澈的小溪
都有磨轮在转动。

打听者

我不向花儿打听,
我也不去问星星:
它们都不能回答
我想知道的事情。

我也不是个园丁,
星星又隔得很远;
我要去问问小溪,
我的心可会欺骗。

哦,我心爱的小溪,
你今天为何发哑!
我只想打听一事,
只要回我一句话。

一句话就是"爱的",
另一句就是"不爱",
这两句话对于我,
包括着整个世界。

哦,我心爱的小溪,
这样古怪干什么!

我不会多问一句。
小溪,说,她可爱我?

威 内 塔 *

从大海的深深、深深的底下,
传出低沉无力的晚钟之声,
给我们提供一个奇妙的信息,
关于那座美丽的奇妙的古城。

古城已经沉没到波涛的深处,
它的废墟依然在海底下深藏;
那些城垛发出的金色的光芒,
还可以看到反映在海面之上。

船夫,每逢在辉煌的夕阳之下,
一看到它那具有魔力的光辉,
他总要把船向那个地点驶去,
不管有暗礁潜伏在他的周围。

---

* 威内塔(Vineta)为波罗的海南岸沃林岛上的古代商业城市。一一八四年毁于丹麦人之手。据民间传说,由于地震或风暴潮,这座古城已沉入海底,海上的渔民常能看到它的灿烂的反影,并且听到古城里奇妙的钟声。本诗作于一八二五年,被推为缪勒诗歌中的杰作。曾由勃拉姆斯谱曲。

从心脏的深深、深深的里面，
我好像听到低沉无力的钟声；
啊，它也给我提供奇妙的消息，
关于我的心曾经爱过的恋人。

一个美丽的世界沉没在心底，
它的废墟依然在内心里深藏，
在我美梦的镜面之上还常常
看到它出现，仿佛金色的天光。

于是我愿意钻入到它的深处，
沉没到这种反映的影像之中，
我好像觉得有天使来召唤我，
唤我进入那奇妙的古城之中。

普 拉 滕

(August von Platen, 1796—1835)

奥古斯特·封·普拉滕于一七九六年十月二十四日生于巴伐利亚的安斯巴赫的贵族家庭。由于双亲的希望,入士官学校学习,曾当过军官,参加过反拿破仑的战争。后在维尔茨堡和埃尔兰根学习法学、哲学、语言学,学了希腊语、拉丁语以及十几个国家的语言。一八二四年第一次去意大利旅行。一八二六年以后,离开黑暗的德国,移居意大利。一八三五年十二月五日因患高热逝世于西西里岛的锡拉库萨。

他在诗作方面,深受古典主义时代的歌德的影响,反对当时过于奔放而轻视形式的浪漫派,旨在向古典主义的复归,追求形式的完美。他把十四行诗、颂歌以及其他古典诗体巧妙地融化吸收,特别引进阿拉伯、波斯的嘎扎勒(又译加宰里)诗体,非常成功,在这一点上,他受到诗人吕克特的影响和歌德《东西诗集》的启发。

他虽是贵族出身,却是反封建、爱自由的进步诗人,写过同情波兰革命的诗歌,梅林称他"用坚强有力的诗句谴责屠杀波兰人民的刽子手、沙俄的专制君主及其帮凶,彼得堡的皮鞭、柏林的军刀"。恩格斯把他和沙米索、伊默尔曼相提并论,说"这三位诗人都有不平凡的个性、卓越的品质和判断力"。

特里斯丹[*]

谁要是曾经亲眼注视过美,
他就已经被交给死亡之手,
他在人世间将会无所作为,
可是他会在死亡面前发抖,
要是他曾经亲眼注视过美!

爱的痛苦会永远缠住他不放,
因为只有痴子才会在世间
希望满足这样的一种欲望:
谁要是曾经中了美的利箭,
爱的痛苦会永远缠住他不放!

唉,他情愿憔悴得像枯泉一样,
从每一阵微风中吸到毒液,
从每一朵香花中嗅到死亡:
谁要是曾经亲眼注视过美,
唉,他情愿憔悴得像枯泉一样!

---

[*] 特里斯丹是中世纪传说中的主人公,他和绮瑟由于误饮魔汤而相爱,任何力量都不能使他们分离。但二人生前未能结成姻缘,死后被葬在一起。德国诗人戈特夫里德·封·斯特拉斯堡写有长篇叙事诗咏其事。瓦格纳也写过歌剧《特里斯丹和绮瑟》。此处作为一般的象征,象征美和献身的爱情。

在阿尔卑斯山……

在阿尔卑斯山雪光映照之处,
我默默想起过去的倒霉的事:
我几乎不想掉头回望德意志,
也不向前方意大利边境遥瞩。

我徒然想把梦想的花冠争取,
让我的发热的额头获得凉意,
透一口快要把我闷死的叹气,
好像叹气能填补心灵的空虚。

哪儿有不会被痛苦压破的心?
即使他会逃避到遥远的天边,
身后总常常跟着人生的幻影。

唯一的安慰只是每一桩负担
也许总能够让我来保持平衡,
靠我心灵的全部力量和尊严。

威 尼 斯

每当深忧使我的心旌摇摇,

尽管丽都桥①夜市灯光耀眼:
为了不让精神无端地分散,
我寻求那征服白昼的寂寥。

于是我常常凭着桥栏览眺,
看那只是微微荡漾的波澜,
那儿,从半风化的围墙上面,
垂下乱蓬蓬的月桂树枝条。

当我站在围以界石的桩上,
纵目眺望今后不再有总督
跟它缔结良缘的黑暗海洋②:

毫无干扰,在这沉寂的地区,
只偶尔地从遥远的运河上
传来游艇划手的一声喧哗。

~~~~~~~~~~~~~~~

① 丽都桥(Ponte di Rialto,建于1587—1591年)为威尼斯闹市区大运河上的大理石桥,桥面上有两排商店拱廊。
② 总督(Doge)为威尼斯共和国(起自697年)和热那亚(起自1339年)的首脑。一七九七年统治结束。从一一七七年起,威尼斯总督每年在耶稣升天节乘坐画船航行在亚得利亚海上,将一只戒指投入海心,举行象征性的婚礼(大海的婚礼),表示大海结婚后,即从属于威尼斯这位新郎,而威尼斯也就掌握海上贸易的大权了。

我愿在我临终时 *

我愿在我临终时，像那迅速地，
不知不觉地失去光辉的星辰，
我愿有一天听从接引的死神，
宛如传说中所讲的品达罗斯①。

我并不想让我的一生和赋诗
赶上这位不可企及的大诗人，
我只愿，哦，朋友，像他那样归真；
现在请听听这个美丽的逸事！

他坐在剧场里，深受歌声感动，
听得困倦的诗人把他的面孔
搁在他的宠儿②的舒适的膝上：

这时，歌队的合唱渐渐地告终，
温柔照顾的宠儿想唤醒诗翁，

---

* 选自《威尼斯十四行诗》。
① 品达罗斯为古希腊的抒情诗人，写过各种著名的颂歌，活到八十岁高龄。传说他在剧场观演出时安然长逝。歌德和荷尔德林都曾深受他的影响。
② 古代希腊习俗：年长者爱与少年缔交，如苏格拉底对他的弟子和朋友亚西比得。

可是他已经回到天神的身旁。

布森托河底之墓[*]

布森托河畔,科森扎附近,每夜听到歌声低沉,
从水波里传来了反响,从涡流里听到回声!

勇敢的哥特人的阴魂在河流里忽浮忽沉,
他们哀悼亚拉里克,哀悼死去的民族伟人。

当他青春年华的金发还在他的肩头飘拂,
他们就过早地把他葬在这里,远离故土。

他们竞相排好队伍,在布森托河岸之旁,
为了要让河流改道,开挖一条新的河床。

在那没有水波的窀穸之中,他们挖去河泥,
深深放下那具身披甲胄、骑在马上的尸体。

然后又用黄土掩覆他和他的宝贵的遗物,
让高高的河岸植物从英雄的陵墓中长出。

---

[*] 西哥特王国国王亚拉里克一世(约370—410)于四一〇年征服罗马,随后南下,拟渡海远征西西里和北非,未成,回军北上,中途病死于意大利南部的科森扎,遗骸被部下葬在布森托河的河床下。

河流再次改变流向,河水又被引了回来,
布森托河的巨浪又在旧河床里奔腾澎湃。

男子歌队唱道:"愿你享受英雄的荣誉长眠!
任何贪婪卑鄙的罗马人也毁不了你的墓园!"

赞美之歌在哥特人的大军之中不断歌唱;
翻滚吧,布森托河的巨浪,带着歌声过海漂洋!

波兰人之歌

濒死的波兰人留给德国人的遗嘱

经多次奋战,精疲力竭,
我们将进入荒冢,
现在要把仇俄的憎恨
吹入你们的心中。

我们也曾忠实坚守,
终于敌不过强权;
可是白旗依然飘在
我们的坟墓上面!

将来擎起它,请体恤我们,
想起我们的痛苦:
那种滔天的罪恶行为,

应当用血来报复!

我们不嫉妒胜利的强敌,
时代会加以诅咒:
他们和他们的阿尔发①
将在史书中遗臭。

暴君常会顺利地统治,
这是人类的定数。
被压迫者有什么下场?
只能得一抔黄土。

你们在明天或是今天,
鉴于我们的痛苦,
务请再次显出古老的
条顿民族的风度!

---

① 阿尔发(Duque de Alba,1507—1582),西班牙将领。一五六七年被任命为尼德兰总督,曾血腥镇压尼德兰革命人民。此处比喻俄国的侵略者。

圣·胡斯特的朝圣者[*]

夜晚,阵阵的大风不停地狂吹,
　　西班牙修士们,为我把院门打开!
让我在这里休息,直到召你们
　　进堂祈祷的钟声将我唤醒!
给我准备,根据院中的条件,
　　一身教团服装和一具石棺!
让我住一间小室,授我以圣职,
　　这世界曾有一大半归我统治。
我的头,戴的王冠有过好几顶,
　　如今,终于甘心来削发修行。
这肩膀,也曾披过貂皮的皇袍,
　　如今,情愿穿上长披巾道袍。
如今,像死人一样面对死神,
　　我将像古老的帝国,化为微尘。

---

[*] 神圣罗马帝国皇帝卡尔五世(1519—1556在位)兼西班牙国王(卡尔洛斯一世),武功颇盛,后与新教诸侯联军开战,由胜转败,被迫于一五五五年缔结《奥格斯堡宗教和约》。次年退位,将帝位让给其弟斐迪南一世,将西班牙王位让给其子菲力二世,自己则去西班牙西部卡塞瑞斯省圣·胡斯特的圣·赫罗尼莫修道院出家。

德罗斯特-许尔斯霍夫

(Annette von Droste-Hülshoff,1797—1848)

安内特·封·德罗斯特-许尔斯霍夫于一七九七年一月十日生于威斯特法伦州明斯特附近的许尔斯霍夫庄园。一八四八年五月二十四日卒于博登湖畔的梅尔斯堡。她出身于贵族家庭，从小在母亲膝下接受保守的天主教世界观。一八二六年丧父，移居母亲家的吕施豪斯庄园，住了很长时间。她一生孤独，交游不广，但也曾从格林兄弟处学习民歌和童话，从叔本华的妹妹处受到哲学的熏陶，从施普里克曼教授处接受席勒的影响而使她的诗才得到磨炼。她活到五十一岁，没有结婚，但也曾跟比她小十几岁的作家莱温·许京有过一段恋爱史。她在文学史上被认为是十九世纪德国最大的现实主义女诗人。她的诗富于深深的虔诚、强力的空想和敏锐的观察，描写自然景色很细致，由此也被认为是威斯特法伦的乡土文学作家，特别是她的中篇小说《犹太人的榉树》，不啻是一幅描写十八世纪威斯特法伦山区农村生活的风俗画，艺术成就很高。

月　出

我倚靠在阳台的围栏之旁，
恭候着你，你这柔和的光。
在我的上空，仿佛混浊的水晶，
漂浮着一片溶溶流动的天庭；
缓缓伸展的湖水闪着幽辉，
是串珠散开还是云的眼泪？
暮霭四合，听到淅沥的声响，
我等候你，你这柔和的光。

我站在高处，身旁是菩提树冠，
脚底是它的树枝、树杈和树干；
飞舞的夜蛾在叶间发出嗡嗡声，
我看到火虫亮光闪闪地上升，
花儿摇摇晃晃，像半入睡乡；
我觉得，像有一颗心漂向海港，
一颗心，它充满了幸福和忧思，
以及欢乐的往昔时日的影子。

暮气上升，黑影从四面涌来——
柔和的光辉，你在何处徘徊？
黑影涌来，仿佛罪恶的思想，
穹苍的碧波好像在晃晃荡荡，

火虫的闪光已经停止闪烁,
夜蛾也早已向地面上沉落,
附近只耸立着森严的群峰,
像一群阴沉的法官,在黑暗之中。

树枝在我的脚边咝咝作响,
像轻声告诫,又像死别一样;
遥远的谷中升起营营之声,
像法庭上群众的私语之声;
我觉得,好像我必须作出辩明,
好像是一个浪子在战战兢兢,
像抱着凋零的心,孤孤单单,
寂寞地怀着自己的罪孽和辛酸。

这时,一幅银纱垂降到湖上,
你缓缓地升起了,虔诚的光;
你轻抚着高山的阴暗的额头,
法官全都变成了温和的老头;
水波的颤动变成含笑的秋波,
各处枝头都看到水珠在闪烁,
每一颗水珠都像是一间小房,
里面闪亮着故乡的灯火之光。

月儿啊,你像是我的迟暮的友人,
以青春之身结交我这个零落人,
你让我那些行将死灭的回想

笼罩着一层生命的柔和的回光，
你不像太阳，令人目眩神迷，
在火海之中生活，在血中长逝——
你仿佛病诗人的诗篇一样，
虽属冷淡，可却是柔和的光。

池　塘

它静静地躺在晨光里，
静得像心安理得一般；
西风来吻它如镜的水面，
岸边的花儿竟毫无所知。
蜻蜓在它的上面颤动，
金蓝色长条，点染着朱红，
映着日影的光辉照耀，
水蜘蛛觉得它在舞蹈。
一丛鸢尾玉立在岸边，
聆听芦苇的催眠歌曲；
一阵和风飘来又飘去，
像低语：平安！平安！平安！

沼泽中的男孩

哦，穿过沼泽真正可怕，

当那里弥漫着烧荒的烟雾,
烟气像幽灵似的盘旋,
藤蔓的卷须钩住灌木,
每踏一步都有水涌出,
听到地缝里咝咝歌唱,
哦,穿过沼泽真正可怕,
当芦苇在风中沙沙作响!

战栗的男孩夹紧课本,
像被人追赶,奔个不停;
地面上刮着低沉的风声,
小树丛那边是什么声音?
那是挖煤小工的幽灵,
他盗卖主人的泥炭喝酒;
啊,啊,像冲来一匹疯牛!
胆怯的小孩畏缩得低头。

从沼泽边上冒出树桩,
赤松摇曳得阴森骇人,
孩子竖起耳朵飞奔,
穿过巨大草茎的枪林;
里面传出唧唧的声音,
那是不幸的纺纱姑娘,
被逐出的莱诺蕾姑娘,
她在苇丛中摇转纱框。

235

向前,向前!只管飞奔,
向前,像有要抓他的人!
在他的足前烟气蒸腾,
脚底下听到呼啸之声,
像吹奏着幽灵的曲调;
那是克瑙夫,那个窃贼,
不老实的小提琴手,
他曾偷过贺婚的钱财!

沼地裂开,张开的洞中
传出一阵长叹之声;
是该死的玛格蕾特
大叫:"我的可怜的灵魂!"
男孩像受伤的鹿跳起;
要不是有守护神保护,
日后挖煤工会在沼地里
发现他的一堆白骨。

地面逐渐坚实起来,
那边,在那棵柳树之旁,
闪着家园的灯火之光,
男孩站在沼泽边界上。
他透一口气,畏怯的眼光
还向沼泽地回望了一下;
确实,在芦苇丛中多吓人,
哦,在荒野里真是可怕!

送　别*

别了,还有什么法子!
张起你们的飘飘的船帆,
让我独留在我的邸宅里,
寂寞的、凄凉的屋子里面。

别了,请把我的心带走,
还有我的最后的阳光;
它很快就要沉没、沉没,
因为没有不落的太阳。

让我留在我的湖边,
随着荡漾的湖波颠簸,
独自念着我的咒语,
伴着山神和我的自我。

被抛下了,但并不孤独,
受震惊,但不会压死了我,
只要还有神圣的光
用爱的眼睛注望着我,

---

* 莱温·许京和他年轻的妻子路易丝·封·加尔(1815—1855,她是一位女作家)于一八四四年五月六日至三十日到梅尔斯堡访问德罗斯特。

只要清新的森林还给我
送来树叶歌唱的声音,
只要从岩壁、缝隙那里
还有小妖精友好地偷听,

只要手臂还听我使唤,
能伸向苍天,毫不费劲,
只要每一只野鹰的叫声
还唤起我的奔放的诗兴。

献给我的母亲

即使五月会狂风大作,
冰雹乱飞,雨下个没完,
像推迟的四月一样,
可是也有美好的一天。

也有一天,很糟的五月,
比整个一年更加宜人,
那时,对我都是一样,
不管天阴还是天晴。

在那一天,有清泉从你的
生命之泉里迸涌出来,
还响起我的最纯的琴声,

长出我的无刺的蔷薇。

即使是阴天,我也能在
森林沼地里找到花束,
我也能够吻你的手,
对你唱一首纯朴的歌曲。

遗　言

爱友,如果我灵魂飞逝,
不要为我把眼泪空流;
因为我去的是平安之地,
那儿照着永恒的白昼!

那儿没有尘世的忧伤,
我不会忘记你们的音容,
我要祈求治愈你们的创伤,
祈求减轻你们的苦痛。

等到夜晚,"平安"向世间
鼓起它的天使的羽翼,
那时别想着我的坟山,
我在星空里向你们致意!

一年的最后一天(除夕)

岁月如流,
像线团一样嗡嗡地散开。
再过一小时,最后的今日,
栩栩如生的过去的往日,
都像微尘般飘进坟墓里。
我默默等候。

夜已深了!
是否还有张着的眼睛?
时间啊,你在这四壁之中
摇晃着流逝。我战栗,可是
最后的时刻将在不寐中
孤独地度过。

我的行事,
我的思考,全都要省察。
脑子里、心里想过的一切,
现在,像个认真的守卫
站在天门前。哦,未决的胜利!
哦,沉痛的失败!

风在吹刮

窗棂的十字梃架!是的,年华
将随狂风的翅膀飞逝,
在明亮的星光下悄悄地
消失,不留下任何影子。
你这罪人啊,

不是有沉闷、
神秘的呼啸声每天吹在
你那荒寂的胸房牢狱里,
碰到从冰极吹来的寒风,
牢墙的石头不是慢慢地
一块块破碎?

我的灯光
将要熄灭,灯芯贪婪地
吸着灯油的最后一滴。
我的生命就这样烟消?
黑沉沉的静静的墓穴
已为我洞开?

我的生命
或许在今年这个圈子里
就此了结。我早已知道!
可是这颗心还在虚妄的
热情的渴望之中燃烧!
惊惶的汗水

冒在我的
额上和手上。——怎么？那边是
一颗星湿淋淋破云而出？
也许是爱情之星，愤怒地
怪你如此忧心而放出
黯淡的微光？

听，什么声音？
又在响了？死亡的调子！
大钟摇动着青铜的嘴。
主啊，我向你跪下来：
请怜悯我最后的时刻！
一年告终了！

海　涅

(Heinrich Heine, 1797—1856)

亨利希·海涅于一七九七年十二月十三日生于杜塞尔多夫。父亲是呢绒商人,母亲是医生之女。一八一六年去汉堡,在叔父所罗门·海涅的银行里当练习生。爱上堂妹阿玛莉爱,陆续写出不少爱情诗。一九一九年入波恩大学法学系,听奥·威·施莱格尔的讲课,深受影响。一八二〇年,转入哥廷根大学。后又去柏林大学就学,听黑格尔讲课,并认识了柏林的一些浪漫派诗人。以后去过哈尔茨、北海诺得奈岛、英国、意大利旅行。一八三〇年在黑尔戈兰岛听到法国七月革命的消息,非常振奋,遂于一八三一年自动流亡法国,移居巴黎。一八四四年结识马克思,对他的诗作起了很大的影响。一八四六年患脊髓痨,病情日渐恶化,终于在病床上缠绵了十年之久,于一八五六年二月十七日在巴黎逝世。终年五十八岁。

他是德国的伟大诗人,又是政论家和思想家,德国革命民主主义者的主要代表。他的早期抒情诗有较浓厚的浪漫主义色彩,富于民歌风味,内容大多抒写他的经历、感受、憧憬,特别是爱情的欢乐和痛苦,感情真挚,语言优美。一八二七年出版的《诗歌集》,使他不仅成为德国的,也成为世界闻名的大诗人。就在那些爱情诗中,也反映出诗人被不合理社会压抑的痛苦,而且带有社会色彩。一八四四年出版的《新诗集》,其中的时事诗,把政治观点和美学思想进行有机的结合,既有强烈的战斗性,又有很高的艺术性,使他成为杰出的讽刺诗人和革命诗人。一八五一年出版的《罗曼采罗》,显示了他在叙事诗方面的才能。在他死后,后人又把他的一些遗稿编成《最后诗集》。这些都是诗歌宝库的瑰宝。海涅的抒情诗,常被各音乐家谱成乐曲。到二十世纪初,已被谱成三千多首歌曲,在世界抒情诗人中,是首屈一指的,在这一点上,歌德也比不上他。

近 卫 兵*

在俄国被俘的两个近卫兵,
匆匆地赶回法兰西。
当他们来到德国的宿营地,
个个都垂头丧气。

他二人听到悲惨的消息:
法兰西已没有生路,

---

* 海涅在《勒·格朗记》第十章曾叙述他在一八二〇年回杜塞尔多夫省亲,看到一大队从俄国回来的法国兵,他们在西伯利亚做了多年的俘虏,现在获释回国。他们情况狼狈,衣服破烂,形容枯槁。在兵士之中,海涅又看到旧友勒·格朗,两人坐在草地上攀谈。勒·格朗带回从前在战场上用过的铜鼓,敲起往日的进军调。本诗当作于是年,显示了当时诗人对拿破仑的崇拜。舒曼曾将本诗谱曲,非常著名,最后一节,袭用马赛进行曲的调子。此外,瓦格纳也曾为本诗谱曲。

大军溃败得七零八落——
皇帝,皇帝已被俘。

听到这个可悲的噩耗,
近卫兵泪如泉涌。
一个说:我真是难受,
我的旧伤多灼痛!

另一个说:事已如此,
我也想跟你一起死,
可是我家里有妻子和孩子,
没有我,怎样过日子。

我不管妻子,我不管孩子,
我有着远大的企图;
她们饿急了,让她们乞讨①——
皇帝,皇帝已被俘!

请答应我的要求,兄弟,
如果我现在去世,
请把我尸体带回法兰西,
葬在法国的土地里。

---

① 套用赫尔德所译苏格兰古代叙事歌《爱德华》中的诗句。参看本集中赫尔德的诗歌部分。

把红绶带的十字勋章
放在我的心口上，
把长枪放在我的手里，
把宝剑佩在我腰旁。

我就这样在墓中静听，
像个放哨的兵士，
直到我听到隆隆的炮声，
嘶鸣的战马奔驰。

那时皇帝会驰过墓地，
刀剑铿锵而闪光；
我就会武装着走出坟墓，
去保卫皇帝、皇帝。

有一棵松树孤单单

有一棵松树孤单单
在北国①荒山上面。

---

① 北国指德国，为浪漫派诗人的诗歌用语。北国的松树指诗人自己。东方的棕榈指诗人的堂妹（犹太人被认为是东方的民族）。一北一东，冰和雪跟灼热的岩壁，两相对比，显示爱情上的距离，象征诗人和他的恋人阿玛莉爱永远分别，永无结合希望的痛苦。本诗曾由许多作曲家谱曲，在二十世纪初，据统计已被谱成七十七种不同的歌曲。

它进入梦乡;冰和雪
给它裹上了白毯。

它梦见一棵棕榈,
长在遥远的东方,
孤单单①默然哀伤,
在灼热的岩壁上。

一个青年有所爱

一个青年有所爱,
那姑娘却看中别人;
那别人又别有所爱,
而且双双结了婚。

那姑娘出于气愤,
随便碰上个男人,
就跟他草草结婚②;
青年真感到烦闷。

---

① 诗人在本诗中特意重复使用"孤单单"这个副词,一在第一行句末,一在第七行句首。译诗仍保留此字在原诗中的位置。
② 诗人的堂妹阿玛莉爱于一八二一年八月嫁给有钱的地主弗里德兰德,对诗人打击很大。

这是个古老的故事①,
可是却万古长新;
谁要是碰上此事,
就会痛碎他的心。

罗 雷 莱*

不知是什么道理,
我是这样的忧伤;
一个古代的童话,
总使我不能遗忘。

莱茵河静静地流,
暮色昏暗晚风凉;
闪闪发光的山峰,
映着西下的斜阳。

---

① 古希腊诗人莫斯科斯、古罗马诗人贺拉斯以及东方诗人们均写过类似的题材。参看金克木译《伐致呵利三百咏》第三一一首:"我所时刻想念的人,她却不恋我,她想要的是别人,别人又恋别一个……"海涅本诗可能从这位印度诗人的诗受到启发。

* 罗雷莱原为莱茵河右岸的一座岩山。相传从前有一女妖,名罗雷莱,常坐在山顶上唱歌,迷惑船夫,使遭覆舟之祸。海涅本诗大约是依据勒本伯爵所作同名诗改作。诗中将女人对男人的魔力加以具体化,同时跟罗雷莱的传说结合而成。本诗为海涅诗中最著名的诗篇之一,由于西尔歇尔的谱曲,传诵人口,已成为一首民歌。

上面奇妙地坐着
一位绝色的女郎,
她梳着金黄头发,
金首饰闪着金光。

她用金梳子梳头,
一面唱一首歌谣;
声调是那样强烈,
而且又非常美妙。

小船里面的船夫,
感到猛烈的痛苦;
他不看那些礁石,
只顾抬头望高处。

我想,船夫和小舟
最后被水波鲸吞;
这是罗雷莱女妖
用她的歌声造成。

你好比一朵鲜花[*]

你好比一朵鲜花，
温柔、纯洁而美丽；
我一看到你，哀伤
就钻进我的心里。

我觉得，似乎应该
用手抚摩你的头，
愿上帝保持你永远
纯洁、美丽而温柔。

夜　思^{**}

夜间我一想起德意志，
我就感到全无睡意，
我再不能把眼睛闭拢，
我的热泪滚滚地流动。

~~~~~~~~~~

* 一八二七年为不来梅的安娜·赖内克而作。但产生此诗的动机，仍不外是出于对堂妹台莱丝的思恋之情。本诗曾被各作曲家谱过二百五十种不同的歌曲，非常著名。

** 作于一八四三年夏，在回汉堡之前。本诗讽刺德国政治上的假死状态。在故国：有的人老了，有许多爱友死了，而在法国则是朝气蓬勃的晴朗的清晨，这两者形成鲜明的对照，产生强烈的效果。

岁月来来往往不停！
自从告别我的母亲，
时间已经过去十二年，
日渐加深怀想和渴念。

怀想和渴念日渐增长，
这位老太太使我迷惘，
我常常想起这位老人，
这位老太太,愿天佑其身！

老太太爱我是如此情长，
在她写给我的信上，
我看到她的手怎样抖动，
慈母心怎样深深地震动。

母亲常常挂在我心里。
悠悠十二年倏忽飞逝，
悠悠十二年已经烟消，
我没有将她拥诸怀抱。

德意志将会持久不衰，
这个国家将永远健在，
它的橡树,它的菩提树，
我总能跟它们重新会晤。

如果没有我母亲在那里,
我不会这样怀念德意志;
祖国永远不会灭亡,
可是老太太却会死亡。

自从我离开故国之后,
那儿有许多心爱的朋友
都进入坟墓——算一算数字,
我的心就要流血而死。

我必须计数——我的悲伤
随着数字而不断增长,
我恍惚觉得尸体都滚到
我胸口——幸好,它们消逝了!

感谢上帝!从我的窗子上
透进法兰西晴朗的晨光;
走来我粲如清晨的妻子,
她的笑赶走了德国的忧思。

西里西亚纺织工人*

忧郁的眼中没有泪花,
他们坐在织机旁咬牙:
德意志,我们织你的裹尸布,
我们织进三重的咒诅——
　　我们织,我们织!

一重咒诅将上帝①咒骂,
我们在饥寒交迫时求过他;
希望和期待都是徒然,
却被他戏弄、揶揄、欺骗——
　　我们织,我们织!

一重咒诅给富人的国王,
他毫不关心我们的痛痒,
他刮去我们仅有的分币,

---

* 一八四四年六月四日在西里西亚地区的郎根比劳和彼得斯瓦尔道两地爆发了纺织工人的饥饿暴动,后被普鲁士军队残酷镇压下去。海涅本诗最初发表于同年七月十日的《前进报》(55 期)上,以《可怜的纺织工人》为题。同年十月,这首诗曾以传单形式在普鲁士流传。同年十二月十三日恩格斯在伦敦《新道德世界》报上将本诗英译介绍给公众。一八四七年海涅又将初稿加以改动,重新发表。

① 一八一三年普鲁士曾以"跟上帝一起,为国王和祖国"而战作为战斗口号,这句话,后来成为保王党爱用的名言。海涅在这里对上帝、国王和祖国的咒诅,也是对这句口号的嘲讽。

把我们当作狗一样枪毙——
　　我们织,我们织!

一重咒诅给虚伪的祖国,
这里到处是耻辱和堕落,
好花很早就被采摘一空,
霉烂的垃圾养饱了蛆虫——
　　我们织,我们织!

梭子像在飞,织机咯吱响,
我们织不停,日夜多紧张——
老德意志啊,织你的裹尸布,①
我们织进了三重的咒诅,
　　我们织,我们织!

何　处*

何处将是疲倦的旅人
获得最后安息的住家?
是在南国的棕榈树荫?

---

① 化用一八三一年十一月二十一日里昂纺织工人起义时期的一首织工歌,该歌第三节这样写道:"可是当你们的统治告终,我们的统治就会到来。那时,我们要织旧世界的裹尸布。"

* 本诗可能作于一八三九年至一八四〇年之冬,亦有人认为作于一八三五年。海涅死后,葬于巴黎蒙马特尔公墓。墓碑上刻此诗作为墓志铭。

是莱茵河畔的菩提树下?

我将被那陌生人的手
葬在某处的荒漠之中?
或者我将永远休憩在
一处大海之滨的沙中?

不管怎样!围绕着我的,
处处总是上帝的穹苍,
夜间,挂在我头上的星,
就像灵前的油灯一样。

霍夫曼·封·法勒斯莱本

(August Heinrich Hoffmann von Fallersleben,
1798—1874)

霍夫曼·封·法勒斯莱本，一七八九年四月二日生于吕讷堡附近的法勒斯莱本。父亲是市长和商人。一八一六年在哥廷根学习神学和古代语言。一八一八年在卡塞尔师事耶各·格林，学习日耳曼语文学。后又去波恩学习。接着去荷兰、法国搜集民歌，研究民俗。一八二三年在莱登大学获博士学位，同年去布雷斯劳大学当图书馆管理员。一八三〇年当德国语言文学教授。一八四〇至一八四一年发表两卷《非政治的诗歌》，由于其中的自由思想触当局之忌而于一八四三年被免职。他过着漂泊的生活，也曾去过意大利，至一八四五年才在梅克伦堡栖身。一八四九年跟十九岁的侄女结婚，由于生活贫困，又辗转各地，一八五四年以后至魏玛，直至一八六〇年，才在威悉河畔的科尔韦府邸找到管理图书的职务，度其余生。一八七四年一月十九日在科尔韦逝世。

他是"四八年派"的最多产的抒情诗人，从三月革命前的自由主义者变成歌唱德国统一的爱国主义者，但后来又跟民族主义妥协，趋于保守。一八四一年，他在黑耳戈兰岛上写的《德国人之歌》一诗，本意原为反对德国反动政权，二十世纪却受到歪曲,被选为德国国歌,其中第三节也是德意志联邦共和国的国歌。他所写的儿童诗歌也很受人喜爱。他曾搜集许多民歌,出版《德国古代政治诗歌集》(1843年)和《十六、十七世纪德国社会诗歌》(1844年)。他在日耳曼学方面也作出不少贡献,曾发现奥特弗里德(《福音书》)、威利拉姆、梅里加尔托、《路德维希之歌》的手稿或抄本。

摇 篮 歌

安静地睡觉,
我的小宝宝!
你爸爸说了一句直话,
那些警察就带走了他,
带到离此很远的监牢里,
远远离开我,远远离开你。

安静地睡觉,
我的小宝宝!
你爸爸忍受屈辱和困苦,
他虽然活着,却像死去,
他的朋友们都怕惹祸,
不愿来看你,不愿来看我。

安静地睡觉,
我的小宝宝!

你爸爸是个正直的人——
祝福能跟他共鸣的人!
祝福你,如果你将来也像
你那被捕的爸爸一样!

安静地睡觉,
我的小宝宝!
在睡梦中送走黑夜、
奴隶思想、专制统治,
送走煎逼我们的苦难,
睡吧,睡到美好的明天!

大　雁

你们大雁,真好福气,
你们自由愉快地迁徙,
从一处处的沙滩迁移,
飞过整个德国的大地。

我们良民却无此幸运:
虽想自由快活地旅行,
不受检查,不被注意,
走遍整个德国的大地。

可是我们刚走出屋子,

就必须出示本人的派司。
对于警察,对于关卡,
我们总不由心惊胆怕。

哦,但愿有谁能够发明,
怎样乘气球安全飞行!
这里总少不了烦忧——
只有在空中,我们才自由。

德国人之歌*

1841年8月26日黑耳戈兰岛

德国,德国超过一切,
超过世界上的一切,
只要兄弟般团结一致,
随时进行防御和守卫,
从马斯河①到梅梅尔②,
从埃奇河③到海峡地带④——

---

* 本诗原是诗人为德国的四分五裂感到忧虑而作,后来却被德国法西斯政权歪曲利用,作为国歌歌词,违背诗人本意。在威廉时代及魏玛共和国时期也是如此。但诗人是爱国主义者,绝不是沙文主义者。
① 莱茵河下游的左支流。
② 旧东普鲁士北部地区,今名克莱彼达。
③ 南提罗尔至意大利北部的河名。
④ 丹麦的大小两海峡。

德国,德国超过一切,
超过世界上的一切!

德国的妇女,德国的忠诚,
德国葡萄酒,德国的歌声
应当在世界之上保持
古老而又美好的名声,
鼓励我们干高贵的事业,
贯穿我们的整个一生——
德国的妇女,德国的忠诚,
德国葡萄酒,德国的歌声!

争取统一、正义和自由,
为了我们德意志祖国!
让我们大家全心全意,
像兄弟一般为此奋斗!
争取统一、正义和自由,
会保证我们过幸福生活——
繁昌吧,沐着这幸福之光,
繁昌吧,我们德意志祖国!

出 国 之 歌

我们的主公许下很多诺言,
履行却好像不是他们的义务。

难道我们犯下了这许多罪行，
使他们说出的话不能算数？

现在的情况一天比一天更糟，
沉默是我们的唯一的权利：
臣民不宜于表示任何不满，
奴隶必须服从他们的主子。

我们的弟兄都被驱逐出境，
一切法律也敌不过警察局。
今天轮到了他，明天轮到你，
每个德国人都不受法律保护。

德国的自由只存在于诗歌里，
德国的法律，这不过是神话。
德国的公安在于长期的宁静——
完全靠专制独裁和书报检查。

因此我们要离开我们的祖国，
从今以后，永远不回故土，
要在异国的海滨寻求自由——
自由才是生活，才是幸福。

晚　歌[*]

又已是夜晚时分，
平安轻轻降临，
罩上田野和森林，
人世也已安静。

只有岩边的小溪，
还在那儿奔腾，
永远永远地流去，
发出淙淙之声。

夜晚也从不给它
带来安静小休，
大钟也从不给它
敲响休息之歌。

我的心啊，你也是
如此忙碌不闲：
只有上帝能给你
赐予真正晚安。

---

* 本诗作于一八三七年。曾由舒尔茨、林克等谱曲，传诵人口。

勿 忘 我

有一棵美丽的小花，
开在碧绿的草地上；
它的眼睛像天空，
是那样澄碧而明朗，

它会讲的话不多，
只有一句它会说，
它老是说这一句，
它只是说:勿忘我。

默 里 克

(Eduard Mörike,1804—1875)

埃杜阿特·默里克,一八〇四年九月八日生于路德维希堡。父亲是医生,在他十三岁时去世。母亲是牧师之女,这使他后来也走上牧师的道路。一八二二年至一八二六年在蒂宾根大学学习神学。毕业后在各处当助理牧师。一八三四年被任命为克莱瓦祖尔次巴赫的主任牧师。九年后,称病辞职,跟他独身的姐姐过着隐居生活。一八五一年移居斯图加特,为了吃饭,在该市宗教女校卡塔林娜学校一周一次讲授文学史(1851—1866)。在四十七岁时才跟一位牧师之女路易丝·劳结婚,生了两个女儿。一八五二年蒂宾根大学授他以名誉博士。一八七五年六月四日在斯图加特逝世,终年七十一岁。

默里克是一位具有逍遥自在的被动的性格的人,对于生活外在的变革没有什么要求,只是一心钻进孤独的梦想世界之中,因此,跟同时代的诗人相比,他有脱离时代的倾向,不大过问政治。他的诗大抵抒发内心的感受,描写大自然和个人生活体验,富于明快的机智,宁静的人生之爱,又具有典雅的形式美,朴素的民歌风味,在德国诗史上独树新风,虽然被人当作当时所谓的毕德麦耶尔派(Biedermeier 为 1814 年至 1848 年德国的一种文化艺术流派,表达小市民脱离政治、自鸣得意、保持节制的庸俗生活),但他却是歌德以后最大的抒情诗人之一。他的真价,在生前不大为人所知,至死后才受到高度评价。他的诗歌曾由很多作曲家谱曲,尤以沃尔夫谱得最多(53首)。他不属于浪漫派圈内人物,但文学史家常把他归入德国后期浪漫派诗人。

是 他

阳春把他的蓝色的带子
又在大气之中飘起;
那种甘美的熟悉的香气,
充满预感地掠过大地。
紫罗兰已经梦见,
很快就要来临。
——听,远处有轻轻的竖琴的声音!
　阳春,果然是你!
我已听到你的声音。

九月的早晨

世界还在迷雾里休憩,
森林和牧场还在梦中:
只要这一幅雾幕收起,
你就立刻看到碧天开霁,

沉静的世界充满旺盛的秋气，
在温暖的金波中流动。

猎人之歌

小鸟漫步于高山之顶，
在雪上留下秀丽的爪印：
远地的恋人用她的素手
写给我的信，笔迹更清秀。

一只苍鹭飞升到高空，
箭和枪弹都无法射中：
我的忠诚的相思也在飞，
更高又更快，超过它千倍。

弃 婢*

黎明刚听到鸡叫，
趁着晨星未消，
我就要站在炉边，
把炉火生好。

---

* 原为长篇小说《画家诺尔顿》中的插曲。原诗优美朴实，现已成为一首民歌。

火光是多么美丽,
它飞迸出火星;
我对它呆呆凝视,
真感到伤心。

突然间我想到了
负心的小伙子,
我做了一夜的梦,
总是梦见你。

一滴一滴的泪珠
滚滚地流下;
白天就这样来啦——
还让它去吧!

美人罗特劳特[*]

林冈王的女儿叫什么芳名?
　罗特劳特,美人罗特劳特。
她整天干些什么事情,
她不爱纺纱,又不爱缝纫?
　她只爱钓鱼打猎。

---

[*] 作于一八三七年,受《男孩的神奇号角》中民歌的影响而作。曾由舒曼谱曲。

哦,但愿我做她的猎人,
我对于渔猎欢喜得很。
　　——沉默吧,我的心!

没有经过多久的时期,
　罗特劳特,美人罗特劳特,
少年已进入林冈王宫廷,
身穿猎装,骑马而行,
　陪罗特劳特打猎。
哦,但愿我是一位王子!
美人罗特劳特多使我欢喜。
　　——沉默吧,我的心!

有一次他们靠在橡树旁,
　美人罗特劳特笑道:
"你为何这样开心地瞧我?
你如有勇气,就来吻我!"
　啊,小伙子受宠若惊!
可是他想道:"我交上好运。"
于是吻罗特劳特的樱唇。
　　——沉默吧,我的心!

他们默默地并辔而归,
　罗特劳特,美人罗特劳特:
小伙子感到无比的快乐:
"哪怕你今天当上了王后,

也不会使我伤心!
林中的树叶啊,你们都知情,
我吻过罗特劳特的樱唇!
——沉默吧,我的心!"

想想吧,哦,心灵!*

一棵小枞树,谁知道,
在何处林中抽芽,
一丛蔷薇,谁知道,
在哪座园中发花?
它们已被选来,
想想吧,哦,心灵!
要种在你的墓上
生根而成长。

两匹黑色的小马
在牧场上吃草,
它们活泼地跳着
往城市奔跑。
它们将一步一步走着,
拖着你的尸体;

---

* 这首小诗是附在中篇小说《莫扎特在去布拉格途中》末尾的插曲。

也许,也许在我看到的
烁亮的马蹄铁
还没从它们的蹄上
取下来以前。

午　夜

黑夜悠悠然爬上了大地,
像做梦一样倚靠着山壁,
她望着时间的黄金天平①,
两侧的秤盘正保持平衡②;
　喷泉更加放纵地喧响③,
　　对黑夜母亲的耳边歌唱,
　　　歌唱白天,
今天已经消逝的白天。

喷泉歌唱的古老的催眠歌,
她并不在意,她已经听够;
她倒爱听碧天的悦耳的声音,
像牛轭摆动匀称④的流光的声音。
　可是喷泉老是在喧响,

---

① 指天体。
② 此时昼与夜重量相等。
③ 白天的喧嚣不再干扰它的歌唱。
④ 午夜在飞逝的流光中宛如立于牛轭对称曲线的中点。

泉水在梦中还继续歌唱,
　歌唱白天,
今天已经消逝的白天。

佩蕾格里娜*

*

在有过一段神圣的罗曼史的、
月下的园中出现了迷惘。
我浑身发抖,发现年深日久的欺骗。
眼中噙着泪花,可是却残酷地
叫那位苗条的、
迷人的姑娘
远远地离开我。
唉,她的高贵的额头
垂了下来,因为她爱我;
可是她默不作声地
走开了,走向
灰暗的世界。

---

* 默里克于一八二二年去蒂宾根求学时,有过一段恋爱体验。对象名玛丽亚·迈尔,是一个有过数奇的命运的过去、又患有梦游症的美人,对于素朴的年轻的诗人,乃是难以理解的灵魔。这段爱情以失败告终,使诗人尝到痛切的体会。一八二四年写成《佩蕾格里娜》组诗五首(以后诗人又重新加工修改过)。此处选译其中三首。参看他所作的小说《画家诺尔顿》(1832年)。

从此,我的心
带着伤痛和疾苦。
它将永远不会康复!

就像有一根魔丝,一根不安的带子,
在空中纺成,系着她和我,
我就这样身心憔悴地被她牵住!
——怎么回事?有一天,我看到她
坐在我门口,像从前一样,在黎明之中,
把行李放在身旁,
她的眼睛,忠心地仰望着我,
说道,现在我又从
遥远的世界回来了!

*

恋人啊,现在我为何突然
想起你,流下眼泪千行,
而且简直定不下心来,
要向一切的远方敞开胸膛?

昨天,在明亮的孩子房间里,
插得好好的蜡烛闪烁着火光,
我在喧阗笑谈中忘记了自己,
你来了,哦,可怜的美丽的痛苦形象;
这是你的灵魂,她坐到餐桌旁,

我们拘谨地坐着,默然神伤;
最后,我不由大声哭起来,
我们手搀着手,走到室外。

*

据说,恋人被绑在木桩上,
最后发起狂病来了,不穿鞋子;
高贵的额头不再有休憩之地,
用眼泪润湿她的双足的创伤。

我发现佩蕾格里娜竟有此下场!
她的狂乱、红红的面颊真美,
在春季风景中仍会胡闹嬉戏,
把野花的花环插戴在头发上。

我怎能抛弃这样一位丽人?
——往日的幸福,请更加妩媚地回来!
哦,来吧,在我的怀抱里定一定神!

可是,这眼光意味着什么?真可哀!
她在爱与恨之间还给我亲吻,
随即转身而去,永远没回来。

祈 祷[*]

主啊！请随意赏赐
一种爱，一种苦痛；
两者出自你手中，
我都会感到满意。

可是别给我倾注
任何过分的欢愉
或是过分的烦恼！
因为良好的满足
在于守中庸之道。

---

[*] 本诗作于一八三二年，属于流露毕德麦耶尔感情的典型诗。毕德麦耶尔(Biedermeier)这个名词来自诗人路德维希·艾希罗特的诗题《毕德麦耶尔的歌兴》(1869年发表)。原指乐天知命，保持节制的通俗市民的生活态度，它指某一个特定时期，即从一八一五年维也纳会议至一八四八年三月革命为止的那一段政治上平静而反动的时代，但又指崇尚简朴的工艺美术和文学上的风格，其特点为谦抑、素朴、闭锁、保守、知足常乐的小市民气质。除默里克外，属于这一类的诗人还有乌兰德、德罗斯特-许尔斯霍夫以及奥地利小说家施蒂弗特等。

弗赖利格拉特

(Ferdinand Freiligrath, 1810—1876)

费迪南德·弗赖利格拉特(又译弗赖利希拉特)于一八一〇年六月十七日生于威斯特法伦的代特莫尔德。父亲是穷教师。他曾在苏斯特的一家亲戚的商店里当学徒,干了五年多,接触到社会生活的一方面,同时在业余苦读英语和法语。一八三二年至一八三六年期间,曾去阿姆斯特丹经商,后又回德国。一八三八年发表处女作《诗集》而一举成名。普鲁士王弗里德里希·威廉四世曾授予年金,每年三百塔勒。一八四二年移居莱茵河畔的圣戈尔,由于看到普鲁士政府的反动性而转向,一八四四年拒绝接受年金,并发表诗集《信仰的告白》,公然反对普王,结果诗集被禁止,他本人也被迫流亡至布鲁塞尔,一八四五年初春,结识马克思,对他的诗作起了决定性的影响。但在同年秋又不得不转移到苏黎世。后又去过伦敦。一八四八年五月回杜塞尔多夫。由于发表《死者致生者》一诗,以煽动颠覆罪被捕,旋获释。一八四八年十月至科隆与马克思等共编《新莱茵报》,并加入共产主义者联盟。一八四八年革命失败后,再度流亡伦敦,先当会计,后当一家瑞士银行分行的负责人。跟马克思发生不和。一八六八年重返德国。一八七六年三月十八日在内卡河畔的康斯塔特逝世。

他是德国一八四八年革命年代的著名的资产阶级民主主义诗人,或者说:三月前期的革命的抒情诗人。他也曾被认为是德国无产阶级的第一个诗人,不过恩格斯对此提出异议,把这顶桂冠送给另一位诗人维尔特。尽管他后来脱离革命斗争,并且跟马克思的友谊发生裂痕而被马克思骂为"大肚子庸人",但他在革命诗歌留下的业绩却是不能抹杀的。除了创作以外,他也是一位杰出的译诗家,他曾译过雨果、缪塞、彭斯、惠特曼、华兹华斯、朗费罗等诗人的诗。

由下而上

一艘轮船从比贝里希①开来——划出雄壮的航迹!
它喷着黑烟驶向下游,激起两旁浪花乱飞!
船上挂满无数旌旗,它破浪猛进,兴致很高:
它今天要把普鲁士国王②送到莱茵城堡!

太阳像纯金一样照耀! 一座座城市映着阳光!
莱茵河仿佛镜子一样,甲板平滑而且光亮!
船板新近全打过蜡,在狭长的船板上面,
国王和王后走来走去,眉开眼笑,春风满面!

这一对高贵的人朝四面八方眺望和招手;

---

① 莱茵河右岸的城市,在威斯巴登以南。
② 弗里德里希·威廉四世。

莱茵高①的葡萄树,圣戈尔②的胡桃叶也遥相问候!
他们看水,他们看山——在这只船上多么舒畅!
走在船板上就像走在无忧宫③镶木地板上一样!

可是在这万般舒畅和一切光华灿烂的下方,
那儿有熊熊燃烧的火使这只船疾速驶航;
在煤烟和烈火旁劳动着一位心亮如火的汉子,
他站在那里捅火安排——这位无产阶级的司机!

尽管外界欣欣向荣,莱茵河水闪闪奔流——
他却总是凝望着炉火,整天没有休息的时候!
身穿毛衣,必须站在烟囱之前,半裸着身子,
这时,在他上面的国王却吸着山地的新鲜空气!

现在炉门已被关紧,一切都进行得很顺利;
他才容许自己作短短几分钟的奴隶休息。
他把半个身体伸出热气腾腾的藏身之处;
站在陷落活门那里,向甲板上四面环顾。

脸和手臂熏得通红,他手拿着炽热的铁钎,
挺着滚圆的多毛的胸膛,靠在宽阔的栏杆旁边——
他纵目眺望,对着那位国王轻轻地喃喃自语:

---

① 在威斯巴登和宾根之间的地区,以出产葡萄酒闻名。
② 莱茵河左岸的城市。
③ 波茨坦的王宫。

"这只船使我想到国家!你高高在上,从容散步!

而在深处下方,在黑夜和阴暗的工作舱里,
在深处下方,迫于贫困,我在捅火,拼命卖力!
不仅为我,也为你,大人!谁能使齿轮转动正常,
如果没有司炉用长满老茧的手挥动铁棒?

哦,国王,你这一位宙斯,远远不如我这个提坦①!
我不是在掌管你脚下时时要爆发的火山?
一切都在我:——在这期间,只要我猛烈敲击一下,
瞧啊,你靠它身居高位的这个结构就要崩塌!

船板裂开,火焰上升,把你弹到半空之中!
我们却能经得住烈火,升向光明,走出黑洞!
我们是力量!要把老朽的国家捶得年轻起来,
出于上帝之怒,我们直到现在还是无产者!

以后我要欢呼着走遍世界!做新的基利斯督夫②,
在我宽阔强力的肩上背起新时代的基督!
我是巨人,不会动摇!我就是背着救主圣神
越过汹涌的时代洪流去赴胜利大会的人!"

---

① 提坦是希腊神话中的巨人,曾反抗宙斯。这个称呼亦用来比喻英勇的革命家。
② 又译克利斯朵夫。天主教中的圣人,在传说中为一巨人,他曾背负过化成小儿的基督渡河。基利斯督夫这个名字的意义就是背负基督者。

这个愤愤的圆目巨人①就这样喃喃地自言自语；
随后他又开始工作，拿起铁钎去捅大炉。
操纵杆忽上忽下地鸣响，火焰照亮他的面庞，
蒸汽呼呼——他却说道："怒火，今天还不到时光！"

这时豪华的轮船已经哗哗地停在教堂那里；
六马御辇把陛下送到年轻的施托尔程费尔斯②。
司炉也仰望那座城堡；只有炉火窃听他私语，
他笑道："人们总在担心它将来定会变成废墟！"

出 国 者

我的视线离不开你们；
我总是要向你们观看：
瞧你们双手忙碌不停，
把一切财产交给船员！

男子们，你们从肩膀上
取下篮子，装满了面包，
这是用德国面粉制成，

---

① 希腊神话中的独眼巨人，强壮有力。
② 即第四行所说的莱茵城堡，在莱茵河左岸，科布伦茨之南。有一座教堂。该城在中世纪为特里尔主教所居之地。一六八九年被法国人毁成废墟。一八三六至一八四五年按中世纪风格重建。内部有著名画家所画之壁画。普鲁士王弗里德里希·威廉四世购下该城堡并加以修缮。

在德国的炉灶上烘烤。

又长又黑,拖着长辫子,
你们,黑林山①区的姑娘,
多细心地把壶儿罐儿
放到小船的绿凳子上!

就是这些壶儿和罐儿,
常常装满故国的清泉!
到沉寂的密苏里河②畔,
会使你们怀想起家园:

乡村里的石砌的水井,
你们在那里汲水弯腰,
你们家中可爱的壁炉,
和装饰壁炉的横线脚。

在西方异国,它们将被
挂在木板房子的壁上,
你们会取下满壶饮料,
端给棕色的倦客品尝。

风尘仆仆的彻罗基人③,

---

① 德国西南部山脉。
② 美国中北部河名。
③ 北美洲的印第安族。

倦猎归来，会喝个空空；
不像在德国收葡萄时，
用绿叶装饰，带回家中。

请问！你们为何要离乡？
内卡河①谷长五谷葡萄；
黑林山有翁郁的枞树，
斯培萨②山民善吹号角。

在异国的林中会怎样
使你们想故国的青山，
想德国的金色的麦田，
想你们故土的葡萄山！

往日的景象将会怎样
粲然飘过你们的梦边！
像默默的虔诚的传说，
会在你们灵魂前显现。

船夫在招手！——平安去吧：
男女斑白，愿上帝保护！
愿你们胸中充满欢乐，
田里长满稻和玉蜀黍！

---

① 莱茵河的支流。
② 德国西南部山名。

黑 贝 尔

(Friedrich Hebbel, 1813—1863)

弗里德里希·黑贝尔于一八一三年三月十八日生于荷尔斯泰因的韦瑟尔布伦。他是一个贫穷的泥瓦匠的儿子,当过泥瓦工学徒。一八三五年得到女作家阿玛莉娅·肖佩的赏识,使他能去汉堡准备功课考大学。在那里,认识了比他大九岁的缝纫女工埃利泽·伦辛,靠她的资助,去海德堡、慕尼黑攻读哲学、历史和文学。一八四〇年,处女剧作《犹滴》公演,获得成功。他又获得丹麦国王的旅行补助金,使他有机会去巴黎和意大利旅行。在归途中经过维也纳,认识了著名的女演员克里斯蒂娜·恩格豪斯,并于一八四六年跟她结婚。一八六三年十二月十三日在维也纳逝世。

黑贝尔虽以悲剧作者闻名,但也是抒情诗的能手,不过他的诗名常为他的剧作家之名所掩。至二十世纪,霍夫曼斯塔尔和格奥尔格对他的诗作出很高的评价。

傍晚的感怀

夜晚和白昼
静静地相争。
怎能来调停,
怎能来解决纷争!

压抑的痛苦,
你已经睡去?
我的心,说吧,
是什么给过我幸福?

我感到哀与乐
都已经消逝,
可是它们却
悄悄地带来睡意。

不断地上升,
飘飘地引去,
我觉得生人
完全像一首催眠曲。

夜　歌[*]

涌现的弥漫的黑夜，
充满了灯火和星光：
在那无穷的远方，
是什么出现在那里？

我的心在胸中憋闷，
升降无定的生活，
我感到气势磅礴，
压抑着我的生命。

睡眠啊，你悄悄降临，
像乳娘走近婴孩，
你在弱火的周围，
画下一圈保护层。

夜　思

当我在夜晚慢慢地

---

[*] 一八三六年五月在海德堡附近的山顶上夜游时所作。他这位北方的青年，接触到美丽的南方景色，感到天地之大，个人生命之渺小，感慨而作此诗。舒曼曾为本诗谱曲。

脱去一件件衣服，
倦怠的思潮就把我
推向未来和过去。

我想起从前的日子，
母亲给我脱衣裳；
她把我安放在摇篮里，
门外的风声呼呼响。

我想到临终的时光，
邻人们也给我脱衣；
把我安葬在土里，
我就要永远安息。

现在我合上睡眼，
常常做着这些梦：
不外乎二者之一，
却不知是哪一个梦。

夏 景

我看到夏季最后的蔷薇开花，
红红地，仿佛会吐出血来一般；
我走到它的旁边，凄然说道：
"生命愈长，就愈加接近死亡。"

炎热的白天没有一点微风，
只有一只白蝶轻轻地掠过；
尽管它的鼓翼未使空气震荡，
可是蔷薇却已感到而飘落。

观看入睡的孩子

当我站在你面前观瞧，
孩子，看你在梦中微笑，
脸上红得如此特别，
我就又喜又惧地猜想：
要是我进入你的梦乡，
我就会弄清一切一切！

尘世对你还没有开放，
你还没有把欢乐品尝，
你对幸福还一点不懂；
你从那儿所来的地方，
你还没有前去光顾，
怎会做出如此的美梦？

黑尔韦格

(Georg Herwegh, 1817—1875)

格奥尔格·黑尔韦格,一八一七年五月三十一日生于斯图加特,父亲是旅店老板。一八三五年在蒂宾根神学院学习法学和神学,次年被开除。在斯图加特当自由职业作家。一八三七年参加《欧罗巴》杂志编辑工作。一八三九年因不愿服兵役,逃往瑞士。参加《人民殿堂》杂志编辑工作。一八四一年至一八四三年出版了两卷诗集《一个活人的诗歌》(针对普克勒-穆斯考的《一位死者的书信》而作),使他一举成名。一八四一年秋至一八四二年二月逗留巴黎,结识海涅。一八四二年在德国各地旅行,大受欢迎。他在科隆结识了马克思。在柏林受到普王威廉四世召见,但后来由于写信给国王,反对书报检查,说了些不中听的话而被逐出普鲁士。在他回莱比锡时,结识巴枯宁,受其影响。一八四三年跟犹太富商的女儿结婚,移居巴黎,结识了雨果、贝朗热、赫尔岑、屠格涅夫等人。一八四八年法国二月革命以后,他在巴黎组织了由德、法工人组成的八百人的革命义勇军前去巴登,援助那里的起义,但起义即遭镇压,他被迫流亡瑞士。由于这一冒险行动导致与马克思的友谊破裂。一八六三年当全德工人联合会的驻瑞士全权代表,跟拉萨尔结交。一八六六年回到德国,继续为革命歌唱，从资产阶级革命者变成工人阶级的战友。被聘为第一国际的荣誉通讯记者。并参加社会民主工人党刊物《人民国家》的编辑工作，发表尖锐的政治诗歌，反对普鲁士军国主义，反对普法战争（1870—1871），抨击俾斯麦的铁血政策。一八七五年四月七日在巴登-巴登逝世。

他是德国一八四八年革命时代最起影响的政治抒情诗人，他的诗歌热情洋溢，富于鼓动性和战斗性，很受群众欢迎。除了创作以外，他还翻译了拉马丁、塔索的诗。

轻松的包袱

我是一个自由人，我歌唱，
并非想葬入王家的墓地①，
我自己所要追求的一切，
乃是上帝的太空的灵气。
我没有任何豪华的城堡，
供我去眺望万邦的国土，
我只像鸟儿栖身在巢中，
诗歌就是我全部的财富。

国内的一切忠实的臣仆，
每年都可以分配个角色，
我只需也像别人般想干，

---

① 暗讽歌德和席勒充当魏玛大公的臣下，死后得葬于大公家的墓地。

就不会双手空空地离开；
可是每逢来邀我的时候，
我却从没有把机会抓住，
我继续不停吹我的口哨，
诗歌就是我全部的财富。

贵族开大桶会倒出黄金，
而我的桶里，至多倒出酒；
我的银子是月亮的光辉，
我的金子是早晨的日头！
如果我生命像秋叶枯黄，
没有继承人巴望我死去；
因我靠自己铸造出钱币；
诗歌就是我全部的财富。

我爱在晚间为轮舞献歌，
我从不走到御座前表演；
我曾学习过怎样登高山，
却从不登上王公的宫殿；
别人从霉烂、颠坠、风暴里
找寻他们飞黄腾达的道路，
我只跟蔷薇花瓣儿嬉戏；
诗歌就是我全部的财富。

我渴念着你，我渴念着你，
丽人啊，愿你成为我的人！

你若要丝带,你若要别针,
叫我去折腰事人,那不成!
我不愿出卖自己的自由,
不愿到宫廷去寻求仕途,
甘心让恋人抛下我而去;
诗歌就是我全部的财富。

全德工人联合会会歌[*]

祷告,干活!向世人呼喊,
快祷告!时间就是金钱。
贫困在你的门上乱敲——
快祷告!时间就是面包。

耕田的人,播种的人,
铆钉工人,缝纫工人,
你织布匹,你挥锄头——
人民啊,你有什么到手!

你日夜待在织机之旁,
你挖煤炭,你采铜矿,
你把葡萄酒和谷物

---

[*] 拉萨尔于一八六三年在莱比锡建立全德工人联合会。本诗即受拉萨尔的敦促而作(模仿雪莱的《给英格兰人的歌》),曾由毕洛作曲。

高高堆满丰饶的仓库。

可是**你的**饭食在何处?
可是**你的**新衣在何处?
可是**你的**火炉在哪里?
可是**你的**利剑在哪里?

一切工作都是你做成!
可是什么都没你的份!
难道在这一切东西里,
只有你打的锁链属于你?

锁链,它捆住你的身体,
折断你的精神的羽翼,
在孩子脚上已叮当作响,
人民啊,这就是给你的酬偿。

你们挖出来的宝藏,
全都属于那些流氓;
你们把对自己的咒诅
织进五颜六色的花布。

你们所建筑的房屋,
没有一间供你们居住;
你们做的靴子和服装,
穿的人何等趾高气扬。

人蜂①啊,大自然给你们的,
难道只有你们酿的蜜?
瞧你们周围的寄生雄蜂!
你们不再有尖刺可用?

劳动的人,赶快觉醒!
把自己的力量认清!
只要你们的手不愿干,
一切轮子就不会再转。

只要你们放下了重担,
把耕犁搁在角落里面②,
只要你们大叫:够了!
压迫者就会被你们吓倒。

打破双重镣铐的苦楚!
打破奴隶制度的困苦!
打破困苦的奴隶镣铐!
面包即自由,自由即面包!

---

① 雪莱诗中的用语为"英国的工蜂",把那些掠夺人民的剥削阶级称作"无刺的雄蜂"。参看杨熙龄译《雪莱抒情诗选》中《给英国老百姓之歌》一诗。
② 雪莱的诗中使用气愤的反语:"用你们的铁锹加犁锄,挖好你们自己的坟墓"。黑尔韦格在这里却是直率地号召人民起来反抗。

施 托 姆

(Theodor Storm,1817—1888)

台奥多尔·施托姆,一八一七年九月十四日生于石勒苏益格的胡苏姆。父亲是律师。一八三七年至一八三八年在基尔大学、一八三八年至一八三九年在柏林大学读法科。一八四三年回故乡开业当律师。一八四八年,石勒苏益格-荷尔斯泰因掀起反抗丹麦暴政的斗争,他积极支持,写过一些爱国诗歌。一八五二年,他被丹麦当局取消当律师的资格(石勒苏益格1851年被丹麦占领)。经过长久的接洽,才在普鲁士法律界弄到一个不支薪的陪审推事的位置,前往波茨坦。在那儿结识了艾兴多尔夫、海泽、冯塔纳等作家。一八五五年去南德旅行,在斯图加特结识了默里克。一八五六年转到海利根施塔特当地方法院法官。一八六四年,石勒苏益格-荷尔斯泰因独立成功,他回到故乡当行政长官。一八六五年受屠格涅夫邀请,去巴登-巴登,后来保持终生的通讯关系。一八六七年当初级法院推事,一八七四年当高等法院推事,但由于不堪忍受俾斯麦的强盗政策,于一八八〇年退休,迁居到哈德马尔申村。一八八八年七月四日在该地逝世,终年七十一岁。

施托姆的作品在后期浪漫派和批判现实主义之间占有突

出的地位。他以小说家知名,但他的抒情诗,单纯朴实,感情真挚,具有民歌风格,富于音乐性,同时也具有乡土气息和爱国热忱,乃是德国抒情诗中的珠玉之作。冯塔纳认为"他,作为抒情诗人,至少可以说,是位于歌德以后出现的最优秀的三四人之中"。而他自己,则认为他的诗胜过他的小说,他曾说过:"我知道,我是现在活着的诗人中的最大的抒情诗人,即使将来我的小说早被遗忘,而我的诗还会存在,而且越来越广泛流传。"他在写给瑞士诗人凯勒的信中曾感慨万分地说:"我的小说把我的抒情诗完全吞没了。"

十 月 之 歌*

雾气升腾,落叶飘零;
让我们把美酒满斟!
我们要把灰色的日子
镀镀金,呀,镀镀金!

基督教徒或是异教徒,
尽管在吵吵闹闹,
可是世界,美丽的世界,
却不会完全毁掉!

---

* 作于一八四八年十月二十九日。诗人的四女格特鲁德在《施托姆传》中曾作如下的描述:"当施托姆写下这首诗时,他的朋友布林克曼走进他的房间问道:'你怎么啦,施托姆,你的眼睛怎么炯炯发光?'他站起身来,向布林克曼伸出手,说道:'我刚作好一首不朽的诗。'"

我们虽也会满心忧伤,
让我们碰杯作响!
我们知道,正直的心,
它绝对不会沦亡。

雾气升腾,落叶飘零;
让我们把美酒满斟!
我们要把灰色的日子
镀镀金,呀,镀镀金!

虽是秋天;还请稍待,
只要等短短的时间!
春天就到,晴空含笑,
世上将开满紫罗兰。

蔚蓝的日子①就要到来,
趁它们停留的时候,
我的好友,让我们来
尽情地享受享受!

~~~~~~~~~~
① 像六月里蓝天一样的日子。

城　市[*]

灰色的沙滩,灰色的海滨,
城市就在它近旁;
迷雾沉重地压住屋顶,
海涛打破四周的寂静,
发出单调的喧响。

没有沙沙的森林,五月间
没有无休的啼鸟,
只有在那秋天的夜晚,
发出凄啼飞过的野雁,
在海边飘动的荒草。

可是我总是将你怀念,
海滨的灰色的城市;
童年的魅力永远永远
微笑着藏在你那边,那边,
海滨的灰色的城市。

---

[*] 诗人的故乡胡苏姆,它位于北海沿岸。本诗约为诗人三十三岁时所作,全诗充满了乡土之爱。

海　滨[*]

沙鸥向潟湖飞去,
黄昏已倏然降临;
在潮湿的沙洲上
映着西沉的日影。

一群灰色的鸟儿
正掠过水面飞翔;
雾中的海上岛屿,
仿佛是梦幻一样。

我听到沙泥起泡,
发出神秘的微响,
听到寂寞的鸟叫——
永远没什么异样。

晚风又轻轻吹过,

---

[*] 一八五四年六月九日,诗人从波茨坦将本诗前三节冠以诗题《在海堤上》寄给他父亲。一八五五年十月七日又将本诗全四节冠以诗题《在胡苏姆海滨》寄给默里克,并写道:"第四节的头两行,我本来觉得不够深刻和独特,虽然事实上是正确的。问题在于把风的喧响和海的喧响分开了。每当我在静静的夜晚,从我家门出去,走进院中,我是多么经常地倾听远方大海的喧腾的潮音。我多么爱听它!那时已经如此,直到现在还是如此。"

然后复归于沉静;
海上的一些声音①
也都能听得分明。

海滨的坟墓*

我们用花圈装饰这片墓地,
青年烈士们的静静的摇篮;
我们采下最青碧的常春藤,
今年生长出的最后的紫菀。

他们从硝烟中被抬了出来,
躺在他们的墓中,卸下武装;
从海岸那边吹过来的海风,
使热战后的长眠者获得清凉。

海潮上升;像明镜一样的海面
在海堤环抱之中映着斜阳;
你们安然长眠吧! 故乡的大海

---

① 在海上航行的船上的人声。
* 一八五〇年八月七日,丹麦军攻陷弗里德里希施塔特。从九月二十九日至十月四日,石勒苏益格-荷尔斯泰因军队在普鲁士维利森将军指挥下,对该地加以围攻和炮击,但最后仍归惨败。施托姆此诗即于同年十月二十三日至二十五日作于胡苏姆。手稿上原题"石勒苏益格西海岸的石勒苏益格-荷尔斯泰因人之墓"。一八五一年五月将旧稿进行修改。最初发表于一八五六年《诗集》第二版。

向你们阴暗的墓上射着光芒。

尽管他们扯下了国旗,为了它,
你们这样年轻就埋骨沙场,
静静长眠吧!因为,在你们四周,
每一座坟墓①也飘着敌人的纹章。

插这些纹章,并非为你们增光;
而是说明:中了你们的枪弹,
说明:当你们躺下永远安息时,
也强迫敌人跟你们一同长眠。

可是你们,听不到送葬的鼓声,
由敌人的手将你们在草下埋掉,
请听这首歌!等待有那么一天,
我们的骑兵在这里吹奏起床号!

可是,这次热烈的生存斗争,
纵然像你们血染沙场般告终,
纵然这片美丽的国土的名字,
只能遗留在过去的王国之中;

在这座墓中,纵然刀剑已摧折,
却埋着毫无玷污的德国荣誉!

---

① 指丹麦阵亡将士的坟墓。

你们纵然没有能守卫好乡土，
你们却以死使它免于受污辱。

安息吧,像孩子躺在母亲怀里,
请在故土的床榻上安卧睡乡;
我们这些另一批后死的人们,
谁知道该在何处不幸地死亡!

我们已经像迎接胜利一样,
手里拿着花环,离开了家门;
我们已经伫立着等了几夜,
可是走过街上的只有死人。

因此,请你们接受今年开放的
这些最后的花,墓中的长眠者!
树叶已在最后的阳光中落下;
这只夏季的花圈也献给死者。

安　慰[*]

任何事,我都听其自然!
只要你活着,就是白天。

---

[*] 赠爱妻孔斯唐彩之作。最初发表于一八五四年《阿耳戈》杂志。

不管是走到海角天涯,
有你同在,我就像在家。

我看到你可爱的面影,
就看不见未来的阴影。

你还记得*

你还记得,在那春天的夜晚,
我们从窗子里面向园中俯望,
那儿,在阴暗之中,神秘地飘着
茉莉花和丁香花的芬芳的清香?
头上的星空是那样辽阔无际,
你那样年轻;——不觉时间之飞逝。

大气多么沉寂!从海岸那边
清楚地传来阵阵千鸟的鸣声;
我们的视线越过园中的树梢
默默地眺望星光之下的乡村。
如今,我们又见到一片春光;
可是我们不再有一个故乡。

---

* 作于一八五七年五月三日至五日之夜。五月五日为诗人爱妻的生日。是年诗人在海利根施塔特地方法院任职。

如今我常在深夜不寐地倾听,
听夜风是否还吹向我的故乡。
谁只要在他的故乡建立家庭,
他就用不着再去异乡流浪。
他的眼光总是向那边注视;
可慰的只是——我们携手在一起。

圣诞节前夕*

我闷闷地走过异乡的城镇。
想念留在家中的我的孩子们。
圣诞节到了,大街小巷都传来
孩子们的欢呼和市集的人声。

正当拥挤的人潮把我冲走时,
耳边听到一声嘶哑的乞求:
"买吧,老爷!"一只消瘦的小手
拿着蹩脚的玩具向我兜售。

我吓了一跳;在路灯照耀之下,
我看到一个苍白的孩子的脸;
相距几步,他是男孩还是女孩,
我在走过时都没清楚地看见。

---

* 一八五二年十二月去柏林求职时所作。

只是从他坐着的石头台阶上，
我还听得到他那样力竭声嘶，
一刻不停地叫喊："买吧，老爷！"
可是任何人都对他置之不理。

而我？是认为不合适或是丢脸，
在马路上购买乞儿的东西？
在我来不及伸手掏钱包以前，
叫声已在我身后的风中消逝。

可是最后当我踽踽独行时，
我的心里却感到如此困扰，
好像在我逃跑时，是我的亲生子
坐在那块石头上乞讨面包。

一 首 跋 诗

在这灾难深重的时代，
在这小人得势的时代，
在这依靠盐和面包的时代，
我想出这首诗来自我安慰。

我不畏缩，一定会变，
世界会乐呵呵地复活，

生命爆出的纯粹芽蕾,
不会不结果就此凋落。

春季狂风暴雨的声音,
它使我们悚然惊醒,
树梢还在呼呼地喧响,
过一夜还有风雨来临!

这最后的雷霆之声
将会响彻整个云天,
那时就出现真正的阳春,
晴明、灿烂、大好的白天。

祝福一切听到它的人!
祝福那时还活在凡尘
而从人生的露天矿坑中
取出诗歌宝石的诗人!

冯 塔 纳

(Theodor Fontane, 1819—1898)

台奥多尔·冯塔纳,一八一九年十二月三十日生于勃兰登堡的新鲁平。祖上为法国的胡格诺派(加尔文派)教徒,于一八六五年移居德国。他的父亲是药剂师,开一家药房。母亲也是法裔。一八二七年一家迁居斯温内明德。一八三三年去柏林读职业学校。毕业后在柏林当药房学徒。后来去过莱比锡和德累斯顿,对文学产生兴趣。一八四四年在柏林志愿参军,经长官介绍,成为年轻的诗人团体"施普雷河隧道"的同人,使他有机会发表诗作。一八四八年革命时,他参加过街垒战,并撰文拥护共和政体和国家的统一,革命失败后,思想动摇。一八五〇年结婚后,曾当过《普鲁士报》的记者去过英国。又给反动的普鲁士报《十字报》工作。一八七〇年离开《十字报》,为《福斯报》写戏剧评论,直至一八八九年。以后曾去法国、意大利旅行。一八七六年短期担任过柏林艺术科学院秘书。一八九四年获柏林大学名誉哲学博士。一八九八年九月二十日在柏林逝世。

冯塔纳对英国很感兴趣。少年时受父亲的影响,爱读司各特的小说,又常听通晓英国事情的商人聊天,使他对英国向往不已。所幸他一生曾三次赴英,后来又研究珀西的《古英诗拾遗》以及司各特和拜伦的作品,这对他的诗作起一定影响。

他是德国十九世纪现实主义最重要的代表作家之一。他的作品以小说见长。但他是一位大器晚成的作家。在五十九岁时才发表处女作长篇小说《风暴之前》(1878年)。他一生最重要的力作《艾菲·布里斯特》,完成于一八九〇年,却出版于一八九五年。这部小说被称为德国的《包法利夫人》,属于世界文学名著。

他在诗歌方面的创作主要是早年作品。他开始写抒情诗,后来发觉自己在抒情诗方面缺少素质,转而写叙事歌。一八六一年发表《叙事集》,多取材于英格兰、苏格兰的历史故事和民间传说。《阿奇博尔德·道格拉斯》是其中的名作,也被认为是德国叙事歌中的佳作。

阿奇博尔德·道格拉斯[*]

"我已经忍受了七个年头,
再不能忍受下去!
从前那最最美好的世界,
已变得荒凉而空虚。

我要去走到他的面前,
像这种奴仆的样子,

---

[*] 取材于司各特《苏格兰边区歌谣集》的德译本。

他不会不答应我的要求,
我已有这一把年纪。

如果他还没有消除旧怨,
还像当初的样子,
那也就只好听天由命,
那又有什么法子!"

道格拉斯伯爵说罢,就在
路边的硬石上坐定,
他向森林和田野眺望,
闭上了他的眼睛。

他穿着又锈又重的铠甲,
还披上朝圣的衣裳。——
听啊! 森林边好像传来了
猎队和猎角的声响。

霎时间卷起一阵风沙,
奔来了猎犬和猎人,
伯爵还没有来得及起身,
骑马者已来到附近。

詹姆斯王①高坐在马上,

---

① 苏格兰国王詹姆斯五世(1512—1542)。

伯爵却欠身问好；
国王的脸上涨得通红，
伯爵却上前说道：

"国王詹姆斯，请你看看我，
请你耐心地听我说！
我的弟兄们对你干的事，
并不是我的过错。

对老道格拉斯家别念旧恶，
他们曾跟你顽抗，
还是回想你童年时代，
我曾抱你在膝上！

还是回想斯特灵王宫，
我给你雕刻玩偶，
把你扶到你父王的马上，
又给你削尖箭头！

还是回想林利斯戈，
捕鸟场和那片明湖，
我曾教过你跳水和游泳，
快乐地打猎钓鱼！

请你想想过去的一切，
你要把胸襟放宽——

我是道格拉斯家的人,
我已忏悔了七年。"

"阿奇博尔德伯爵,我不看,
不要听你的声音,
它就像林中沙沙的响声,
诉说古代的事情。

亲切悦耳的沙沙响声,
我听得还很有兴致,
可是其间也大声响着:
他是姓道格拉斯。

我不看你,我不听你,
一切,我只能这样——
姓道格拉斯的在我面前,
休想抱什么希望。"

国王詹姆斯用靴刺踢马,
他要往山上驰去,
伯爵到前面抓住了缰绳,
跟国王一起停步。

山路很陡,阳光灼人,
铠甲重得吃不消,
可是他还是紧紧地跟着,

尽管他快要昏倒。

"国王詹姆斯,我当过总管,
今后不想再干了,
我只想给马厩的马喝水,
给马槽倒倒饲料。

我还要亲自给马做草垫,
亲自干饮马的事,
我只求你让我能重新
呼吸祖国的空气!

你若不肯,请拿出勇气,
我会非常感谢你,
请拔出宝剑,对准了我,
让我就死在这里!"

国王詹姆斯跳下马来,
面孔上光华焕发,
从鞘中拔出宽阔的宝剑,
可是并没有砍下。

"拿去,拿去,重新佩上它,
保卫我天下太平!
像你这样爱祖国的人,
就有忠诚的内心。

上马,一同去林利斯戈,
你靠紧我的身旁,
我们要快乐地打猎钓鱼,
完全像从前一样。"

埃格尔的官邸[*]

在埃格尔的官邸里,
喝着匈牙利葡萄酒,
瓦伦斯坦的显贵们
闹哄哄喧嚷个不休:
元帅的连襟特奇卡,
还有伊罗和金斯基,
军营是他们的家乡,
战斗是他们的休憩。

烛火辉煌地照耀着;
特奇卡却开口发言:
"是不是我眼前发黑,
还是我心里面烦乱?
看这些照耀的烛火,

---

[*] 德国三十年战争时期的帝国统帅瓦伦斯坦(1583—1634)因暗中与瑞典人勾结,反抗皇帝,阴谋败露,逃往波希米亚西北部边境城市埃格尔(今名赫布,属捷克),在那里被部将所杀。参看席勒戏剧《瓦伦斯坦》。

像是在黑暗的墓中,
而这些潮湿的墙壁,
坟墓的气味很浓重。"

葡萄酒红得像火焰,
可是金斯基却说道:
"在外面受冻和挨饿,
也绝对不使我动摇,
我情愿还守在吕城①,
不怕那硝烟和战火;
愿天主来保佑我们,
或者就委身于恶魔。"

只有那伊罗,胃口好,
他心情也非常舒畅,
他有个坚强的灵魂,
抵得住打击和刺伤,
他穿着粗毛布上衣,
显示出强健的身躯,
从未见过他像今天
那样的兴奋和欢愉。

他喝得嗓子有点哑,

---

① 吕城在普鲁士中部,梅尔瑟堡东南。一六三二年瑞典军在此击败瓦伦斯坦,瑞典国王古斯塔夫·阿道尔夫二世于一六三二年十一月十六日在此受伤阵亡。吕城亦译吕岑。

叫喊着,大声笑哈哈;
"靠本领打江山的人,
他才能做皇帝陛下;
说什么背信和弃义,
没别人干这种勾当?
瓦伦斯坦公爵万岁,
这位捷克人的国王!"——

城堡和官邸里的人
都睡了……瞧,手执刀剑,
布特勒的龙骑兵们
冲到了大厅的里面;
布特勒①头戴着战盔,
直奔向伊罗:"你说吧,
你们是流氓和叛徒,
还是算皇帝的臣下?!"

只听得叮当的声响,
利剑像自动地出鞘,
嗖嗖地挥舞个不停,
烛火都一齐熄灭了;
战斗在黑暗中继续,
不,不是在黑暗之中:

---

① 布特勒原也是瓦伦斯坦的部下,因受人策反而倒戈,于一六三四年二月二十五日杀死瓦伦斯坦于埃格尔,因此功得晋升伯爵。

他们眼睛里的火光,
好像是点起的灯笼。

特奇卡死了;金斯基
咒骂着倒在他身边;
只有那伊罗在进行
不愿再求生的死战,
盲目地向四处乱砍,
砍碎酒瓶和脑袋瓜,
像一匹垂死的野猪,
依旧在磨它的獠牙。

烛火和火把照来了,
发出的光辉阴森森:
发亮的血和葡萄酒,
混合在一起分不清;
在大厅里面到处是
杂乱地躺下的尸首,
死神独坐在酒席前,
默默地将美餐享受。

布特勒像雷鸣一般
大吼道:"先丢下他们!
这些人不过是枝叶,
让我们现在去挖根!"
立刻在官邸的远处,

听到啪嗒声和叫喊;——
不要再看什么星斗①,
逃命吧,你,瓦伦斯坦!

阿富汗的悲剧

从空中飘下轻轻的雪花,
一个骑兵来到杰拉拉巴②。
"是谁?"——"一个英国的骑兵,
我带来阿富汗的音信。"

"阿富汗!"他说话无精打采,
半城人都向这骑兵拥来,
赛尔爵士,那一位指挥,
亲自把他扶下了马背。

他被领进了卫兵的石房,
他们让他坐到火炉旁;
炉火多温暖,消除了疲劳,
他松了一口气,感谢着说道:

"我们总共一万三千人,

---

① 瓦伦斯坦迷信星象,常观察星斗,占卜命运。
② 阿富汗东北部城市。一八四二年阿富汗人在此抵抗由赛尔指挥的英国侵略军。今译贾拉拉巴德,又简称贾城。

我们从喀布尔开始进军——
妇幼和兵将,有的冻僵,
有的牺牲,也有人投降。

我们的军队已全部垮掉,
活着的,在黑夜里乱跑,
幸亏一位神救了我的命——
你们看,能否去援救溃军。"

爵士登上了要塞壁垒,
长官、士兵们相继跟随,
爵士说道:"雪下得很深,
要找我们的,找不到我们。

他们像瞎子,走得并不远,
让他们听到:我们在这边,
大家来唱一曲家乡的歌,
号手,向黑夜之中吹奏!"

他们开始唱,一点也不累,
一曲曲歌声响彻了黑夜,
先唱英国歌,声调很快乐,
后唱高原歌,仿佛唱挽歌。

他们吹了一夜又一天,
响亮得仿佛情人在呼唤,

他们吹——吹到第二个深宵:
叫也是徒劳,等也是徒劳。

应当听到的,再听不到了,
大军已全部被消灭掉了,
开始进军的有一万三千,
只剩下一个逃出阿富汗。

两 只 乌 鸦[*]

我独自走过荒野的沼地,
听到有两只乌鸦在凄啼;
一只乌鸦向另一只叫道:
"我们的午餐往哪里去找?"

"有一个骑士,昨夜被杀死,
没有人看守,躺在树林里,
没人见过他,在林子里面,
除了他的情人和他的鹰犬。

猎犬去嗅探新的迹印,

---

* 取材于司各特《苏格兰边区歌谣集》。普希金于一八二八年也曾根据该书的法译本写过一首《乌鸦朝着乌鸦飞去》,可参看,以了解欧洲诗人在移植外国诗歌时怎样进行加工处理。此外,请参看王佐良编《英国诗选》中《佚名作者的中古民谣》条的《两只乌鸦》一诗。

鹰隼去搜捕新鲜的猎品，
他的情人跟情郎跑掉了——
我们可以去安心吃个饱。

你去停在他的脖子上，
他的蓝眼睛，归我独享，
他头上那金黄色的发卷，
明年铺在我们的窝里面。

有些人会说：他讨人欢喜！
可无人知道，他留在哪里，
风风和雨雨以及太阳光
将扫过他的苍白的尸骸上。"

维 尔 特

(Georg Weerth,1822—1856)

格奥尔格·维尔特,一八二二年二月十七日生于威斯特法伦的代特莫尔德,跟弗赖利格拉特是同乡。父亲是牧师,任管区总监督。他曾在埃伯菲尔德当商店学徒。一八四〇年在科隆当会计,开始写诗。一八四二年在波恩当职员,并在大学里听艺术和文学课。一八四三年去英国,在一家纺织企业里工作,结识了恩格斯,成为"正义者同盟"(即后来的"共产主义者同盟")伦敦中心的成员。一八四五年去布鲁塞尔,结识了马克思,协助编辑《德国布鲁塞尔报》。一八四八年二月革命爆发,吸引他前往巴黎。一八四八年六月一日至一八四九年五月十九日在科隆编《新莱茵报》文艺副刊。一八四九年,由于他写的小说《著名骑士施纳普汉斯基的生平事迹》,被监禁三个月。以后只得往各地经商,到过西班牙、荷兰、南美和中美。一八五五年曾回家省亲。一八五六年七月三十日患黄热病并发脑炎逝世于哈瓦那,年仅三十三岁。

维尔特被恩格斯称为"德国无产阶级第一个和最重要的诗人"。梅林说"他那些社会主义的和政治的诗篇,就其独创性、机智,尤其是如火如荼的热情来说,都大大超过了弗赖利格拉特的诗篇。他常常运用海涅的形式,但仅仅是为了装进完全独创的内容……维尔特之所以成为一个大师,他之所以超过海涅,是因为他更健康、更真诚。"

饥饿之歌

尊敬的国王陛下,
你知道这种惨事?
星期一我们吃得少,
星期二没有吃东西。

星期三只得挨饿,
星期四困苦无比;
唉,到了星期五那天,
我们差不多饿死!

因此,慎重点,星期六
让我们烘烤面包;
否则,国王啊,我们要
揪住你把你吃掉!

一百个矿工*

一百个哈斯威尔矿工,
他们死在同一天!
他们死在同一个时辰!
他们死得很突然!

当他们被悄悄埋葬时,
来了一百个妇女,
一百个哈斯威尔妇女,
看上去真是命苦。

她们带着孩子走来,
带来女儿和儿子:
"有钱的哈斯威尔老板,
给我们发放工资!"

有钱的哈斯威尔老板,
并没有长久地犹疑:
他按照每个遇难的男子
付给了一星期工资。

* 一八四四年九月英国哈斯威尔煤矿区里死了一百个矿工,判决书上称作"上帝的惩罚",事实上,这场事故乃是由于矿主不注意安全生产所造成。本诗为《兰开夏郡之歌》(1844—1845年作)组诗之一。

等他把工资发放完毕,
随即关上了银箱。
铁闩发出锒铛的声响,
妇女们眼泪汪汪。

莱茵河畔种葡萄的农民

阿尔河、摩泽尔①河畔,
葡萄长得黄又红;
无知的农民们认为
苦日子就要告终。

就在这时,商人们
从四面八方赶来:
"我们拿三分之一,
偿还你们的欠债!"

官员们也从科隆
和科布伦茨赶来:
"第二个三分之一
要交给国家纳税!"

---

① 阿尔河和摩泽尔河都是莱茵河的支流。

农民们苦不堪言,
只好向上帝祈求,
他送来冰雹和风暴,
叫道:"其余都归我!"

层出不穷的灾难,
让人奚落和笑话,
谁没受魔鬼折磨,
上帝也来折磨他!

有个可怜的裁缝

有个可怜的裁缝,
缝得头晕背又驼;
缝了三十年之久,
不知道为了什么。

某日又到星期六,
一个星期转眼过:
他开始放声大哭,
不知道为了什么。

他拿起那把剪刀,
又把缝针拿在手——

砸断缝针和剪刀,
不知道为了什么。

他在他的脖子上
绕上几道粗绳索——
他在梁上上了吊,
不知道为了什么。

他不知道——嗡嗡的
晚钟之声自飘落。
裁缝七点半死了,
无人知道为什么。

兰开夏郡的酒店老头

兰开夏郡①的酒店老头,
开桶斟出蹩脚的啤酒。
他昨天也斟,今天也斟,
他总是供应那些穷人。

兰开夏郡的那些穷人,
常常走进他的店门;

---

① 英国英格兰西北部的州郡,首府兰开斯特。

他们穿着磨破的鞋子,
他们穿着褴褛的上衣。

穷光蛋中的第一个顾客,
苍白而沉默寡言的杰克,
他说:"不管我怎样辛苦,
总是得不到什么好处。"

汤姆说道:"我已有多年
纺着又细又纯的毛线;
轻软的衣服使人人欢喜,
我自己却从没穿过毛衣!"

比尔接着说:"我亲手驾犁
耕种不列颠的土地;
我看到麦苗欣欣生长——
自己却饿着肚子上床。"

又有人说道:"贝恩把煤
一车车从矿井里运出来;
可是,等他的女人生孩子——
真气人——女人和孩子都冻死!"

杰克、汤姆、比尔和贝恩——
他们齐声叫道:"真气人!"
就在当夜,有一个富翁

躺在羽毛褥垫上做噩梦。

铸 炮 者

小山上到处闪着露珠；
云雀在那儿凄啼。
贫穷的妇女在那里分娩——
生下这个穷小子。

等他到了十六岁年纪，
胳膊越来越结实；
不久他就进入了工场，
系上围裙挥锤子。

他举起了沉重的铁杆，
伸进熔炉的腹内，
让那些矿渣和烟气之中
涌出烁亮的铁水！

他铸造大炮——好多大炮！
在一切海上轰鸣，
使法国佬陷于不幸，
又去把印度蹂躏。

射出的炮弹，还算厉害，

打伤华人的肋骨;
它们用铁嘴和铁嗓子
欢呼英国的荣誉。

快活的好汉不断铸造
这种辉煌的武器,
直到老年绊住了他,
双拳使不出力气。

最后等他丧失劳动力,
得不到一点照顾;
他被一脚踢出门外,
跟老弱残废为伍。

他去了——感到怒火中烧,
就像他从铸模中
铸出的一切臼炮隆隆地
震响在他的胸中。

可是他安心说道:"不远了,
你们该死的罪犯!
我们要寻寻开心而铸造
二十四磅的炮弹。"

他们坐在凳子上

他们坐在凳子上,
他们围在桌子旁,
他们叫人斟啤酒,
喝得高兴又舒畅。
他们不知道忧虑,
不知道什么牢骚,
不知道昨天和明天,
只知道度过今朝。

他们坐在杨树下——
夏天的景色美如画——
这些暴躁的野汉子,
来自约克①和兰开夏。
他们用粗嗓子唱歌,
一直坐到了夜晚,
他们谈"西里西亚
织工的暴动事件"②。

待他们明白一切,

---

① 英国英格兰东北部的州郡,首府为约克。
② 参看海涅诗《西里西亚纺织工人》。

他们几乎哭出来。
这些粗暴的汉子,
发疯似的跳起来。
他们捏紧了拳头,
把帽子怒挥一通;
林野全响起回声:
"祝西里西亚成功!"

德国人和爱尔兰人

在英格兰夜间很冷;
两个模样很好的年轻人,
一个爱尔兰人,一个德国佬,
一起躺到草垫上睡觉。

他们互相朝对方观看,
各自思忖:"我这位同伴,
这海滨不是他的老家,
他出生在另一个国家。"

同时他们又喃喃自语:
"唉,这真是个不幸的遭遇;
他好像还没过到好日子——
瞧他的上衣和他的旧裤子。"

最后一齐笑哈哈说道:
"你也从未交过好运道!"
他们互相招呼而高谈,
用爱尔兰话和德国语言。

虽然存在着语言的隔阂——
他们却诚心握起手来,
成为同甘共苦的同志——
因为他们都是穷小子。

在樱桃花开的时节

在樱桃花开的时节,
我们在那里住过,
在樱桃花开的时节,
在法兰克福住过。

旅店的老板说道:
"你穿这蹩脚的上衣!"
"你这可鄙的老板,
这跟你有什么关系!

给我们去拿葡萄酒,
给我们去拿啤酒,
再给我们端上红烧肉,

让我们用它下酒。"

桶塞吱吱地旋开——
流出的酒真正好!
尝到我们的嘴里,
却像小便的味道。

他又给我们端来
一盆兔肉炒芹菜:
闻到死兔的肉味,
真要叫人呕出来。

等我们念着夜祷
爬到床上去睡觉,
床上的那些臭虫,
把我们叮了个通宵。

这就是法兰克福,
那个美丽的都会,
谁在那里受过罪,
他就一定有体会。

李利恩克龙

(Deltlev von Liliencron, 1844—1909)

德特勒夫·封·李利恩克龙,一八四四年六月三日生于基尔。父亲在海关工作,母亲是美国将军之女。他曾在普鲁士军队中服务。一八六三年在美因兹当军官。一八六四年参加对波兰的战争。后又参加一八六六年、一八七〇年至一八七一年的几次战争。这些都成为他的最初的生活体验。由于生活放荡,债台高筑,于一八七五年辞去军职,到母亲的祖国美国去谋生,当过语言和钢琴教师,干过驯马等各种职业,不得意回到汉堡。一八八二年在佩尔沃尔姆岛当区长。一八八三年至一八八五年在荷尔斯泰因的凯林胡森当教区主管。以后当自由职业作家。一八九〇年至一八九一年在慕尼黑居住。他结过三次婚(1878年、1887年、1899年)。一九〇一年以后住在汉堡附近的阿尔特·拉尔施台特。一九〇三年在他六十岁诞辰时,威廉二世赐以年金,才使他脱离负债生活。一九〇九年基尔大学授以名誉博士。同年七月二十二日在阿尔特·拉尔施台特逝世。

他是德国诗坛上最初的印象主义者。他善于捕捉瞬间印象,描绘一系列瞬间的听觉和视觉印象,语言鲜明而又着重拟音效果,这是他的创作特色,当然思想性是很缺乏的。他的诗歌主题比较广泛,有浪漫色彩的,有现实性叙述的,有取材中古历史的,有描写四季的荒野景色、海滨风光的。总之,祖国、战争、自然、爱情是他诗歌的重要主题。作为一个对皇帝效忠的军人,他带有国家主义和贵族主义思想,因此他有时赞美战争,颂扬军人的理想,但他也接触到社会主义的思想,因为他自己一生潦倒,一般人民群众的困苦,他也完全尝过。

谁知在何处

——一七五七年六月十八日科林战役*

在血和尸体、烟雾和瓦砾上,
被马蹄踏坏的夏季麦秆上,
照耀着阳光。
黑夜降临了。战场已平静,
从前,好多人没有从科林
返回到家乡。

也有个贵族,还是小伙子,
今天第一次闻到火药气,
他难逃一死。
不管他怎样高举着军旗,
死神已把他揪到了怀里,

---

* 科林为当时波希米亚地名,今为捷克城市,在拉贝河左岸,布拉格之东。一七五七年六月十八日,普王腓特烈(弗里德里希)二世在该处被奥军打败,被迫退出波希米亚。

他难逃一死。

一本祈祷书放在他身边,
公子总把它携带在身边
军刀把手上。
贝维恩①手下一个近卫兵,
发现这沾满污泥的书本,
拾起来收藏。

他快步如飞,把书本带回,
给那位父亲送最后安慰,
却徒增悲苦。
老人手抖着,写下了两行:
"科林。我儿子埋骨在沙场。
谁知在何处。"

写下了这首小歌的诗人,
读者们,我们在消遣浮生,
还十分欢愉。
可是有一天,是我或是你,
埋骨在土中永远地安息,
谁知在何处。

---

① 不伦瑞克·贝维恩公爵奥古斯特·威廉为普鲁士将军。他率领两万人抵御奥国元帅道恩,却不敢进攻,以致在科林失利。

死在麦穗中

在小麦田里,谷物和罂粟中,
躺着个兵士,无人发现他,
已经有两天,已经有两夜,
身负着重伤,伤口没包扎。

他渴得要命,他烧得发狂,
在死亡挣扎中,他把头抬起。
最后的梦影,最后的景象;
翻白的眼睛仰望着空际。

麦田里传来镰刀的声响,
他望望宁静劳动的村子,
再会吧,再会,故乡的世界——
他垂下了头而与世长辞。

军乐队来了

克玲格玲,嘣嘣,钦达达,
是班师凯旋的波斯沙阿①?

---

① 沙阿(Schah)又译沙赫,是波斯国王的称号。

街角上听到哗啦哗啦,
像宣告末日审判的喇叭,
　　先锋是持铃杆的指挥。

布隆布隆,大邦巴东①,
还有铙钹和黑里箜②,
皮科罗③和琴克④吹奏者,
土耳其鼓和笛子吹奏者,
　　后面就是上尉长官。

上尉来了,傲然自得,
鳞状铁链扣住下颚,
绶带缠住瘦长的身体,
天啊！这可不是游戏！
　　后面就是少尉长官。

两位少尉,蔷薇色、棕色,
像藩篱一样将军旗护卫;
军旗来了,脱下帽子,
我们要对它忠诚到死！
　　后面就是近卫步兵。

---

① 邦巴东号为一种铜管乐器,低音大号的前身。
② 黑里箜又译黑里康大号,是军乐队中的一种相当于大号的低音铜管乐器。
③ 亦译短笛,为木管乐器中音域最高者。
④ 琴克(Zinke),一种管乐器,相当于短号(cornet)。

步武堂堂的近卫兵士,
步伐整齐,步调一致,
脚步声橐橐嚄嚄作响,
震动路灯玻璃和门窗。
　　后面就是小姑娘们。

小姑娘们拥拥挤挤,
碧蓝的眼睛,金色的辫子;
米娜、里娜、蒂娜,小姑娘
全从家门里向外边窥望。
　　军乐队走过去了。

克玲、钦钦、铜鼓在敲,
远远的乐声还隐约听到,
嘣嘣嘣嘣钦,越来越轻微,
是一只彩蝶沿着街角飞?
　　钦钦嘣,钦钦嘣。

你可让我等得太久了

森林在窃听,
快来临,来临,
趁新的白昼的喧嚣还没淹没掉
淙淙的泉水声音。

快些,快些,
可爱的孩子,
趁深深沉寂的恐怖还没被晨风
吹得四散而消逝。

从树梢顶上
透露出曙光。
哦,我的温柔的小姑娘,别再让我
等的时间太久长,太久长。

太阳凯旋了,
她露着微笑,
终于摇摇晃晃地偎到我怀里,
云雀向空中飞去了。

太 幸 福 了

当你温柔地躺在我怀里,
我能够听到你的呼吸,
你在梦中唤我的名字,
你的口角上显露出笑意——
　　　太幸福了。

当炎热严峻的白天过后,
你驱散我的沉重的闲愁,

当我躺卧到你的心头,
不再为明天的一切担忧——
　　太幸福了。

尼 采

(Friedrich Nietzsche, 1844—1900)

弗里德里希·尼采,一八四四年十月十五日生于萨克森州吕茨恩附近的小村勒肯。父亲是新教牧师,在他五岁时云世,一八五〇年全家迁居至萨勒河畔的瑙姆堡。一八五八年至一八六四年在普福尔塔学院就读,很早就写诗作曲。一八六四年至一八六五年在波恩学习神学和古典语文学,后又随他的老师里奇尔去莱比锡学习,一八六八年在该市认识瓦格纳。一八六七年至一八六八年在瑙姆堡炮兵连服军役。一八六九年任巴塞尔大学古典语文学副教授,次年升正教授。普法战争(1870—1871)期间,志愿从军,看护伤病员。一八七九年因病退休(眼病、神经病)。一八七六年至一八七八年跟瓦格纳友谊破裂。以后直至一八八九年在瑞士和意大利各地(威尼斯、热那亚、西西里、拉帕洛、尼斯、都灵等)漂泊。一八八二年在罗马结识女作家路·莎乐美。一八八九年一月在都灵患进行性麻痹症,送巴塞尔的精神病医院,后又去耶拿治疗。一八九〇年回瑙姆堡。一八九七年,母亲去世,由妹妹伊丽莎白带往魏玛。一九〇〇年八月二十五日在该地逝世。

尼采是重要的哲学家、思想家和诗人。他肯定生命力,宣称"上帝已死去",反对基督教的奴隶道德,反对偶像,鼓吹对一切价值重新估价,给欧洲资产阶级文化带来了巨大的冲击。他的主要著作《查拉图斯特拉如是说》,既是哲学著作,又是优美的散文诗,可与歌德的《浮士德》媲美。在文学上,德国和世界其他各国的文豪,如托马斯·曼、里尔克、黑塞、肖伯纳、叶芝、纪德、马尔罗、斯特林堡、奥尼尔、芥川龙之介以至我国的鲁迅、郭沫若、郁达夫都曾受过尼采思想的影响。

尼采不仅通过他的哲学思想,也通过他的诗歌影响当时和后来的诗人,使他成为新的诗歌的开拓者之一。他的诗语言优美而充满激情,形象丰富,格调高超,思想深刻,富于音乐的谐和,又具有象征、讽刺、反论等表现的特色。他写了不少抒情诗歌,还有大量的箴言诗,但在他生前,并未出过诗歌专集。他往往将诗作夹在各种散文著作中或作为某书的附录。

孤　独

群鸦鸣噪,
鼓着唰唰的翅膀飞向城市:
天就要下雪了——
现在还有家乡的,真是福气!

你现在木然伫立,
回首后顾,唉!已是多么久远!
你这傻子,为何
面临冬天的季节逃向世间?

这世界——是通往
沉寂荒冷的无数沙漠的门!
谁丧失了
你所丧失的,就会无处安身。

你苍白地伫立,
受到诅咒,要在冬天里流浪,
就像那轻烟,
总想升到更加寒冷的天上。

飞吧,鸟儿,咯咯地
唱出沙漠之鸟所唱的调子!——
你这傻子,把你
血淋淋的心藏在冰和嘲笑里!

群鸦鸣噪,
鼓着唰唰的翅膀飞向城市:
——天就要下雪了,
没有家乡可归的,真是晦气!

太阳沉落了

1

你不会再干渴得长久了,
　　烧焦了的心!
约言在大气之中飘荡,
从那些不相识的众人口中向我吹来,
　　——强烈的凉气来了……

我的太阳在中午炎热地照在我头上:
我欢迎你们,你们来了,
　　突然吹来的风,
你们,午后的凉爽的精灵!

风吹得异样而纯洁。
黑夜不是用斜看的
　　诱惑者的眼光
在瞭着我吗?……
保持坚强,我的勇敢的心!
不要问:为什么?——

2

我的浮生的一日!
太阳沉落了。
平坦的波面
  已经闪耀着金光。
岩石发散着热气:
  也许是在午时
幸福曾躺在它上面午睡?——
  在绿光之中
褐色的深渊还在托出幸福的影子。

我的浮生的一日!
近黄昏了!
你的眼睛已经失去
  一半的光辉,
已经涌出像露珠
  一样的眼泪,
白茫茫的海上已经悄悄地流过
你的爱情的红光,
你的最后的动摇的永福。

3

金色的欢畅啊,来吧!

你是死亡的
最秘密、最甘美的预尝的滋味!
——我走路难道走得太快?
现在,我的脚疲倦了,
　　　你的眼光才赶上我。
　　　你的幸福才赶上我。

四周围只有波浪和戏弄。
　　　以往的苦难,
沉入蓝色的遗忘之中,
我的小船现在悠然自得。
风暴和航海——怎么都忘了!
　　　愿望和希望沉没了,
　　　　灵魂和大海平静地躺着。

七重的孤独!
　　　我从未感到
甘美的平安比现在更靠近我,
太阳的眼光比现在更温暖。
——我的山顶上的冰不是还发红光吗?
　　　银光闪闪,轻盈,像一条鱼,
　　　现在我的小船在水上漂去……

流 浪 人

一个流浪人在夜色中前行,
步伐坚定;
弯曲的山谷和漫长的山路——
顺着前进。
夜色很美——
他迈步向前,毫不停止,
不知道他的路还要通向哪里。

那时,一只鸟儿在夜色中歌唱:
"啊,鸟儿,你干吗要这样!
你为何拖住我的腿和心,
把这动人的伤心的声音
灌进我耳中,使我不得不立停、
不得不倾听——
你为何用歌声和致意将我勾引?"——

好鸟儿停止歌唱而答问:
"不,流浪人,不!我何曾
用歌声将你勾引——
我是勾引高枝上的雌禽——
跟你有什么关系?
我孤孤单单,感受不到夜色之美——

跟你有什么关系?因为,你走你的,
决不能、决不能停止!
干吗还站在这里?
我这像吹笛的歌声勾起你什么心事,
你这个游子?"

好鸟儿默默地沉思:
我这像吹笛的歌声勾起他什么心事?
他干吗还站在这里?
这个可怜、可怜的游子!

威 尼 斯*

最近,在昏黄的夜晚,
我曾来伫立在桥边。
远处传来了歌声:
它迸出点点的金光
掠过荡漾的水面。
共渡乐①、灯火、音乐——
醉沉沉地向暮色中漂去……

---

* 尼采在一八八〇年三月至六月底在威尼斯逗留了四个月,陪同他的有忠实的弟子彼得·加斯特。他称威尼斯是他"喜爱的唯一的城市"。本诗后插入《看这个人》(1888 年 10—11 月著,1908 年出版)书中。

① 威尼斯的游艇,意语 Gondola。这是一种带有鸟头形船首和船尾的狭长平底小船。

我的灵魂,像弦乐器,
被无形的手指拨弄,
暗暗演唱共渡乐之歌,
感到多彩的至福而战栗。
——可有人在听它?

秋　天

是秋天了:它——还使你心伤!
飞去吧!飞去吧!
太阳悄悄地爬山,
爬着,爬着,
每一步都要休息。

世界变得何等萧条!
在张得疲倦的弦上,
风奏着它的歌。
希望逃跑了——
风在追悼它。

是秋天了:它——还使你心伤!
飞去吧!飞去吧!
哦,树上的果实,
你摇摇欲坠?
黑夜教给你什么

秘术,
让冰一样的战栗把你的面颊
深红色的面颊覆盖?

你沉默,不回答?
还有谁开口?

是秋天了:它——还使你心伤!
飞去吧! 飞去吧!
"我并不美丽
——翠菊这样说道——
可是我喜爱世人,
我安慰世人——
他们现在还应当看到花,
向我弯下身子
唉! 将我折下——
那时,他们的眼中就闪出
回忆的光辉,
回忆起比我更美者:
——我看出,我看出——我就这样死去。"

是秋天了:它——还使你心伤!
飞去吧! 飞去吧!

看这个人[*]

是的！我知道我的本原！
我毫无满足，就像火焰
在燃烧着而烧毁自己。
我把握住的，全变成光，
我丢弃的，全变成灰烬一样：
我是火焰，确实无疑。

---

* 原题为拉丁文 Ecce homo。语出《新约·约翰福音》第十九章第五节："耶稣出来，戴着荆棘冠冕，穿着紫袍。彼拉多对他们说：你们看这人。"

霍 尔 茨

(Arno Holz, 1863—1929)

阿尔诺·霍尔茨,一八六三年四月二十六日生于东普鲁士的拉斯滕堡。父亲是药商。十二岁时就前往柏林,就读于文科中学;曾去过荷兰和巴黎。一八八一年当编辑,从事创作活动,经常处于经济拮据状况。对他的文学事业起重大作用的是跟保尔·恩斯特,特别是跟约翰尼斯·施拉夫(后来互相反目)的结交以及跟自然主义作家团体"突破"(Durch!)的关系。早在一八八三年就发表最初的诗集《响彻心胸》而获得奥格斯堡席勒协会奖。他跟耶尔施克和施拉夫共同协力,想通过新的语言形式,完成以真实为内容的所谓彻底的自然主义,因此,在抒情诗、戏曲、小说、评论各方面刻意表现时代精神。一八八五年发表诗集《时代的书——一个现代人的歌》,描写现代大城市中的无产者的贫困生活。一八八九年当自然主义杂志《自由舞台》的编辑。诗集《幻梦神》(1898—1899)显示了他对诗歌革命进行的大胆革新。他跟施拉夫共著的短篇小说集《哈姆雷特爸爸》(1889年)曾给当时二十七岁的豪普特曼以决定性的影响。戏剧《塞利克一家》(1890年)是使"艺术返诸自然"的彻底自然主义理论获得实现的样板作品。他的理论著作有《艺术、其本质及其规律》《抒情诗的革命》。柯尼斯堡大学曾授予他名誉博士。一九二九年十月二十六日,他在柏林逝世。

自然主义的老家,原来是以孔德的实证主义哲学为背景而发展起来的法国。德国的自然主义就是在福楼拜、莫泊桑、左拉等小说家和北欧的易卜生影响之下成长的。霍尔茨的理论观点更大大地超过左拉,他主张彻底的自然主义(Der Konsequente Naturalismus),要求作家把现实中一切细微的事物,每个最轻微的声音、最小的阴影都如实表达出来,甚至提倡"每秒体"(Sekundenstil),要求把每秒钟发生的事都叙述无遗,这就过于趋向极端了。不过,他在诗中反映出工业化大城市中工人的苦难,揭露资本主义社会的阴暗面,还是有很大的进步意义的。

即　景

五道被蛀虫啃坏的楼梯直通到
租住房屋的最后一层楼上;
这里是北风最爱停留之处,
天上的星辰透过屋顶窥望。
它们看到的,哦,正好足以使人
对那种苦难流下同情的眼泪:
一块黑面包,还有一只水壶,
一张桌子,一只三条腿凳子。

窗户用一块木板紧紧钉死,

可是,有时还有风吹了进来,
在一张铺着稻草的床上正躺着
一个年轻的妇女,烧得很厉害。
三个小小的孩子围在她身边,
眼睛呆呆地望着她气息奄奄,
他们的小嘴已经哭不出声,
也更无眼泪浸湿他们的脸。

一段蜡烛只发出幽幽的亮光,
听,有人敲门,会有什么事发生?
敲门过后,随即从门外走进来
由邻人陪着的一位年轻的先生。
他是区里的为贫民施诊的医生,
邻人们怜悯病人,把他请来,
她的丈夫正痛饮烧酒和啤酒,
平平肝火,想寻求自我麻醉。

年轻的医生拿起那一段蜡烛,
走近那个可怜的妇女的卧床,
可是,她的瘦脸像蜡一样黄,
她的僵硬的肢体已经冰凉。
蜡炬已成灰,医生心里很难过,
他从来没碰到过这样的惨事:
孩子们,哭吧!医生请得太迟了,
因为你们的母亲已经——故世。

外面是沙丘

外面是沙丘。

独处室内,
　多单调,
　雨打着
　　窗子。

在我身后,
　滴答,
　一只钟,
　我的额头
顶着窗玻璃。

虚无。

一切过去了。

灰色的天空,
　灰色的海
　　和灰色
　　的心。

三月的清晨

在沟渠和灰色树篱之间，
上衣领子高高，双手插在袋里，
我在早春三月清晨中散步。
浅黄色的草，闪光的水潭，黑色休耕地。
这是我所能见到的一切。
其中，
耸向白色的地平线当中，
一行柳树，
仿佛僵化一样。
我停下来。
到处没有声音。到处没有生气。
只有微风和景色。
我的心感到，像天空一样，没有太阳！
突然间——听到一声，
一声柔和颤抖的欢呼，
慢慢
越升越高！
我向云间搜寻。
在我的上空，高唱着，
穿过越来越亮的流光，
第一只云雀。

三条小小的街道

三条小小的街道
并列着像由玩具盒子组成的住房
通向静静的广场。
古老的喷泉在小教堂之前淙淙响,
菩提树飘香。
这是小镇的全景。
而远处,
云雀在深深的蓝天里歌唱,
湖水和穗浪起伏的田闪闪发光。
我觉得一切像梦一样。
我该停下?我该继续前行?
喷泉淙淙响……菩提树飘香。

戴 默 尔

(Richard Dehmel, 1863—1920)

里夏德·戴默尔于一八六三年十一月十八日生于德国东北边境地方的文迪施·赫姆斯多夫。父亲是林务官。一八八二年至一八八七年在柏林和莱比锡学习自然科学、国民经济学、语文学、社会学、哲学和神学。一八八七年至一八九五年任德国保险公司联合会秘书。以后过着自由职业作家的生活。他在一八八九年跟保拉·奥本海默结婚。这位夫人是一位女作家,以写诗和童话故事知名。戴默尔在学生时代就热衷于写诗,参加当时以自然主义为主流的新兴文学运动。一八九一年出版处女诗集《解脱》,获得前辈诗人李利恩克龙的赞赏,以后两人结成终生的友谊。此外,他还跟瑞典作家斯特林堡、波兰作家普西比雪夫斯基交往,又跟诗人比尔鲍姆、莫姆贝尔特、画家伯克林、雕刻家克林格尔等交游,于一八九四年创刊艺术杂志《潘》。一八九五年跟奥尔巴赫领事夫人伊达·科布伦茨相识。一八九九年跟保拉分手,并跟伊达一起去意大利、希腊旅行,归国后住海德堡,后于一九〇一年在伦敦正式结婚,并定居于汉堡近郊布兰克内瑟。由于这段爱情体验,使他写了一部叙事诗小说《两人》(1903年)。一九一四年第一次世界大战开始后,他志愿从军,一九一六年离开前线,但仍在后方服务,直至战争结束。由于在战地膝部受过伤,后引起静脉炎,于一九二〇年二月三日在布兰克内瑟逝世。

他的诗作从自然主义出发,初期作品具有社会革命的倾向,后来逐渐转向印象主义,并且受到尼采等象征的表现手法的影响。他说过这样一句话:"我生根于尼采和李利恩克龙之间。"

工　人

我们有一张床,我们有一个孩子,
　　我的妻子!
我们也有工作,而且两人都干,
我们有雨,也有风,也有太阳。
我们只不过缺少一小件,
不能让我们自由得像小鸟那样:
　　只缺时间。

要是星期天我们去郊野游玩,
　　我的孩子,
看到在一片辽阔的麦穗上面,
一群蓝色的燕子迅疾地飞翔,
哦,我们也不缺少一些衣裳,
打扮得漂漂亮亮,像小鸟那样:
　　只缺时间。

只缺时间！我们预感到风暴①，
　　　　　我们人民。
只要等待一段短短的时间；
我们真不缺什么，我的妻子、孩子，
除了一切由我们亲手创造的东西②！
让我们能像小鸟那样勇敢。
　　　　只缺时间③！

收获之歌

堆满金色禾把的田地，
伸向天涯，无边无际。
　　磨吧，磨子，磨吧！

辽阔的大地上风声静止，
在地平线上有许多磨子。
　　磨吧，磨子，磨吧！

西下的斜阳沉沉昏暗，
许多穷人为面包叫喊。
　　磨吧，磨子，磨吧！

---

① 指革命。
② 由劳动创造的一切。
③ 只要给我们时间。

黑夜的怀中酝酿暴风，
明天就可以开始活动。
　　磨吧，磨子，磨吧！

暴风会把田野扫干净，
不再有叫喊饥饿的声音。
　　磨吧，磨子，磨吧！

静静的城市

谷中有一座城市，
苍白的日光在消逝；
用不着再要经过多时，
看不到月亮和星星，
天空里只有黑夜。

雾气从四面山上
飘进这一座城市；
看不到人家，看不到屋顶，
茫茫中听不到任何声音，
也不见塔楼和桥梁。

可是，在行人胆战时，
谷底亮起一点灯光；

透过迷茫的雾气沉沉,
听到轻轻的赞美歌声,
孩子们在歌唱。

好几个夜晚

每逢原野阴暗起来,
我觉得,眼睛更加明亮;
已有一颗星试放出光辉,
蟋蟀更加急促地歌唱。

任何声音都更加丰美,
熟悉的声音也更加珍奇,
树林后的天更加苍白,
树梢高耸得更加清晰。

你只顾步行,没觉察出
已有亮光千道万道
从黑暗中挣脱而出,
你突然间被吸引住了。

格奥尔格

(Stefan George,1868—1933)

斯特凡·格奥尔格,一八六八年七月十二日生于莱茵河畔宾根附近的比德斯海姆,父亲是葡萄园主和酒商。一八八八年在达姆施塔特文科中学毕业后,为了学习活的语言而前往伦敦。以后又去欧洲各国游历和学习。他去过瑞士、意大利、法国、西班牙、荷兰、比利时、丹麦。特别重要的是一八八九年春夏在巴黎的滞留,他获得马拉美的赏识,并认识了魏尔仑、罗丹。这就增强了他作为诗人的自觉而使他决定自己将来的道路。一八九二年在柏林创办杂志《艺术之页》,站在艺术至上主义的立场上反对当时自然主义文学的芜杂和无视形式,他提出革新,提倡纯粹的语言艺术,要通过创造严格的诗美来振兴德国的文明,由美的文学来建立美的王国。霍夫曼斯塔尔、热拉尔迪、道滕代等诗人也曾一度参加。这份杂志一直维持到一九一九年。在格奥尔格周围聚集了一些志同道合者,形成了一个文学团体,在德国文学史上称"格奥尔格派",其中有文学史家贡多尔夫、哲学家和社会学者西迈尔等。一九二七年他第一个获得法兰克福市歌德奖。一九三三年希特勒上台,文化部部长鲁斯特送给他普鲁士艺术科学院院士的荣誉,他却不愿跟纳粹同流合污,拒不接受,并于同年流亡到瑞士洛迦诺。不久,在同年十二月四日逝世于米努西奥。一九四四年七月二十日在纳粹大本营"狼穴",携带炸弹企图炸死希特勒未成而被捕处死的施陶芬贝尔格就是他的信徒,据说他的暗杀行动即由于受格奥尔格的精神影响所致。

他发表的诗集有《颂歌·朝圣·阿尔加巴尔》(1892年)、《牧歌与赞歌·传说与歌谣·空中花园》(1895年),而最成功的诗集则是《心灵的一年》(1897年)。此外还有《人生的花毯》(1900年)、《同盟之星》(1914年)和《新的王国》(1928年)。格奥尔格继承歌德、荷尔德林、尼采的传统,在他的诗集《新的王国》中写了《战争》《乱世的诗人》《秘密的德国》等诗,以预言者的姿态预告在可怕的暴风雨之后,在战争废墟上面,必将有新的世代诞生,可是他所幻想的一个古典的文化理想的新时代,却被纳粹宣传机构加以歪曲,利用来为法西斯主义服务,驱使德国人民进行侵略战争,这是诗人未曾想到的悲剧。

他的诗一反德文惯例,名词第一个字母不用大写字母,对标点尽量节用,而且不用逗号,却用一个句点放在字后上角以代替。他又是一位杰出的译诗家,译过但丁的《神曲》(用原诗的三联韵体翻译)、莎士比亚的《十四行诗》、波德莱尔的《恶之花》和其他法国象征派诗人以及英国、西班牙、意大利、波兰、荷兰、丹麦等国的诗人的诗。

心灵的一年（选译七首）

*

去那些说是枯死的园子看看：
远处微笑的河岸闪烁着微光。
纯洁的云显露出意外的碧蓝，
照亮彩色缤纷的小路和池塘。

看那边一片深黄，那些桦树和
山毛榉柔美的灰色，风很温和，
迟开的蔷薇还没有完全枯干，
挑一些吻吻，然后编一个花环。

这些最后的紫菀也不要忘记，
野葡萄蔓四周围的一片绛紫，
还有余剩的生气盎然的绿意
把它们轻轻跟秋容编在一起。

*

在金光灿烂的山毛榉林荫路上，
我们走来走去几乎走到出口处；
我们从格子中间向着原野眺望，
看那又在第二次开花的扁桃树。

我们寻找没被树荫遮蔽的坐椅,
在那没有人声惊动我们的地方,
在梦想中我们的手交叉在一起,
愉快地享受那又长又温和的光。

我们感激地觉得那零星的光点
从树梢上被轻风吹到我们头上,
我们只是看着而在停顿时听见
成熟的果实落到地面上的声响。

*

我悉心爱护的花儿放在窗口,
怕它冻坏而移种在灰色盆里;
我好好培育却徒然使我心忧,
它垂下头来像要慢慢地枯死。

为了把它过去的盛开的好运
从记忆之中拭去而让我忘怀,
我找出利器抱着伤痛的心情
把它的苍白的花儿砍了下来。

为什么让它只使我感到酸辛?
我是希望它从我的窗口消逝……
现在我又抬起我空虚的眼睛,
把空虚的手伸向空虚的黑夜。

*

你记得那孩子美丽的容颜，
他大胆去采摘峡谷的蔷薇，
他热心追寻而忘记了时间，
偷尝多汁的伞形花的花蜜？

诱人的闪光花瓣离得太远，
他转身到公园里寻求安静，
他沉思默想　坐在水池旁边
倾听池水深处神秘的声音……

天鹅离开覆满苍苔的石岛，
它不乐意再在瀑布下嬉戏，
却把它细长的脖颈直伸到
抚弄它的文雅的孩子手里。

*

在深秋时节　园子里面
花香还轻轻向你微笑。
在你飘拂的头发里面
编进常春藤威灵仙草。

飘晃的麦穗还像黄金，
也许不再是又高又密，
蔷薇依旧对你很殷勤，

尽管也已经有点褪色。

非分之想我们不多讲,
我们发誓要快乐一番,
尽管不再有什么指望,
除了双双再兜上一圈。

*

我们散步的小山在背阴之处
而那边的小山还映着阳光;
月亮在柔软的绿茵上现出
只像小小的一朵白云飘荡。

指向远方的路变得更暗淡,
一阵私语使行人停下脚步,
是看不见的溪水流向谷间
是一只鸟在唱它的催眠曲?

两只夜蛾　它们飞来得太早
沿着一根根草茎嬉戏追逐……
山坡上的灌木和花送来了
黄昏的香气给人减轻痛苦。

*

炉火已完全熄灭
你走到炉灶之旁,

只有苍白的皓月
把寒光照在地上。

你把苍白的手指
插进了死灰中央
想去探索和窥视——
再发出一次亮光!

瞧那慰人的月亮
对你作何劝告:
请离开炉灶之旁
夜已经很深了。

田 野 之 友

日出前不久　就看到他奔波在
田垄之间,手拿着烁亮的镰刀
审慎地抓住一些丰满的麦穗
用嘴唇试尝黄色麦粒的味道。

然后见他在葡萄树间用韧皮
把松弛的藤扎紧到粗杆上面
摸摸又硬又青的未熟的果实
折断长得过度旺盛的藤蔓。

他又去摇摇小树　看它能不能
禁得住暴风　并窥测云的移动
他给小树一根木桩作支撑
对刚刚爆芽的果实露出笑容。

他用一只葫芦瓢舀水灌溉
他常常弯下身子锄掉杂草
在他经过之处繁花盛开
四周的景象尽是成熟和丰饶。

我的孩子回家了

我的孩子回家了。
海风还在他的头发里吹拂
熬过的恐惧
青春的游兴　还使他的步伐摇摇晃晃。

咸水的喷溅
还使他的面颊闪着褐色的光泽：
像在异国的
炽热的阳光下迅速成熟的果实。

他的眼光已被
我从未知道的秘密压得沉重，
蒙上淡淡的忧郁

因为他从春光中走进我们的严冬。

这个蓓蕾已如此
绽开怒放　使我几乎不敢逼视
而且不容我
吻他的嘴　它已选定亲吻的嘴唇。

我怀中拥抱着
冷淡的孩子,他离开我到另一个世界
茁壮成长,
我的宝贝却跟我有着无限的距离。

从前我跟你同在那里

从前我跟你同在那里
欣赏晚景的那些窗子
现在点亮着别人家的灯。

还看到门外的小路　你曾
站在大门口　毫不回顾
然后向谷中拐身走去。

在转弯处　在月光之下
又现出你的苍白的脸……

可是要唤你　已经太迟了。

黑暗——沉默——凝滞的空气
依旧笼罩住屋子四周。
一切欢乐都被你带走了。

拉斯克-许勒

(Else Lasker-Schüler 1869—1945)

埃尔泽·拉斯克-许勒于一八七六年二月十一日生于鲁尔区伍珀塔尔的埃尔伯费尔德。父亲是私营银行老板和建筑师,祖父为犹太教经师,母亲的祖上是从西班牙移居德国的富商。她在年轻时就跟家庭脱离关系,前往柏林,过着贫困的生活。一八九四年跟贝托尔特·拉斯克医师结婚,至一八九九年离婚。一九〇一年跟赫尔瓦尔德·瓦尔登(诗人、艺术评论家,真名格奥尔格·勒文,后主编表现主义杂志《风暴》)再婚,仍沿用前夫之姓,但在一九一一年又告仳离。她很早就以特异的女诗人身份引人注目,参加表现主义运动,跟贝恩、特拉克尔、希勒、多伊布勒等交游,特别跟贝恩过从甚密,为他写了不少美丽的爱情诗。她曾去慕尼黑、苏黎世、维也纳、布拉格作演讲旅行,并且去过苏联。一九三二年获克莱斯特文学奖。希特勒上台后,由于她是犹太人,遭到迫害,先逃往瑞士,一九三四年又经埃及而于一九三七年前往巴勒斯坦。一九三六年曾一度回苏黎世,接洽剧作《阿尔图·阿罗尼米斯和他的长辈》的上演,未获通过。一九三七年后,一直住在耶路撒冷,过着孤苦的生活,也曾替该地的《东方》杂志写些诗篇,为抵抗文学尽力。一九四五年一月二十二日逝世,葬于耶路撒冷附近的圣地橄榄山。

她是表现主义诗歌的先驱,贝恩称她为德国最大的女抒情诗人。她的诗不大接触身边的现实,往往憧憬太古以色列民族的事迹和行动,充满神秘的幻想和乡愁,把永远流浪的犹太人的悲叹和寻求安息的梦想用丰富柔美的语言和特异的韵律表现出来,有时难以理解。她的诗集有《斯堤克斯河》(1902年)、《第七天》(1905年)、《我的奇迹》(1911年)、《希伯来叙事歌》(1913年)、《我的蓝色的钢琴》(1943年)等。除抒情诗外,也写散文、戏曲和短篇小说。

人世的痛苦

我,火辣辣的沙漠之风,
冷却下来,具备了形体。

能融化我的太阳在哪里,
能击碎我的闪电在哪里!

哦,石头的斯芬克斯之头啊,
愤怒地仰望四面的天空吧。

世界末日

一阵哭声向世间传来,

好像上帝已经死亡,
铅一般的影子落下来,
沉重得像墓石一样。

来,我们靠紧点躲在一起……
生命,在一切人的心里,
像在棺材里。

你!我们来深深地亲吻吧——
对世界抱着无限向往,
我们却不得不死亡。

古老的西藏地毯

你的灵魂,它热爱我的灵魂,
它俩一起被织进地毯西藏里。

光芒辉映,相思相恋的色彩,
在长空中互相追求的星星。

我们的脚搁在珍贵的地毯上,
千针万针编织的宽大的地毯。

坐在麝香草宝座上的可爱的小喇嘛,
你的嘴吻着我的嘴,脸贴着脸,

已过了多少编织得五彩缤纷的时光?

亚　伯[*]

该隐的眼睛得不到上帝的欢心,
亚伯的面孔是金光灿烂的花园,
亚伯的一双眼睛是两只夜莺。

亚伯总是唱得如此嘹亮,
合着他自己的心弦,
可是城壕水流过该隐的体内。

他要杀死他的弟弟——
亚伯,亚伯,你的血把天空染得深红。

该隐在哪里,我要向他冲过去:
你就在你弟弟的面前
杀死了可爱的鸣禽?!!

---

* 该隐种地,亚伯牧羊,他们向上帝献祭,耶和华看中亚伯和他的谷物,看不中该隐。该隐怒,杀其弟。参看《圣经·旧约·创世记》第四章。

书 拉 密 女[*]

哦,我从你甜蜜的嘴上
认识了太多的幸福!
我已感到大天使的嘴唇
在我的心头燃烧……
夜晚的乌云吞吸着
我深深的香柏树之梦。
哦,你的生命是怎样在召唤我!
我怀着过度的心伤
即将消逝
消逝在太空里,
在时间里,
在永恒里,
我的灵魂将烧毁在耶路撒冷的
暮色里。

---

* 书拉密女(Sulamith)意为苏勒姆(Sulem)或书内姆(Sunem)的女子,《圣经·旧约·雅歌》第六章对所罗门王的新娘的称呼。

黑 塞

(Hermann Hesse, 1877—1962)

赫尔曼·黑塞于一八七七年七月二日生于施瓦本地区的卡尔坞。父亲是传教士,母亲是牧师之女。一八九一年七月,进毛尔布隆神学校学习,由于无法忍受不愉快的寄宿生生活,于次年三月逃出神学校,进入一所高等学校学习,但不久又退学。以后当过书店店员、大钟工场学徒工。业余时间刻苦自学,潜心写诗。一八九九年自费出版《浪漫之歌》。一九〇四年出版小说《彼得·卡门青特》,一举成名。同年,跟钢琴演奏家玛丽亚·贝尔奴依结婚,并隐居于博登湖畔的渔村加恩贺芬。一九一一年曾去锡兰、新加坡、苏门答腊旅行。一九一二年卜居伯尔尼郊外。一九一四年第一次世界大战爆发,他投入和平运动,反对战争和极端的爱国主义,受到德国国内文坛和出版界攻击,但却受到罗曼·罗兰的赞许。一九一九年跟妻子分手,移居洛迦诺湖畔蒙塔纽拉。一九二三年加入瑞士国籍。一九四三年,费时十年的大作《玻璃珠游戏》出版。一九四六年"由于他的富于灵感的作品具有道劲的气势和洞察力,为崇高的人道主义理想和高尚风格提供了一个范例"而荣获诺贝尔文学奖。一九六二年八月九日因脑溢血逝世于蒙塔纽拉,终年八十五岁。

他是著名的小说家、散文家和诗人。诗集除《浪漫之歌》外,尚有《诗集》(1902年)、《中途》(1911年)、《孤独者的音乐》(1915年)、《夜的安慰》(1929年)、《新诗集》(1937年)、《青春诗集》(1950年)等。他的诗深受歌德和德国浪漫派诗人的影响,以至被称为"德国浪漫派最后的一个骑士"。

他非常热爱东方文化,崇拜我国的孔子、老子和庄子。老庄哲学对他的创作具有明显的影响。他也非常赞赏我国古代的诗歌,特别推崇李白。

黑塞原是德国人,至四十六岁始加入瑞士国籍,因此,在这里选一些他成为瑞士人以前所作的诗。

肖　邦

1

再把你的摇篮之歌
无选择地向我洒下来,
那些苍白的大百合,
你的圆舞曲的红玫瑰。

还把你那在枯萎之时
散发清香的爱的气息
和你的骄傲——袅娜摇曳的
皱叶剪秋罗夹在里面。

2 华丽的圆舞曲

一间烛火通明的沙龙,
马刺的声响,绶带的金光。
我的血管里热血沸腾。
少女啊,把酒杯递给我!
跳舞吧! 华尔兹舞狂跳着;
被葡萄酒烧旺的我的激情
渴望一切还未尝过的快乐——

我的马在窗外嘶鸣。

在窗子外面夜色笼罩住
黑暗的原野。风把远方
大炮的轰隆之声送来。
再等一小时前去战斗!
——跳快点,恋人;韶光如驶,
灯芯草在风中摇来摇去,
明夜它就是我的卧床——

也许是我的灵床。——好哇,音乐!
我滚烫的眼睛焦渴地痛饮
年轻、美丽、鲜红的生命,
它的光使我永不会喝厌。
再跳一次舞! 多快! 烛光、
音响、乐趣消逝了;月光

凄然编着死亡与恐怖的花环。
——好哇,音乐!跳舞跳得屋子震动,
挂在柱上的我的剑兴奋得铿锵作响。——
我的马在窗外嘶鸣。

3 摇篮曲

给我唱你可爱的摇篮之歌!
在我的青春跟我告别之后,
我是如此爱听这种曲调。
来吧,动听的奇妙的歌声,
在整个今宵,只有你还能
迷住我的不安的心窍。

把你的素手放在我的头发上,
让我们在梦中见到故乡,
梦见消逝的幸福和荣华。
就像一颗独自移动的星斗,
你那明如火炬的童话之歌
该给我的忧伤之夜镶上光华。

把蔷薇花束放在我的枕旁!
它还在发出阵阵清香,
梦绕着故乡而郁郁不安。
我也是如此憔悴而凋零,
衰弱无力,患着怀乡病,

再也不能够重返家园。

梦

我老是做这同样的梦：
一棵栗树,满树花红,
一座开满夏花的园子,
园前孤零零一座老房子。

就傍着那宁静的花园,
我母亲摇过我的摇篮;
也许——时间隔得太久——
花园、房子和树已化为乌有。

也许已变成一片草地,
上面挥动着钉耙和锄犁,
而故乡、花园、树和房子,
只剩下我的梦中的影子。

他爱在黑暗中步行

他爱在黑暗中步行,黑黑的树林
聚在一起的阴影使他的梦冷静。

可是在他的胸中却藏着一种忧伤,
向往光明!向往光明!这热烈的愿望。

他不知道,在他的头上,碧空朗朗,
充满了纯洁的银白色的星光。

献给我的母亲

我有许多话要对你讲,
我在异乡待得太久长,
可是最了解我的是你,
不论是在什么时光。

在孩子般胆怯的手里,
如今,我捧着最初的献礼,
我早就想把它呈给你,
你却已经闭上了眼皮①。

可是,我读时,竟然感到
奇妙地忘掉我的痛苦,
因为,你那慈祥的存在,
用千丝万缕将我裹住。

---

① 诗人之母玛丽·贡德尔特·杜波阿于一九〇二年四月二十四日因肾脏病逝世于卡尔坞。当时诗人二十五岁。

信

晚风从西方吹来,
菩提树大声长叹,
月亮从树枝之间
向我的室内窥看。

我给我的心上人、
弃我而去的姑娘,
写好了一封长信,
月光照在信纸上。

看到静静的月光
在字里行间照耀,
心儿哭了,竟忘掉
睡眠、月亮和夜祷。

白　云

看啊,她们又在那
蓝色的天空里飘荡,
像被遗忘的妙歌、
那轻松的调子一样。

没有跋涉过长途；
懂得漂泊天涯者
所尝的甘苦的人，
就不会对她们了解。

我爱飘浮的白云，
我爱太阳、海和风，
她们是无家可归的
游子的姐妹和天神。

雾　中

在雾中散步真是奇妙！
一木一石都很孤独，
没一棵树看得到别的树，
棵棵都很孤独。

当我生活明朗之时，
在世间有很多友人；
如今，由于大雾弥漫，
再也看不到任何人。

确实，不认识黑暗的人，
绝不能称为明智之士；

难摆脱的黑暗悄悄地
把他跟一切人隔离。

在雾中散步真是奇妙!
人生就是孑然独处。
没一个人了解别人,
人人都很孤独。

赠一位中国的歌女

我们在傍晚坐船航行在静静的河上,
淡红色的槐树映射出灼灼的光华,
淡红色的云多辉煌。可是我不看这些,
我只看着你的头发上插戴的李花。

你露出笑容,坐在彩船的船头上面,
在你熟练的手里抱着一面琵琶,
你在歌唱一曲神圣的祖国之歌,
而从你的眼睛里射出青春的火花。

我默然站在桅杆之旁,但愿做这
炯炯的眼睛的奴隶,永远无止无休,
在幸福的痛苦里永远听你的歌声,
听你如花的素手进行悦人的弹奏。

命　运

我们在愤怒、无知之中
像孩子一样地分手,
我们都互相避不见面,
全出于愚蠢的害羞。

就在后悔和等待之中
不知度过了几多年。
如今再没有道路通向
我们的青春的花园。

贝 恩

(Gottfried Benn, 1886—1956)

戈特弗里德·贝恩于一八八六年五月二日生于曼斯菲尔德一个福音教会牧师的家庭。曾在奥得河畔的法兰克福上中学,后去马尔堡和柏林学习神学和语文学。一九〇五年以后,按照自己的愿望,去柏林军医学院学习医学。一九一二年获医学博士学位。他在毕业后曾当过军医,后在柏林开业当皮肤科泌尿科医生,一九一四年三月至六月曾在汉堡—纽约航班的船上当船医。他在柏林时,医务之暇,也从事文学创作,跟女诗人拉斯克·许勒和其他一些表现主义作家交游,参加过《行动》《潘神》《新激情》《暴风》《白叶》等刊物编辑工作。第一次世界大战期间,在布鲁塞尔当军医。一九一七年又在柏林行医。一九二八年为柏林笔会会员。一九三二年被选为普鲁士艺术科学院院士。一九三三年一月,希特勒当上总理,贝恩于四月二十四日发表无线电广播谈话,支持纳粹,憧憬新的国家,但随即认识到自己的错误,改变态度,以致受到纳粹的激烈攻击。一九三八年三月,被开除出作家协会,并被禁止写作。第二次世界大战以后,由于他过去曾采取的态度,受到反纳粹人士方面的攻击,骂他为机会主义者。但他在开业行医之外,仍不放弃创作活动,继续发表诗与散文,并曾在马尔堡演讲《论抒情诗的若干问题》,再一次轰动诗坛,受到年轻一代的狂热的赞美,对年轻一代诗人影响之大、之深,为里尔克以后的第一人。他被誉为现代德国诗坛的最高峰、欧洲的巨星。一九五一年获毕希纳文学奖,一九五三年获联邦共和国功勋奖,一九五四年曾被提名为诺贝尔文学奖的候选人。一九五五年患病,于次年六月被断定为脊椎癌。一九五六年七月七日逝世于柏林,终年七十岁。

贝恩是从表现主义起步的抒情诗人,他在诗创作和言语表现方面重视超越历史现实的自主性,也就是采取"艺术的绝对化"和"否定历史"的态度,他的这种思想,在他的自传体散文《二重生活》和《表现的世界》中有所阐述。

他的诗集有《停尸房及其他》(1912年)、《儿子们》(1913年)、《肉》(1917年)、《瓦砾》(1919年)、《分裂》(1925年)、《静力的诗集》(1948年)、《醉潮》(1949年)、《终曲》(1955年)等。

停 尸 房

1 小紫菀

一个溺死的啤酒搬运工被抬到解剖台上。
不知是谁,在他的齿缝里
插进一枝浓艳的紫菀。

当我拿一把长解剖刀
从他的胸部
皮肤下面切开、
把舌头和上腭切除时,
一定碰着了它,因为,它滑到
邻近部位的脑髓里去了。
在缝合时
我把它塞进腹腔、
塞进木棉中间。
在你的花瓶里喝个饱吧,
好好安息吧,
小小的紫菀!

2　美丽的青春

在芦中躺了很久的一个姑娘的嘴,
看上去咬得很紧。
打开胸腔时,食管满是洞眼。
最后,在横膈膜下的一处
看到小老鼠的窠。
小姐妹之中有一只倒毙了。
其余的靠吃肝和肾生活,
吸冰冷的血,在这里
度过美丽的青春。
可是,它们的好死也快临头了:
它们被一起丢进水里。

啊,听那些小嘴发出吱吱的叫声!

3 循 环

人不知,鬼不觉,死去的一个妓女,
她的一颗单独的臼齿
镶着金牙。
其余的像暗中商量好似的
全拔掉了。
殡葬工人把金牙齿拔出来
送进当铺,换钱去跳舞。
因为,他说,
只有尘土才要归于尘土①。

4 黑人新娘

接着,在黑紫色血迹淋漓的垫子上放着
一个白种女人的淡黄色脖颈。
阳光在她的头发里乱搔,
不断地舔她的光亮的大腿,
又在她那还没有由于罪恶和分娩
而变丑的、带褐色的乳房周围跪下。
一个黑奴倒在她旁边;眼睛和额头

---

① 《圣经·旧约·创世记》第三章第十九节:"因为你是从土而出的,你本是尘土,仍要归于尘土。"

都被马蹄踢坏了。他那
踉跄的左脚的两个脚趾
深深嵌进她的小小的白耳朵里面。
她却躺在那里睡去,像一个新娘:
在她初恋的幸福的边沿,
热血沸腾,仿佛处于好多次
要起程升天之前。
　　　　　　直到把刀子
切入她的白色的喉部、
把沾满死人血的红裙
罩在她的腰部周围。

5　安魂曲

每个台子上两个。男男女女
交叉纵横。挨近,裸露,可是并无苦痛。
脑壳打开。胸廓分开。那些子宫
现在进行最后一次分娩活动。

三个盆子全装满了:从脑子到睾丸。
这就是上帝的神殿,魔鬼的猪圈,
现在胸脯和胸脯在桶底挨在一起,
嘲笑各各他①和始祖的罪愆②。

---

① 各各他为耶路撒冷附近的小丘,意为髑髅地,耶稣被钉死的地方。
② 亚当和夏娃偷吃禁果,犯了原罪,被赶出伊甸园。

其余的都放进棺材。完全是新生：
男人的腿，女人的毛发，孩子的胸膛。
我观察曾经卖淫的两个女郎，
躺在那儿，像从一个娘胎里生出的一样。

男女走过癌病房

男的说：
这一排是溃烂的子宫，
这排是溃烂的胸膛。
病床一张张臭气难闻。护士每小时换班。

来，轻轻揭开这条被子。
瞧，这一堆脂肪和腐臭的脓液，
从前曾被某个男子视为至宝，
也曾被称为醉乡，称为安乐窝。

来，瞧这胸口上的疤。
你摸到这软结节的肋串珠吗？
放心摸摸吧。肉很软，不痛。

这个女病人出了三十个人的血。
任何人不会有这么多的血。
这个女病人，刚把她的
患癌的子宫切开，取出个婴儿。

医生让他们沉睡。不分昼夜。——新住院者
被告知:这里靠睡眠康复。——只有星期天
让他们稍许清醒,供亲友探望。

他们吃得很少。背上生起
褥疮。你瞧那些苍蝇。有时
护士给他们清洗。像洗板凳一样。

这儿每张病床四周已经隆起坟地。
肉瘪得像平地。余火熄灭了。
脓水正要滴下。大地在呼唤。

夜 咖 啡 馆

824:妇女的爱情和生活①。
"大提琴"急忙喝了一口。"长笛"
大打其嗝,达三拍子之久:晚餐真可口。
"大鼓"把侦探小说读完。

"绿牙齿、脓疱脸"
向一个"烂眼皮"使眼色。

---

① 《妇女的爱情和生活》原为沙米索的组诗题名,由舒曼谱成声乐套曲。

"油头发"
向"张口露乳蛾"
拼命大讲特讲其信、望、爱①。

年轻的"大脖子"看中"塌鼻子",
他做东,请她喝三杯啤酒。

"须疮"买来康乃馨,
要讨"双下巴"的欢心。

b 小调:奏鸣曲②第 35。
两只眼睛在怒吼:
不要把肖邦的血洒在大厅里
让流氓们在上面拖着脚步走来走去!
停止!嘿,急急!——

门唰地开了:一个女人。
蓬头狮子。迦南黑皮。
纯洁。坑坑洼洼。香气袭人。说不上香。
那只不过是一阵膨胀的香风
冲向我的脑子。

一个大块头跟在后面匆匆赶过来。

---

① 信、望、爱为基督教的三德。
② b 小调奏鸣曲为肖邦的作品。

特 快 列 车

白兰地般褐色。树叶般褐色。赤褐色。马来人黄色。
柏林—特雷勒堡①特快列车和波罗的海海水浴场。

裸体行走的肉体。
海水浴把嘴里都晒黑了。
成熟的麦穗低着头,梦想希腊的幸福。
憧憬着镰刀:夏天多么遥远!
已经是第九月的倒数第二天!

田里的残根和最后的扁桃在我们中间枯萎。
展开,血,疲劳,
格鲁吉亚近郊使我们混乱。

男子们的褐色扑到女士们的褐色上面:

一位女士是供一夜销魂的东西。
如果满意,再来一夜!
哦! 随后再陷入这种孤独之中!
这种沉默! 这种被驱逐感!

---

① 特雷勒堡是瑞典东南端港市,临波罗的海。

一位女士是有香味的东西。
难以言传！死吧！木犀草。
香味中有南方、牧人和海。
幸福倚靠在每个斜面上。

女士的淡褐色靠着男士的深褐色摇晃：

扶住我！你，我要跌倒了！
我的头颈是如此疲倦。
哦，从果园飘来的这种
又热又甜的最后的香味。

海 姆

(Georg Heym,1887—1912)

格奥尔格·海姆于一八八七年十月三十日生于西里西亚的希尔施贝尔格。父亲是检察官,屡次调任,因此他在幼少时期,也跟着辗转各地,曾在格尼孙(1894—1899)、波森(1899—1900)、柏林(1900年后)、诺伊鲁平(1905—1907)生活。一九〇七至一九一〇年在维尔茨堡、柏林、耶拿学习法律。一九一一年当候补推事,在柏林第二地方法院工作,不久离职,从事文学活动。一九一二年一月十六日在柏林西郊哈费尔河上滑冰,冰块破裂,为了营救他的朋友恩斯特·巴尔克(诗人)而一同溺死,年仅二十四岁。

他在中学时代就写诗。一九〇九年三月成为以霍迪斯和希勒为中心而结成的先锋派艺术家团体"新俱乐部"(后发展为"新激情卡巴莱")的活跃的成员。这个俱乐部每周一次租借咖啡馆举行卡巴莱(听音乐、跳舞)活动,海姆一面在那里朗诵他自己的诗作,一面跟当时的先锋派诗人进行讨论,由此迅速成长,成为表现主义的先驱者之一。特别是霍迪斯(《世界末日》诗的作者)对他起了很大的激励作用。他也被"世界末日"的意识所苦,"世界末日"成为他作品中的唯一不变的根本主题。另外,他也受到象征派诗人波德莱尔、兰波、维尔哈仑的影响。一九一一年出版的诗集《永恒的白天》和死后当年出版的诗集《浮生的阴影》的主题多为城市、战争、死亡、生存的无意义等等。他把战争、疾病、孤独的死亡、腐朽、没落等等的恐怖和战栗用独特的形式表现出来,强烈地打动读者的心。但他并不仅仅是描写恐怖的诗人,他对事物的观察很深刻,想象力很丰富,驾驭语言的能力也很圆熟,而且也不乏幽默感。除了诗歌以外,他也写过小说和戏剧。

战　争

他已经睡了很久,现在站起来了,
从深深的地下室下面站起来了。
他站在暮色之中,巨大而认不出来,
他要用他的黑手把月亮捏得粉碎。

严寒以及一种异样的黑暗之阴影,
在各个城市的夜嚣声中广泛降临,
各个市场的圆形旋涡凝结成冰块。
一片沉寂。人们环顾。无人明白。

在街上像有什么抓住人们的肩膀。
一个问题。没有答案。苍白的面庞。
远处听到微弱的钟声,似在悲恸,
人人的胡子在他们尖下巴周围抖动。

这时,他已在山上开始跳跳蹦蹦,
大叫道:你们全体战士,起来行动。
他戴着一条项链,用无数骷髅穿成,
他一摇晃黑色的头,就发出响声。

他像高塔般耸立,踩灭最后的余火,
那儿白昼已消逝,鲜血已染红江河。
在芦苇丛中已经躺着无数的尸骸,
飞来死神的猛禽,遮盖得一片雪白。

他站在蓝色火海的圆形城墙上面,
站在武器铿锵的黑黑的街巷上面。
站在横陈着卫兵尸体的城门之上,
站在遗骸堆积如山的沉重的桥上。

他向黑夜中扇起漫山遍野的火焰,
嗾使着张开大口狂吠的红色猛犬。
黑夜的冥冥世界跳出黑暗之中,
它的边缘恐怖地被火山照得通红。

无其数的红色尖顶帽子撒满了
黑沉沉的原野,火光闪闪照耀,
在下面街道之上挤来挤去的群众,
都被他扫进火窟,火势越烧越猛。

火焰熊熊地舐着一座一座的森林,

黄色的蝙蝠抓住树叶,凶猛无情。
他像一个烧炭工人挥舞着铁棒、
敲击树木,直敲得火焰咝咝发响。

一座大城市化为一片黄色的浓烟,
无声无息地没入恐怖的深渊里面。
而站在灼热的废墟上空的巨人的他,
却向茫茫的苍天把火炬晃了三下,

在被暴风扯碎的云团反照上面,
在罩着黑暗死气的寒冷的荒野里面,
他要放火把黑夜烧得一片枯焦,
向下界的蛾摩拉①滴下沥青和火苗。

城 市 之 神

他叉腿坐在一处住宅群上面,
额头四周驻扎着一阵阵黑风。
他怒目眺望:在那荒僻的远处,
最后的房屋消隐于田野之中。

---

① 蛾摩拉为罪恶的城市,传说在死海北部平原上,耶和华降下硫磺与火将它毁灭。参看《圣经·旧约·创世记》第十九章。

巴力①的肚皮被夕阳照得通红，
各个大城市全都围着他朝拜。
从一片黑黑的钟楼海洋之中，
无数晚钟的涛声向着他涌来。

街道上响遍万民的音乐之声，
仿佛科律班忒斯②在载歌载舞。
烟囱的浓烟，就像蓝蓝的香烟，
向他升起一阵阵工厂的尘雾。

暴风雨郁积在他的眉毛之间。
黑暗的黄昏迷糊糊进入黑夜。
阵阵狂风在飘动，仿佛兀鹰
愤怒地竖起头毛，睁眼凝视。

他向黑暗中伸出屠夫的拳头。
他摇摇拳头。在一条大街之上
卷过火海。烈火的浓烟咝咝响，
吞噬着街道，一直烧到天大亮。

---

① 巴力为古代腓尼基人、迦南人的神，被尊奉为太阳神、暴风雨和繁殖之神，亦译巴耳。《圣经·旧约》中也提到他。
② 大神母库柏勒的祭司，他们在举行祭神仪式时狂歌狂舞。

城市的群魔

他们在各个城市的夜色中游荡,
城市黑黑地蜷缩在他们的脚下。
被烟和煤炱熏得发黑的云,
像水手们的胡须缠绕着下巴。

他们的长影在房屋海洋中摇晃,
熄灭掉街道上的一排排路灯。
影子在路上沉重地爬着,像浓雾,
沿门挨户摸索着缓缓前进。

一只脚踩在一座广场上面,
另一只脚在一座钟塔上搁起,
他们耸立在滂沱的黑雨之中,
向雨云里面吹奏牧神的笛子。

城市海洋的重复间奏曲,奏出
凄凉的音乐,绕在他们的脚边,
像一曲大挽歌。声音时而低沉,
时而尖锐,升到黑暗里面。

他们沿着河岸走,河又黑又宽,
像爬虫,背上被那些黄色路灯

映照得斑斑点点,向遮黑天空的
黑暗之中凄凉地滚滚奔腾。

他们沉重地靠在桥栏上面,
把他们的手插进人群之中,
就像那些农牧神,在沼地边上
把他们的手臂插进污泥之中。

一个魔神站起来了。他给那
白色的月亮戴上黑面具。黑夜,
像铅一样垂降自阴暗的天空,
把千家万户压进黑暗之坑底。

城市的肩膀轧轧响。一座屋顶
爆裂了,红色的火从里面直冒。
他们叉开双腿骑在屋脊上,
像猫儿一样对着天空大叫。

在一间非常昏暗的房间里面,
一个产妇发出阵痛的叫喊。
她从被窝里露出结实的身体,
巨大的恶魔们围立在她的身边。

她紧紧抓住产床,浑身发抖。
叫得房里的空气摇摇晃荡。
胎儿出来了。她的子宫裂开

又红又长的口子,鲜血直淌。

恶魔们的头颈伸得像长颈鹿。
孩子没有头。母亲把她的童婴
高举在面前。她向后倒了下去,
背上裂开一条条恐怖的蛙爪印。

而那些魔神一下子长得像巨人。
头上的角把天空戳得红通通。
在他们马蹄四周,火势熊熊,
地震的声响传遍城市的腹中。

德国民歌

德国民歌有悠久的历史，早在古日耳曼人时代，就有战歌、祭神歌、英雄歌。随着基督教的传入，这些民歌被当作异教之歌而受到排斥。由天主教会派到日耳曼人居住地从事传教而被称为"德国的使徒"的波尼法修（672—754）曾加以禁止，以后历代皇帝也禁止流传。当然，民歌是人民所喜爱的，它的生命也是扼杀不了的。从中世纪的《林堡编年史》(*Limburger Chronik*, 1336—1398) 和《洛赫海姆歌集》(*Lochheimer Liederbuch*, 1450, 纽伦堡) 等贫乏的资料中，我们还是可以看到当时民歌的情况。到了狂飙突进运动时期，赫尔德把德国民歌从长期冬眠的状态中唤醒，他收集、翻译各国民歌，于一七七八年出版了《民歌集》(*Volkslieder nebst untermischten Stücken*)，后于一八〇七年再版时，由约翰尼斯·封·缪勒改名为《诗歌中各族人民的声音》。这部民歌集，在德国文学史上具有重要意义，特别是对歌德的诗歌创作，影响很大。以后阿尔尼姆和布伦坦诺编辑出版了民歌集《男孩的神奇号角》(1806—1808) 三大卷，不仅对后期浪漫派诗人以及后世起了很大的作用，而且推动了民歌的收集、采谱和研究。从十九世纪以后，出了很多德国民歌的集子,规模最大的乃是埃克(Ludwig Erk)和伯梅(Franz Böhme)合编的《德国诗歌宝库》(*Deutscher Liederhort*, 1893)。到了二十世纪,约翰·迈埃尔(John Meier)于一九一四年在弗赖堡创立德国民歌档案馆,收藏从古代至现代的德国民歌、军歌等达二十万之多,参考文献丰富,成为唯一的科学研究机构。德意志民主共和国跟该机构合作,也于一九五二年在柏林创立中央民歌档案馆,特别对工农兵的民歌遗产进行收集和研究。这部《德国诗选》限于篇幅,只能以诗人的诗作为本位,不能容纳更多的民歌,现在仅译录几首最著名的民歌和德国解放战争时期的两首民歌和三首革命民歌,聊备一格而已。

贫穷的康拉德[*]

——一五二五年农民之歌

我是贫穷的康拉德,
来自远远近近的地方,
来自劳苦地和饥饿林,

---

[*] 贫穷的康拉德(Armer Konrad)为德国一农民秘密会社的名称,德国伟大农民战争的先驱。一五一四年,由于乌尔里希公爵的管理混乱,农民受压迫的境遇越来越惨,终于在符腾堡(雷姆斯塔尔)爆发起义,但不幸遭到血腥的镇压。德国剧作家弗·沃尔夫曾以农民战争为题材创作了历史剧《贫穷的康拉德》(1923)。

拿着流星棍①和长枪。
我再不愿做他人的奴隶,
当牛马,做苦工,没有权利,
我要有一种法律,大家平等,
不分什么王公和农人。
我是贫穷的康拉德。
举起长枪,
勇敢前进!

我是贫穷的康拉德,
权利被剥夺得精光,
我把皮靴挂在枪柄上②,
戴起头盔,穿上戎装。
教皇和皇帝死人不管,
我现在要自己进行审判,
冲向官邸、修道院和教会,
除了《圣经》,打他个落花流水。
我是贫穷的康拉德。
举起长枪,
勇敢前进!

我是贫穷的康拉德,

---

① 流星棍(Morgenstern),中古时代的一种武器。在棍端装铁链,并系着一个星形的铁球。
② 中世纪农民革命组织"鞋会"(Bundschrh)的标志。

一生倒尽了穷霉。
嗨哟！现在拿起镰刀和斧头，
要和神父和贵族作对。
他们用棍棒苦苦地打我，
他们使我受够了饥饿，
他们剥去我身上的皮，
他们污辱我的女人和孩子①。
我是贫穷的康拉德。
举起长枪，
勇敢前进！

汤 豪 泽*

现在我可要开始歌唱
有关汤豪泽的故事，
歌唱他跟维纳斯夫人
作出过什么奇迹。

---

① 恩格斯在《德国农民战争》一书中曾提到十六世纪德国农民的惨况，他们自己甚至妻子儿女的生命都操在领主手里。领主可任意处置惩罚他的农奴及其家属，可以动用种种酷刑，如吊打、割手足舌头，甚至处死，四马分尸、初夜权等。

* 这首民间叙事歌最古老的印刷本于一五一五年印于纽伦堡，以后在一五二○年又在莱比锡等地印刷。汤豪泽(约 1205—1270)是中世纪的骑士诗人。德国浪漫派诗人海涅和蒂克均有取材于这个传说的诗作。瓦格纳的同名歌剧(1845 年在德累斯顿初次上演)则把汤豪泽的故事跟瓦特堡的歌唱竞赛(1203)结合在一起。

汤豪泽是个堂堂的骑士，
只是，他想看奇迹，
他在维纳斯夫人的山中，
想找寻另外的佳丽。

"汤豪泽骑士，我很爱你，
这一点你不要忘记，
你曾经对我立过誓言，
说不会将我抛弃。"

"维纳斯夫人，我没变心，
我要反驳这句话，
除了你，有谁这样说过，
愿天主帮我报复他。"

"汤豪泽骑士，你有何话说？
你应该留在我这里，
我要介绍个我的女友
做你忠实的妻子"！

"如果我有这样的想法，
要另娶其他女人，
我定会落进地狱的火中，
遭受永远的火刑！"

"你多次谈到地狱之火，

却从来没有身受,
请想想我鲜红的嘴唇,
总对你张开笑口!"

"鲜红的嘴唇有什么用?
它使我很不愉快,
凭着妇女的荣誉,夫人,
允许我请假离开。"

"汤豪泽骑士,你要请假,
我不会给你批准,
高贵的汤豪泽,你留下吧,
还是在这里混混!"

"我已混得非常难过,
我不愿再留在这里,
温柔的夫人,让我离开
你的高贵的肉体。"

"汤豪泽骑士,别这样说,
你有点神志不清,
还是让我们走进闺房,
玩玩高贵的爱情。"

"你的爱情已使我厌烦,
我的心里总认为:

维纳斯夫人,高贵的夫人,
你是一个女魔鬼!"

"汤豪泽骑士,干吗这样说,
你竟敢来辱骂我?
你如在这里再待下去,
一定会自食其果。"

"维纳斯夫人,我不愿意,
我不愿意再留下!
圣母玛利亚,童贞圣女,
请你帮我摆脱她!"

"汤豪泽骑士,你可以离开,
随你去海角天涯,
你应当为我大唱赞歌;
你去向老头子①请假!"

于是他又离开了山中,
充满悔恨和忧伤:
"我要前去罗马城市里,
把一切告诉教皇。

---

① 老头子指忠实的艾卡特(der getreue Eckart),民间传说中说他坐在维纳斯山前,劝阻世人入内。

411

现在我就欣然出发,
天主会给我安排!
我要去见乌尔班①教皇,
看能否将我留下来。

啊,教皇,我的慈爱的父亲,
我一生所犯的罪行,
现在我要来哀告,
我要把一切说清。

我整整一年在一位妇女
维纳斯那里居住,
现在我要来忏悔认罪,
看能否面对天主。"

教皇手持一根拐杖,
已经是如此枯干:
"只要手杖能长出绿叶,
你就能得到赦免。"

"哪怕我只能再活一年,
在世间活上一载,
我也要来忏悔和认罪,
争取天主的宠爱!"

① 罗马教皇乌尔班四世,一二六一至一二六四年在位。

于是他又离开那城市,
充满痛苦和愁思:
"圣母玛利亚,童贞圣女,
我必须离开你?"

于是他又回到了山中,
永远地待在那边:
"我要回到维纳斯身旁,
这是天主所派遣。"

"天主欢迎你,我的汤豪泽,
你出门已经很久,
欢迎欢迎,亲爱的夫君,
又来找你的佳偶。"

这样刚刚到了第三天,
手杖已开始暴青,
教皇派人去各处地方
打听汤豪泽音讯。

可是他却又回到山中,
回到旧情人身旁,
那位教皇乌尔班四世
永远也无法寻访。

两个王家的孩子[*]

有两个王家的孩子,
他们俩互相钟情,
他们不能够相会,
隔开的海水很深。

"心上人,你可会游泳,
心上人,就游到我身旁,
我给你点三支蜡烛,
会给你把路途照亮!"

奸诈的修女正好在
卧房里听到,真糟糕!
她把烛火都吹灭,
心上人淹死在海里了。

那是个星期天早晨,
人人全都很开心;
公主却闷闷不乐:

---

[*] 这首著名的民歌最早的文本始于一五六三年。内容可以追溯到古希腊神话赫洛和勒安德洛斯的故事(参看席勒的叙事歌)。译诗依据的原文是女诗人德罗斯特·许尔斯霍夫用威斯特法伦方言写下的记录稿(1844)。其他异本较多。

她紧紧闭着眼睛。

"啊,妈妈,"她说道,"妈妈,
我的眼睛痛得很,
我能否去散步一下,
前往喧腾的海滨?"

"哦,女儿,"妈说道,"女儿,
你不能一个人前去,
把你的小妹妹唤醒,
让她跟你一同去!"

"我的最小的妹妹,
还是个天真的女孩,
她只会前往海滨
把一切花儿采来。"

"哪怕她只采些野花,
把好花全留在那里,
人人也都会这样说:
是公主所干的好事!"

"哦,妈妈,"她说道,"妈妈,
我的眼睛痛得很,
我能否去散步一下,
前往喧腾的海滨?"

"哦,女儿,"她说道,"女儿,
你不能一个人前去,
把你的小弟弟唤醒,
让他跟你一同去。"

"我的最小的弟弟,
还是个天真的孩子,
他只会前往海滨
把一切鸟儿射死。"

"哪怕他只打死野鸟,
把好鸟全留在那里,
人人也都会这样说:
是公主所干的好事。"

"哦,妈妈,"她说道,"妈妈,
我的心儿痛得很,
让别人前去教堂,
我要去喧腾的海滨!"

她把黄金的冠冕
戴到了她的头上,
又把钻石的戒指
套在她的手指上。

母亲前去教堂里,
女儿却往海滨去,
她走了很久很久,
才遇到一个渔夫。

"哦,渔夫,亲爱的渔夫,
你把网撒进水里,
把王子打捞上来,
我就会重重地赏你!"

他把网撒进了水里,
铅锤沉到了水底,
他打捞了很多时,
终于找到了王子。

公主取下了金冠,
不愿再戴在头上:
"瞧啊,高尚的渔夫,
这是给你的酬赏。"

她又脱下了戒指,
不愿再戴在手上:
"瞧啊,高尚的渔夫,
这是给你的酬赏。"

她用光光的手臂

抱住了王子,哦,可悲!
一起跳进了水中,
"哦,我的爹娘啊,再会!"

如果我是一只小鸟*

如果我是一只小鸟,
也有两只翅膀,
我就飞到你那里,
可是因为不可能,
我只得留在这里。

我虽然离开你很远,
在梦中却在你身边,
跟你闲谈;
等到我一觉醒来,
我好孤单。

在夜间,我的这颗心
没有一刻不清醒,
总是想到你,

---

* 这首著名的民歌于一七七八年由赫尔德收入《诗歌中各族人民的声音》,于一八〇六年由阿尔尼姆收入《男孩的神奇号角》。曾被谱成五十首以上的歌曲,贝多芬也曾为这首歌作曲。

你已经把你的心
献给我几千次。

啊,斯特拉斯堡[*]

啊,斯特拉斯堡,啊,斯特拉斯堡,
你这极美的城市,
在你那里埋葬了
许多许多的兵士。

许多许多、俊俏的
而且勇敢的兵士,
他们把亲爱的父母
狠心地抛在家里。

抛弃了,抛弃了,
这也是没有法子……
斯特拉斯堡,斯特拉斯堡,
当兵的都得去那里。

他母亲,他母亲,

---

[*] 这首民歌最古的文本于一七七一年由歌德收入《塞森海姆歌集》,以后,于一八〇八年又由阿尔尼姆收入《男孩的神奇号角》补遗。马克思流亡在英国时,常爱在散步中跟他的家人们唱这首歌。参看李卜克内西《回忆马克思》。

前去长官办公室：
啊,长官,亲爱的长官,
请交出我的儿子!

"哪怕你现在送给我
许多许多的钱财,
你儿子也得去死在
遥远的广大的世界。

在广大的遥远地方,
向敌人阵地前进,
哪怕褐发的姑娘
为他哭得好伤心。"

她号哭,她悲啼,
她苦苦唉声叹气。
晚安,我宝贝儿子,
我永远见不到你!

在斯特拉斯堡堡垒上[*]

在斯特拉斯堡堡垒上,
不由使我伤心;
我听到那边山民牧笛在吹响,
我定要游过河去回我的家乡,
这可不行!

夜间一小时内,
他们把我抓回;
立即把我带到长官办公室里……
天哪!他们把我从河里捞起;
我性命休矣!

早晨十点钟
他们把我送到团部;
要我在那里求饶,
可是,我肯定会得到果报;
我已经知道。

---

[*] 这首民歌的最古印刷本始于一七八六年,后收入《男孩的神奇号角》(1806)。内容叙述一个瑞士佣兵在异国听到故国的牧笛声,引起思乡之情,泅水开小差,终被抓回。海涅在《论浪漫派》中称这首歌是一首非常优美的诗歌,具有一种奇异的魅力,职业诗人要想仿制这种天籁,就像人工配制矿泉水一样。

你们诸位兄弟,
今天见面是最后一次;
只怪那牧童害得我好苦,
是牧笛使我走上这条路,
我要控诉。

你们三位弟兄,
立即枪毙我,我请求你们;
别怜惜我的年轻的生命,
开枪吧,让我的鲜血飞迸,
我请求你们。

哦,天国之王,我主!
请把我可怜的灵魂带去,
带进天国,带到你的身旁,
让他永远在你身旁,
别将我遗忘!

等着吧,波拿巴!*

等着吧,
波拿巴!
等一等,等着,拿破仑!

---

* 以下两首为德国解放战争时期(1813—1815)的民歌。

等着,等着,我们不会让你脱身。

是的,俄国人
已经教了我们,该怎样斗争:
在整个克里姆林,
一片面包也不剩,
饥饿和哥萨克兵
总是追着你们的脚跟。

是的,俄国人
已经教了我们,该怎样斗争。
奥斯特里茨的光辉①
已经一去不回。
所有你的军队,
都在雪地里崩溃。

等着吧,
波拿巴!
等一等,等着,拿破仑!
等着,等着,我们不会让你脱身。

---

① 一八〇五年十二月二十六日拿破仑一世在奥斯特里茨打败奥军和俄军。

全国的召唤

上战场,上战场参加解放战争,
和法兰西人作战,
用全部力量抵抗敌人,
我们现在要打破锁链!

风暴吹过了全世界,
一切都兜底翻身,
连坟墓里的死人,
也被唤起来参加复仇的战争。

来,不分大小,来,不分老少,
在突进中挺起你们的胸膛!
拿出力量冲锋向前,
跟可恶的毒龙大战一场!

滚吧,忍耐,滚开,滚开,
我们要赶掉这个恶魔;
我们的心为了报仇雪恨,
正燃烧着光明的怒火!

高贵的宣誓已经完毕:
我们要收回自由;

我们要在黑夜和死亡中开路,
直到我们把坏蛋赶走!

血腥的法庭*

——彼得斯瓦尔道和朗根比劳的纺织工人之歌

我们这儿是一个法庭,
比中古秘密法庭还糟,
这儿用不着进行宣判,
就会很快把人命送掉。

这儿的人长期受虐待,
这儿是拷问的大刑庭,
处处都听到唉声叹气,
证明我们是多么不幸。

茨万齐格老板们是刽子手,
他们的家仆全是帮凶,
他们趾高气昂地欺人,

---

* 这一首西里西亚纺织工人的战歌是德国工人运动史上最重要的文学资料。马克思在《评普鲁士人的普鲁士国王和社会改革》一文中称本歌为"一个勇敢的战斗的呼声……无产阶级在这支歌中一下子就毫不含糊地、尖锐地、直截了当地、威风凛凛地厉声宣布:它反对私有制社会"(《马克思恩格斯全集》中文版第一卷 483 页)。威廉·沃尔夫称本歌为"贫苦受难者的《马赛进行曲》"。豪普特曼在戏剧《织工们》第二幕中也曾引用本歌的前几节。

一丝一毫也不肯通融。

这些流氓,魔鬼的子孙!
你们这些凶狠的恶棍!
你们把穷人的财产耗光,
你们总要受到报应。

你们是一切困苦的根源,
你们在这儿欺压穷人,
就连一片薄薄的干面包,
也不让他们吃得安心。

不管什么时候,你们
只要有最好的肉到嘴,
哪管穷人们啃马铃薯,
哪会想到我们在受罪!

如果有个贫穷的织工,
拿货品交给你们查看,
哪怕只有一点点小毛病,
你们也要恶意刁难。

他的收入已少得可怜,
你们还要加以克扣,
你们讽刺他叫他出去,
在背后还要骂个不休。

恳请也不行,哀求也不行,
不管他们怎样伤悲:
"你们不满意,可以滚蛋,
让你们尝尝挨饿的滋味。"

现在请想想这种困苦,
这些穷人们的不幸;
家中一片面包也没有,
这不是非常值得怜悯?

怜悯?哈!你们这些野兽,
哪懂得这种高贵的感情!
要剥掉我们的衣裳和皮,
我们早知道你们的用心。

啊!瞧你们的金银财产,
总有一天要消耗精光,
像晒在太阳下的奶油,
到了那时,看你们怎样!

总有一天,过了这时代,
过完这种舒服的日子;
你们要去永恒的世界,
把所作所为报告上帝。

可是,哈! 他们不信上帝,
也不信什么天堂和地狱,
宗教只是他们的笑料,
只是统治穷人的工具。

不论何时,你们总要
想法压低我们的工资,
别的流氓们也在准备
按照你们的先例行事。

这次轮到赫尔曼老板,
穷凶极恶,毫无限制,
他也减低我们的工资,
真可以说是恬不知耻。

还有霍夫利希特弟兄,
我对他们有什么好谈?
他们也任意为所欲为,
只顾增加自己的财产。

如果谁有这种胆量,
敢对你们吐露真情,
就会送掉他的性命,
那时会把他送上法庭。

绰号长脚的康洛特老板,

他对此事也不甘人后,
每个人都清楚地知道,
他不愿多发工资给人。

若是把货物掷给你们,
只求得到低廉的代价,
你们打打你们的算盘,
还要将穷人剥削一下。

当然也有人能够了解
我们穷人们的苦痛,
在他们的胸房里面
也有同情的心跳动,

可是他们为时势所逼,
也只得走那一条老路,
不得不想着别人的先例
而压低工人们的待遇。

告诉你们,谁见过此事,
在二十年前谁曾见过
骄傲万分的工厂老板
坐着豪华的车子驶过?

在任何时候,有谁见过
他们造起富丽的公馆?

装着高大豪华的门窗,
看上去显得如此美观?

在一个工厂老板家里,
谁曾见过有家庭教师,
还有阔气的仆从、保姆,
连车夫也都穿上号衣?

捷希之歌*

谁也没这样大的胆量,
像捷希市长那样,
因为他差一点就要打伤
我们尊贵的王后和国王。
他差一点把国母打死,
打穿她的御袍的衬里。

在七点半还没到的时辰,
没有人想到会有不测发生,
一个穿着灰色大衣的男人,
走进宫廷的大门。
他就是捷希,高贵的叛贼,

---

* 一八四四年七月二十六日斯托尔科市市长捷希行刺普鲁士王弗里德里希·威廉四世未成,被处死刑。恩格斯在《暴力在历史中的作用》一书中曾提到这首民歌,说它是十六世纪以来两首最好的政治民歌之一。

弑君的凶手,那位刺客。

啊,他这一个坏东西,
他的心中没有上帝,
他的脸上有些麻子,
其他也看不出什么恶意。
弗里德里希·威廉走出宫廷,
他好像还没有完全睡醒。

捷希拔出了一支手枪,
枪弹飞擦过国王的耳旁。
可是国王的一个警卫
抓住了他大胆的手臂,
他们把这个莽汉
立即鞭打得十分凄惨。

国王的四周站满警卫,
他一眼看见了他,
突然显得非常胆大:
"请大家站好在广场上,
因为国民们要来探望。"

他于是转过身去说道:
"国民们,我没有受伤。"
他身体很好,又壮又肥,
大家叫道:"国王万岁!"

可是邓克①往哪里去了?

要是邓克没有远离,
他定会侦悉有人要行刺。
要是他当时留在柏林,
现在就读不到这首诗。
可是,大家请静听,
从这首歌里接受教训:

从没有一个人这样倒霉,
像捷希市长那样,
他在距离两步远的地方,
却没有能打中肥胖的国王。

① 柏林警察局局长。

"外国文学名著丛书"书目

第 一 辑

书 名	作 者	译 者
伊索寓言	〔古希腊〕伊索	周作人
源氏物语	〔日〕紫式部	丰子恺
堂吉诃德	〔西班牙〕塞万提斯	杨 绛
泰戈尔诗选	〔印度〕泰戈尔	冰 心 石 真
坎特伯雷故事	〔英〕杰弗雷·乔叟	方 重
失乐园	〔英〕约翰·弥尔顿	朱维之
格列佛游记	〔英〕斯威夫特	张 健
傲慢与偏见	〔英〕简·奥斯丁	王科一
雪莱抒情诗选	〔英〕雪莱	查良铮
瓦尔登湖	〔美〕亨利·戴维·梭罗	徐 迟
欧·亨利短篇小说选	〔美〕欧·亨利	王永年
特利斯当与伊瑟	〔法〕贝迪耶	罗新璋
巨人传	〔法〕拉伯雷	鲍文蔚
忏悔录	〔法〕卢梭	范希衡 等
欧也妮·葛朗台 高老头	〔法〕巴尔扎克	傅 雷
雨果诗选	〔法〕雨果	程曾厚
巴黎圣母院	〔法〕雨果	陈敬容
包法利夫人	〔法〕福楼拜	李健吾
叶甫盖尼·奥涅金	〔俄〕普希金	智 量
死魂灵	〔俄〕果戈理	满 涛 许庆道

书　名	作　者	译　者
当代英雄	〔俄〕莱蒙托夫	草　婴
猎人笔记	〔俄〕屠格涅夫	丰子恺
白痴	〔俄〕陀思妥耶夫斯基	南　江
列夫·托尔斯泰中短篇小说选	〔俄〕列夫·托尔斯泰	草　婴
怎么办？	〔俄〕车尔尼雪夫斯基	蒋　路
高尔基短篇小说选	〔苏联〕高尔基	巴　金等
浮士德	〔德〕歌德	绿　原
易卜生戏剧四种	〔挪〕易卜生	潘家洵
鲵鱼之乱	〔捷〕卡·恰佩克	贝　京
金人	〔匈〕约卡伊·莫尔	柯　青

第 二 辑

荷马史诗·伊利亚特	〔古希腊〕荷马	罗念生　王焕生
荷马史诗·奥德赛	〔古希腊〕荷马	王焕生
十日谈	〔意大利〕薄伽丘	王永年
莎士比亚悲剧五种	〔英〕威廉·莎士比亚	朱生豪
多情客游记	〔英〕劳伦斯·斯特恩	石永礼
唐璜	〔英〕拜伦	查良铮
大卫·科波菲尔	〔英〕查尔斯·狄更斯	庄绎传
简·爱	〔英〕夏洛蒂·勃朗特	吴钧燮
呼啸山庄	〔英〕爱米丽·勃朗特	张　玲　张　扬
德伯家的苔丝	〔英〕托马斯·哈代	张谷若
海浪　达洛维太太	〔英〕弗吉尼亚·吴尔夫	吴钧燮　谷启楠
哈克贝利·费恩历险记	〔美〕马克·吐温	张友松
一位女士的画像	〔美〕亨利·詹姆斯	项星耀
喧哗与骚动	〔美〕威廉·福克纳	李文俊
永别了武器	〔美〕欧内斯特·海明威	于晓红

2

书　名	作　者	译　者
波斯人信札	〔法〕孟德斯鸠	罗大冈
伏尔泰小说选	〔法〕伏尔泰	傅　雷
红与黑	〔法〕司汤达	张冠尧
幻灭	〔法〕巴尔扎克	傅　雷
莫泊桑中短篇小说选	〔法〕莫泊桑	张英伦
文字生涯	〔法〕让-保尔·萨特	沈志明
局外人　鼠疫	〔法〕加缪	徐和瑾
契诃夫小说选	〔俄〕契诃夫	汝　龙
布宁中短篇小说选	〔俄〕布宁	陈　馥
一个人的遭遇	〔苏联〕肖洛霍夫	草　婴
少年维特的烦恼	〔德〕歌德	杨武能
德国，一个冬天的童话	〔德〕海涅	冯　至
绿衣亨利	〔瑞士〕戈特弗里德·凯勒	田德望
斯特林堡小说戏剧选	〔瑞典〕斯特林堡	李之义
城堡	〔奥地利〕卡夫卡	高年生

第　三　辑

埃斯库罗斯悲剧二种	〔古希腊〕埃斯库罗斯	罗念生
索福克勒斯悲剧二种	〔古希腊〕索福克勒斯	罗念生
欧里庇得斯悲剧二种	〔古希腊〕欧里庇得斯	罗念生
神曲	〔意大利〕但丁	田德望
西班牙流浪汉小说选	〔西班牙〕克维多　等	杨绛　等
阿拉伯古代诗选	〔阿拉伯〕乌姆鲁勒·盖斯　等	仲跻昆
列王纪选	〔波斯〕菲尔多西	张鸿年
蕾莉与马杰农	〔波斯〕内扎米	卢　永
莎士比亚喜剧五种	〔英〕威廉·莎士比亚	方　平
鲁滨孙飘流记	〔英〕笛福	徐霞村

3

书 名	作 者	译 者
彭斯诗选	〔英〕彭斯	王佐良
艾凡赫	〔英〕沃尔特·司各特	项星耀
名利场	〔英〕萨克雷	杨 必
人性的枷锁	〔英〕威廉·萨默塞特·毛姆	叶 尊
儿子与情人	〔英〕D.H.劳伦斯	陈良廷 刘文澜
杰克·伦敦小说选	〔美〕杰克·伦敦	万 紫 等
了不起的盖茨比	〔美〕菲茨杰拉德	姚乃强
木工小史	〔法〕乔治·桑	齐 香
恶之花 巴黎的忧郁	〔法〕波德莱尔	钱春绮
萌芽	〔法〕左拉	黎 柯
前夜 父与子	〔俄〕屠格涅夫	丽 尼 巴 金
卡拉马佐夫兄弟	〔俄〕陀思妥耶夫斯基	耿济之
安娜·卡列宁娜	〔俄〕列夫·托尔斯泰	周 扬 谢素台
茨维塔耶娃诗选	〔俄〕茨维塔耶娃	刘文飞
德国诗选	〔德〕歌德 等	钱春绮
安徒生童话选	〔丹麦〕安徒生	叶君健
外祖母	〔捷〕鲍·聂姆佐娃	吴 琦
好兵帅克历险记	〔捷〕雅·哈谢克	星 灿
我是猫	〔日〕夏目漱石	阎小妹
罗生门	〔日〕芥川龙之介	文洁若

第 四 辑

一千零一夜		纳 训
培根随笔集	〔英〕培根	曹明伦
拜伦诗选	〔英〕拜伦	查良铮
黑暗的心 吉姆爷	〔英〕约瑟夫·康拉德	黄雨石 熊 蕾
福尔赛世家	〔英〕高尔斯华绥	周煦良

书　名	作　者	译　者
月亮与六便士	〔英〕威廉·萨默塞特·毛姆	谷启楠
萧伯纳戏剧三种	〔爱尔兰〕萧伯纳	潘家洵 等
红字　七个尖角顶的宅第	〔美〕纳撒尼尔·霍桑	胡允桓
汤姆叔叔的小屋	〔美〕斯陀夫人	王家湘
白鲸	〔美〕赫尔曼·梅尔维尔	成　时
马克·吐温中短篇小说选	〔美〕马克·吐温	叶冬心
老人与海	〔美〕欧内斯特·海明威	陈良廷 等
愤怒的葡萄	〔美〕斯坦贝克	胡仲持
蒙田随笔集	〔法〕蒙田	梁宗岱　黄建华
悲惨世界	〔法〕雨果	李　丹　方　于
九三年	〔法〕雨果	郑永慧
梅里美中短篇小说选	〔法〕梅里美	张冠尧
情感教育	〔法〕福楼拜	王文融
茶花女	〔法〕小仲马	王振孙
都德小说选	〔法〕都德	刘　方　陆秉慧
一生	〔法〕莫泊桑	盛澄华
普希金诗选	〔俄〕普希金	高　莽 等
莱蒙托夫诗选	〔俄〕莱蒙托夫	余　振　顾蕴璞
罗亭　贵族之家	〔俄〕屠格涅夫	陆　蠡　丽　尼
日瓦戈医生	〔苏联〕帕斯捷尔纳克	张秉衡
大师和玛格丽特	〔苏联〕布尔加科夫	钱　诚
茨威格中短篇小说选	〔奥地利〕斯·茨威格	张玉书 等
玩偶	〔波兰〕普鲁斯	张振辉
万叶集精选	〔日〕大伴家持	钱稻孙
人间失格	〔日〕太宰治	魏大海

第 五 辑

书 名	作 者	译 者
泪与笑　先知	〔黎巴嫩〕纪伯伦	冰　心　等
华兹华斯 柯尔律治 诗选	〔英〕华兹华斯　柯尔律治	杨德豫
济慈诗选	〔英〕约翰·济慈	屠　岸
汤姆·索亚历险记	〔美〕马克·吐温	张友松
大街	〔美〕辛克莱·路易斯	潘庆舲
田园三部曲	〔法〕乔治·桑	罗　旭　等
金钱	〔法〕左拉	金满成
果戈理小说戏剧选	〔俄〕果戈理	满　涛
奥勃洛莫夫	〔俄〕冈察洛夫	陈　馥
谁在俄罗斯能过好日子	〔俄〕涅克拉索夫	飞　白
亚·奥斯特洛夫斯基戏剧六种	〔俄〕亚·奥斯特洛夫斯基	姜椿芳　等
复活	〔俄〕列夫·托尔斯泰	草　婴
静静的顿河	〔苏联〕肖洛霍夫	金　人
谢甫琴科诗选	〔乌克兰〕谢甫琴科	戈宝权　任溶溶
维廉·麦斯特的学习时代	〔德〕歌德	冯　至　姚可崑
叔本华随笔集	〔德〕叔本华	绿　原
艾菲·布里斯特	〔德〕台奥多尔·冯塔纳	韩世钟
豪普特曼戏剧三种	〔德〕豪普特曼	章鹏高　等
铁皮鼓	〔德〕君特·格拉斯	胡其鼎
加西亚·洛尔卡诗选	〔西班牙〕加西亚·洛尔卡	赵振江
你往何处去	〔波兰〕亨利克·显克维奇	张振辉
显克维奇中短篇小说选	〔波兰〕亨利克·显克维奇	林洪亮
裴多菲诗选	〔匈〕裴多菲	孙　用
轭下	〔保〕伐佐夫	施蛰存